KB261375

대학로
좀비
습격사건

휴먼앤북스
뉴에이지 문학선 4

대학로 좀비 습격사건

구현 장편소설

1판 1쇄 발행 | 2009. 1. 25

발행처 | Human & Books
발행인 | 하응백
출판등록 | 2002년 6월 5일 제2002-113호

서울특별시 종로구 경운동 88 수운회관 1009호
기획 홍보부 02-6327-3535, 편집부 02-6327-3537, 팩시밀리 02-6327-5353
이메일 | hbooks@empal.com

값은 뒤표지에 있습니다.

ISBN 978-89-6078-058-3 03810

휴먼앤북스 | 뉴에이지 문학선 4
대학로 좀비 습격사건
구현 장편소설
Human & Books

한국 문학에 위기가 찾아왔다고들 했다. 2000년대에 진입하면서 한국 소설은 방향성을 잃어버리고 비틀거리고 있다고들 했다. 혹자는 그것이 아니라 독서의 위기라고 말하기도 했다. 좋은 소설과 인문학 도서가 독자들에게 외면당하고 말초적인 외국 소설과 처세를 다루는 자기계발서가 베스트셀러에 포진하고 있는 사실을 두고 하는 말이다.

하지만 여전히 문단에서는 진지한 소설이 생산되고 있고, 기존 작가들의 노력 또한 눈물겹다. 새로운 문학을 꿈꾸는 젊은 작가들의 노력 또한 필사적이다. 작가와 독자 사이에서 그들을 매개해야 할 비평이나 출판과 같은 문학적 제도가 보수화되고 날이 갈수록 아카데미즘에 경도되면서, 한국 소설의 추동력은 그 날갯짓에 힘을 잃어버렸다. 그런 가운데 외국의 삼류소설이 소설이라는 간판을 내걸고, 또한 무신경하게 제작된 일회용 가판 소설에 준하는 소설 아닌 소설들이 소설이라는 이름으로 대중들의 눈을 현혹시키고 있다. 여기에 책을 책으로 보지 않고 단순하게 소비되는 상품으로 보는 출판사까지 가담하여 한국 소설 시장은 더욱더 혼란의 와중에서 좌충우돌하고 있다. 황사에다 안개까지 뒤덮인 형국이다.

21세기에 접어들면서 문학의 사회적 역할에 대한 채무가 줄어들고 대중들의 취향이 급변해가는 가운데, 잠재적 소설가들 혹은 새로운 젊은 작가들은 자신들의 문학의 별빛을 발견하지 못하고 이념의 푯대도 세우지 못한 채, 한 눈으로는 기성 문단의 눈치를 보고 다른 한 눈으로는 대중들에게 구애의 눈짓을 하면서, 문학의 강가에서 어슬렁거리고 있다.

이러한 현실인식 속에서, 휴먼앤북스는 한국 문학의 다양성과 잠재력을 제대로 펼칠 계기를 마련하기 위해 뉴에이지 문학선을 새롭게 세상에 내놓는다. 문학적 기초 소양을 가지면서도 소설의 다양한 모든 하위 장르를 아우를 휴먼앤북스 뉴에이지 문학선은, 작가들의 분방한 상상력으로 무장하여 대중들의 문학적 욕구를 소화하면서 한국 소설의 새로운 지평을 열 것이다.

문학은 모든 문화콘텐츠의 어머니이다. 그 문화콘텐츠의 방대한 영역에 뛰어들어 한국 문학의 다양성과 상상력의 한 걸음 도약을 위해 휴먼앤북스 뉴에이지 문학선은 최선의 노력을 기울일 것이다.

차례

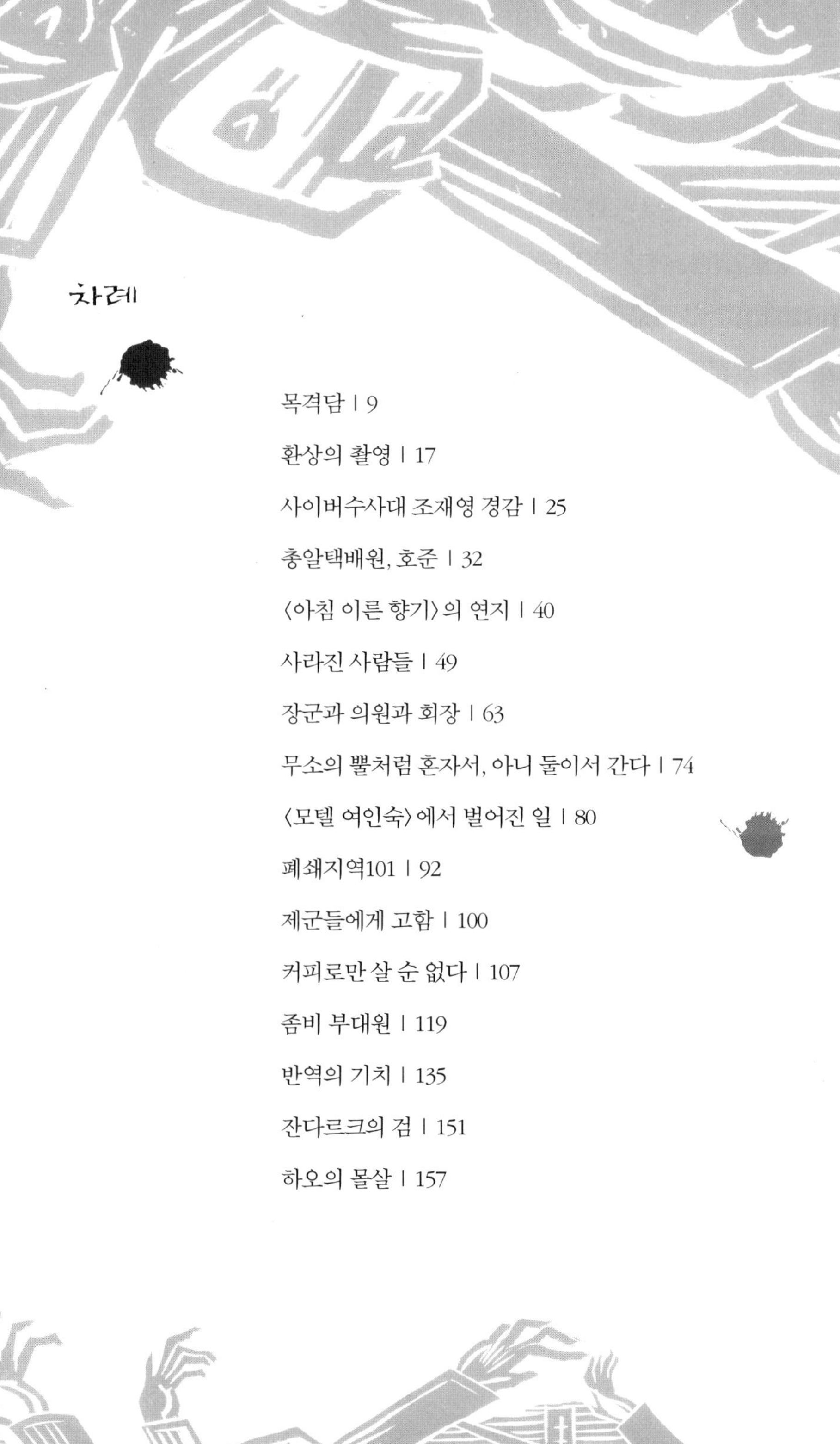

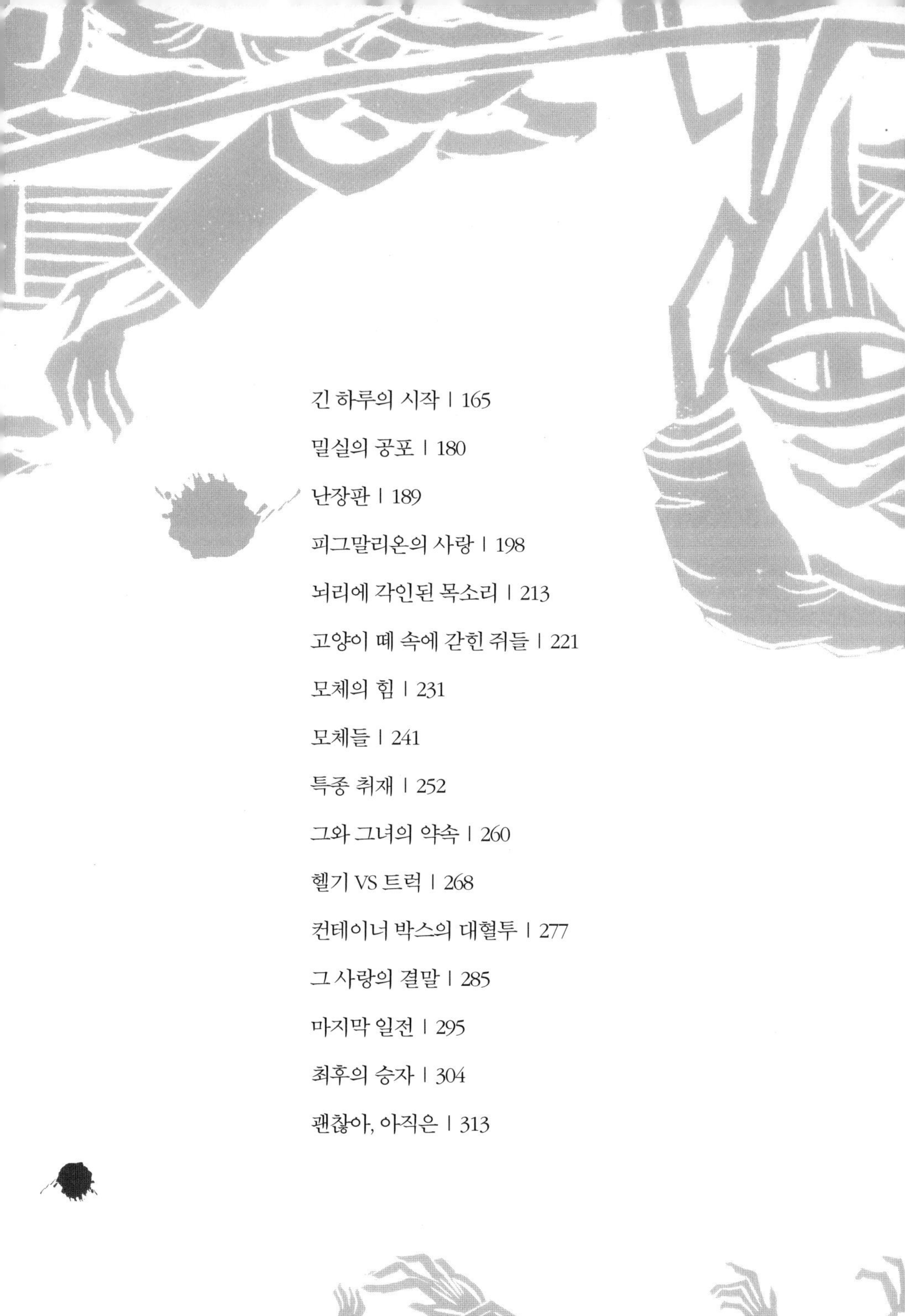

목격담

때 아닌 좀비 논란은 웹상에 올라온 한 편의 글에서부터 시작되었다. 이건 분명히 제가 직접 겪은 실화입니다, 로 시작하는 이 글은 마치 한 편의 영화처럼 흥미진진해서, 무료한 일상에 질려, 뭐 좀 신나는 일 없을까, 하고 하릴없이 웹 서핑에 빠져 있던 백만 네티즌의 호기심을 자극했다. 그중 사만 이천사백칠십육 명의 적극적인 추천으로 포털 사이트 메인 화면에까지 소개되면서 파급 속도는 한층 빨라졌다. 아래는 그 글의 전문이다.

"이건 분명히 제가 직접 겪은 실화입니다. 제 여친도 함께 경험한 일입니다. 음주나 마약으로 환각상태에 빠져 있었던 것도 아닙니다. 뭐, 좀 즐기러 밤길을 나선 건 사실이지만 맹세컨대, 우리는 말짱한 정신이었습니다. 그러므로 지금부터 이야기하는 것은 눈곱만치도 꾸밈이 없는, 그야말로 100퍼센트 리얼 스토리입니다.

그것도 불과 몇 시간 전에 벌어진 일입니다. 날씨도 좋았고, 기분도 끝내주는 봄날이었습니다. 시작은 그랬죠. 정말 좋은 밤이었습니다. 여친은 이런 밤을 그냥 흘려보내고 싶어 하지 않았습니다. 교외로 나가자고 졸라댔지요. 아, 뭐, 딱히 할 일이 있는 것도 아니었고, 여친과의 교외 드라이브가 뭘 의미하는지도 알고 있었으니 망설일 필요가 없었지요. 진짜로 끝내주는 봄날 저녁이었으니까요.

우리는 가평 쪽으로 드라이브를 나갔습니다. 기분도 기분인지라, 창문을 끝까지 내리고 달렸습니다. 선선한 바람이 얼굴을 때리며 우리의 기분을 한껏 업 시켰습니다. 정말 최고였습니다. 날은 적당히 시원했고, 사귄 지 얼마 안 된 여친은 허벅지가 보일락 말락 하는 미니스커트 차림으로 옆에 앉아 있었으니, 말 다했죠, 뭐. 시간대가 시간대인지라 앞을 가로막는 차도 없어, 그야말로 거칠 게 없었죠. 여친도 그러더군요. '정말 끝내주는데!' 젠장맞을. 바로 그때까지만 해도 정말 그랬다고요. 그 다음부턴 얘기가 달라지지만.

아마 거의 자정에 가까운 시각이었을 겁니다. 슬슬 모텔을 잡아야 할 것 같아서, 나는 어느 한적한 길에서 불법 유턴으로 차를 돌렸습니다. 이런 곳에서 교통법규를 지키는 건 정말 바보나 할 짓이죠. 대성리 엠티촌을 한참이나 벗어난 외곽도로였습니다. 차도 없고, 사람도 없고, 좁은 도로가에는 수풀들이 우거져 있고, 심지어는 길도 없는 곳 같았습니다.

기분도 업 됐겠다, 보는 사람도 없겠다, 여친 살짝 기대하시겠다, 뭐랄까, 의무감 같은 것도 생기고 해서, 일단 차를 갓길에 세웠습니다. 뭐,

오해는 마십시오. 카섹스는 제 취향도 아니고, 그저 키스 정도만 할 생각이었습니다. 아니, 키스만 했습니다. 뭐 딴 걸 더할 겨를도 없었어요. 여친과 키스를 마치고 고개를 들다 룸미러를 보고 소스라치게 놀랐습니다. 차를 향해 무언가가 다가오는 걸 봤거든요. 그런 외진 곳에서는 움직이는 건 다 무섭게 느껴지잖아요. 머리칼이 쭈뼛 서더군요. 온몸에 소름이 쫘―악 돋고.

그건 귀신이 아니었습니다. 흰 소복 따위는 입지도 않았고, 머리를 풀어헤친 것도 아니었으니까. 발이나 손이 없는 것도 아니었습니다. 하지만 그것은 정말 기괴했습니다. 뭐랄까, 〈이블 데드〉에 나온 좀비랑 꼭 닮아 있었습니다. 자연스럽지 못한 걸음걸이에다, 일그러진 얼굴, 어둠 속에서도 느껴지는 피부 표면의 울퉁불퉁한 투박함. 아, 완전 미치겠더라고요. 내가 살아생전에 좀비를 보게 될 줄이야.

사실 지금이야 이렇게 모험담처럼 쓰지만, 그 순간의 나는 진짜 좀비라도 된 기분이었습니다. 여친은 뒤늦게 상황을 알아채고는 그대로 반쯤 넋이 나가버렸습니다. 아, 마음이 어찌나 급하던지, 씨발, 차에 시동을 다시 걸려는데, 손이 떨려서 차키도 제대로 돌아가지 않는 겁니다. 몇 번이나 돌리고, 씨발, 욕하고, 여친은 소리 지르고 반쯤 미쳐서 날뛰는데, 아, 씨발, 그때 생각하니까, 자꾸 욕이 나오네요, 아, 젠장. 마침내 시동이 걸렸습니다. 됐다, 하면서 룸미러로 다시 뒤를 살폈는데, 씨발, 놈이 없는 겁니다.

뭐야, 이거, 헛 걸 봤나, 싶었는데 갑자기 여친 쪽 창문으로 손 하나가 불쑥 들어와 여친의 목을 움켜잡는 겁니다. 여친 바로 기절하시고, 아,

씨발, 창문을 올려놨어야 하는데, 씨발, 날이 너무 좋아서, 아, 젠장. 그대로 액셀을 밟았죠. 놈이 창가에 대롱대롱 매달린 채로 끌려오는데, 차 속력을 이기지 못해 몸이 균형을 잃고 비스듬히 드러눕더군요. 곧 놈의 하반신이 바퀴 아래로 빨려 들어가는 게 차체의 울림을 통해 느껴지더군요. 우지끈하고 나무가 분쇄되는 것 같은 소리가 났습니다. 졸라 섬뜩한 그런 소리 있잖아요. 몸통이 분명 두 동강 났을 텐데도, 놈의 팔은 여전히 차체에 걸려 있었고, 씨발, 곧 꺼이꺼이 하는 소리를 내며 놈의 상반신이 창으로 기어들어와 여친의 목을 덥석 물려는 거 아니겠습니까.

아, 씨발, 다시 생각해도 심장 떨려 뒈지겠습니다. 침착하게 쓰려고 했는데, 그때 상황 생각하니까, 도무지 그렇게 안 되네요. 아, 씨발, 정말 뭣 같은 경험이었거든요. 그놈 대가리가 너무 생생하게 기억납니다. 눈알은 반쯤 튀어나와 있고, 무슨 시궁창 바닥 같은 데서 군사훈련이라도 받다왔는지 지저분한 꼬락서니에다, 불거진 핏줄에다, 공업용 분쇄기에다 몇 번 갈아먹은 것 같은 피부까지. 다시 떠올려도 속이 울렁거립니다. 아, 젠장.

난 놈을 여친에게서 떨어트리려고 차를 갓길에 서 있는 나무 둥치에다 사정없이 긁어댔습니다. 거짓말이 아닙니다. 지금 제 차의 오른쪽 측면엔 완전 고속도로처럼 시원하게 길이 나 있습니다. 자차보험도 아니라서 보험 처리도 안 되는데. 결정적으로 제 차도 아니고 아버지 차란 말입니다. 완전 젠장 된 거죠. 울 아버지 또 한 성격하셔서 몸 성히 끝날 리 없는데. 하여간 그 순간엔 아버지고 나발이고, 정신이 뭐 온전했겠습니까? 그 짓을 세 번이나 반복했다고요, 그 짓을. 그제야 놈이 떨어져나가더군요. 백미러로 보니까 놈의 너덜너덜해진 상반신이 도로 바닥을 종횡무진 쓸고 계시더라고요. 근데도 안 죽었는지, 그게, 그 미친 좀비가 양팔로 도로를 긁으며 질질 기어오는 겁니다. 정말 독한 놈이었죠. 아, 기억에서 지워지지가 않습니다. 아, 씨발, 젠장.

가평 읍내까지 나온 다음, 파출소에 찾아가 신고했습니다. 미친 좀비가 나왔다고. 물론 그 말을 할 때의 우리 몰골은 말이 아니었죠. 나도 반쯤 정신이 나갔고, 여친은 그제야 깨어나서 물린 자리, 물렸다기보다는 긁혔다는 게 더 정확한 표현이지만, 어쨌든 거기가 가려운지 연신 긁어대며 경기 일으켜주시고. 근데 경찰이 뭐랬는지 아십니까? 마땅히 국민을 보호하고 지키는 데 목숨 걸어야 할 대한민국 경찰이, 씨발, 음주 측정 하자는 겁니다. 아, 씨발, 좀비가 나왔다는데도!

음주 측정에 안 걸리니까, 그제야 그 파출소장인가 뭔가 하는 작자가 한 소리 하는 겁니다. 여기 오면 헛것 많이 보고 그래요. 아, 씨발. 그럼 내 여친 목에 물린 자국이랑 피는 뭐냐고 소리쳤는데, 경찰이 어디어디 하면서 내 여친 목을 마구 더듬어주시고, 아, 그 새끼, 아까 그 좀비한테 먹잇감으로 던져줘야 하는 건데. 하도 억울해서 두려움을 무릅쓰고 경찰차 대동해서 갔습니다. 사고 현장으로. 도망 나올 땐 몇 시간이나 걸린 것 같았는데, 파출소에서 외곽으로 줄곧 달리니까 고작 20분 거리더군요. 근데 젠장, 아무것도 없는 겁니다. 그 발 없는 좀비 새긴 또 어디에 처박혀버린 건지, 정말 미치고 팔짝 뛸 노릇이었죠. 경찰 새긴 비웃듯 콧방귀 껴대고. 아, 진짜 그 새끼 면상을 날려버리고 싶었습니다.

하여튼, 여친이 너무 가렵고 따가워하는 것 같아서, 일단은 근처에 있는 종합병원으로 갔는데, 의사 새끼는 또 한밤에 들어와서 설친다고 열라 구린 표정 뿜어대더니만, 아, 응급도 아닌데, 이러고 있고. 대충 살피더니 머리 몇 번 긁적이며, 아, 그래 어디 깠었습니까, 그럽디다. 씨발, 여기 근방에서 사고 났으니 이런 허접한 병원을 찾아왔지, 안 그럼 굳이 이런 병원엘 찾아왔겠냐고. 그 의사, 뭐, 알레르기 같은데요, 그럽디다. 그러면서 그 새끼, 미니스커트 아래로 곧게 뻗은 여친의 다리나 흘끗흘끗 훔쳐보고.

일단 여친 간지러워 미치겠다, 해서, 입원수속 시켜놓고, 씨발, 이 분한 마음을 이기지 못해 지금 인근 피시방에 와서 이 분노와 경악의 스토리를 올리는 겁니다.

여러분 진짜 거짓말이 아닙니다. 이건 제가 직접 겪은 일입니다. 울 아버지, 어머니 이름 걸고 맹세합니다. 여러분 대성리 인근에 좀비가 돌아다닙니다. 진짭니다. 제 경고를 무시하지 마세요. 전 다시 여친한테 가봐야 해서 이만. 참고로 혹 의심할까 해서 하는 말인데, 전 결코 초딩이 아닙니다.”

글이 게시되자마자, 댓글들이 엄청나게 따라붙었다. 가장 먼저 올라온 상위 15개의 댓글은 1빠, 2빠 하는 식의 순서 놀이였다. 그 다음 15개는 그런 유치한 놀이에 대한 비판이었고, 그 다음으로 “초딩 맞네”라는 문구가 위에서 아래까지 스크롤 하나 분량을 채웠다. 간간히 “오시면 화끈하게 보여드립니다” 류의 음란성 광고도 끼여 있었다. 그 나머지의 절반 정도는 “흥미롭다, 공감한다, 있을 수 있는 일이다”라는 식의 호의적인 반응을 보였으며, 다른 절반은 공감하는 절반까지 싸잡아 "개념 없는 초딩들"이라며 시비를 걸고 있었다. "아버지와 어머니의 이름을 걸다니, 에이 패륜아 새끼야"(유교사상의 총아가 내뱉은 분개), "이 새끼 영화를 너무 많이 봤어"(B급 영화 마니아의 분석), "우리나라 경찰과 의료계의 부패를 비유적으로 표현해낸 탁월한 비평"(얼치기 아나키스트의 극찬)과 같은 반응들도 눈에 띄었다.

여하튼 웹상에 떠돌기 시작한 이 경험담은 나름의 관심을 끌어내며 화제가 되었다. 통칭 '대성리 좀비 목격담'으로 불린 이 글에 대한 네티즌들의 폭발적인 반응은 흥미로운 사회현상으로 거론되기도 했다. 하지만 'coolguy'라는 닉네임을 쓴 이 신원불명의 제보자를 제외한 어느 누구도 내용의 진위에 대해서는 굳이 따지려 들지 않았다. 그것은 네스 호의 괴물이나 거대한 발을 가진 설인, 혹은 폐가의 우물에 산다는 소복 입은 여인처럼 하나의 흥미로운 전설, 그러나 검증되지 않았고 검증될 필요도 없는 기담으로 받아들여졌다.

그래도 대중의 흥미를 자아내는 데는 어느 정도 성공해서, B급 컬트 무비의 광팬임을 자처하는 일단의 무리에 의해 '올해의 논픽션'으로 뽑히는 영광까지 누렸다. 심지어는 몇몇 공중파 방송의 영화정보 프로그램에서 '좀비 영화 다시 보기' 같은 기획 코너가 만들어지기도 했다.

좀 더 자극적인 가십거리를 찾는 데 혈안이 된 인터넷 방송국들도 이 글에 쏟아진 대중적 관심에 주목했고, 곧 신생 방송국의 여자 리포터 하나가 남들보다 한발 앞서 참신한 기획안을 내놓았다. 이른바 '대성리 좀비 체험'이라고 스스로 이름 붙인 이 기획보고서는 회의에서 만장일치로 통과되었다. 리포터는 모처럼의 아이템을 혹시라도 놓칠까 싶어 지체 없이 심야 촬영에 나섰다. 난데없는 심야 촬영계획 때문에 갑자기 호출된 카메라맨은 새로 사귄 여자 친구와의 끈적끈적한 밤을 포기할 수밖에 없게 된 탓에 이만저만 짜증이 난 게 아니었다.

환상의 촬영

"앞으로 좀 나오라고. 아, 거참, 말귀 못 알아먹으시네."

카메라맨은 현장에 나와서도 여전히 화가 풀리지 않았다. 저 망할 계집애가 이런 미친 아이디어만 안 냈더라면, 지금쯤 여자 친구와 황홀과 쾌락의 무한질주를 하고 있었을 텐데. 그렇게 생각하니 좀처럼 분이 가라앉지 않았다. 게다가 도대체 지금이 몇 시야. 회사에는 퇴근 시간이라는 게 있다고. 말귀는 또 왜 그렇게 못 알아 처먹는지. 그는 퉁명스럽게 소리쳐 리포터의 위치를 잡아주었다. 시각은 자정을 향해 치닫고 있었다.

잔뜩 우거진 수풀, 정적과 어둠에 뒤덮인 외진 도로. 딱 그 글이 가리키는 곳이었다. 아주 용을 써서 찾아냈군, 용을 썼어. 카메라맨은 노골적인 불쾌감을 얼굴에 아로새기며 리포터를 쳐다보았다. 카메라는 야간 모드로 조정되어 있어, 촬영되는 화면은 탁한 녹색을 띠고 있었다. 플래시가 집중된 리포터의 얼굴을 제외하곤, 아무것도 보이지 않았다. 뒤에 있는 게 나무인지 바위인지조차 구별할 수 없을 정도였다. 촬영을 위해 차량의 헤드라이트까지 껐기 때문에 빛이라고는 카메라에서 새어나오는 플래시 불빛이 전부였다.

리포터는 카메라맨의 짜증을 애써 외면하며 최대한 음산한 화면을 잡기 위해 수풀 안으로 기어들어갔다. 어둠 속에서 이제 막 봄을 맞아 소생하려는 나무들의 자잘한 움직임이 느껴졌다. 요거만 제대로 한 건 하면, 정규직으로 전환시켜 달래야지. 그녀에게는 분명한 목표가 있었기 때문에, 이 음산한 심야 촬영에 전혀 불만이 없었다. 오히려, 이왕 하는 거 제대로 한번, 하고 각오가 대단했다. 그녀가 의욕에 넘쳐 자리를 옮기거나, 포즈를 바꾸거나, 멘트를 새로 짜면 짤수록, 카메라맨의 성질은 잭의 콩나무처럼 끝 간 데 없이 쑥쑥 돋아났다.

조명 담당, 분장 담당, 조연출, PD 따위는 없었다. 대충 찍어 대충 내보내는 회사니까, 상관없었다. 오히려 아마추어리즘을 노골적으로 표방한 촬영이, 생생한 현장감을 드러내는 데는 더 어울릴 수도 있었다. 리포터는 카메라맨에게 아예 대놓고 아마추어리즘으로 가자고 주문했다.

"아마추어고 프로고, 이런 똥 카메라로 어차피 그게 그거야."

요구 많은 리포터에게 카메라맨이 우악스럽게 대답했다. 아, 계집애, 예쁘기라도 했으면, 이런 데서 나름 삼삼했을 건데. 리포터는 화면발로 성공하기에는 너무 못생겼던 것이다. 다행스럽게도 야밤의 적외선 촬영인지라 여자의 피부 트러블은 세밀하게 드러나지 않았고, 얼굴 윤곽도 어둠에 흐려 그 거대함이 일부 감춰졌다. 저 계집앤 딱 야간용이야, 야간용. 하지만 그렇게 구시렁대는 카메라맨의 외양도 못생기기로는 둘째 가라면 서러울 수준이었다. 평균 이하의 외모를 가진 두 남녀가 어두컴컴한 밤, 인적 드문 수풀 사이에서 좀비를 기다리고 있었다. 그러나 둘 다 실제로 좀비가 나올 거라고는 믿지 않았기 때문에 좀비 출현에 대한 대책 따위는 전혀 없었다. 사실 카메라맨은 혹시라도 산짐승이 튀어나오지나 않을까, 그게 걱정이었다. 물론 산짐승이 나타난대도 내빼는 거 말고는 달리 대책도 없었다. 임시직 신세라, 산재처리도 안 되는데.

마침내 리포터가 위치를 잡고, 멘트를 정리하고, 카메라의 불빛이 돌아갔다. 정확하게 자정이었다. 리포터는 자신이 찬 시계를 카메라 쪽으로 들어보였다. 조작이 아님을 보여주려는 몸짓이었고, 카메라맨은 잽싸게 시계를 줌인해 들어가 시침과 분침이 정확하게 포개진 그림을 담아냈다. 리포터는 여자로서는 최대한 목소리를 허스키하게 깔고 준비된 멘트를 읊조리기 시작했다.

"여러분, 지금 시각은 자정을 가리키고 있습니다. 제가 나와 있는 곳은 좀비가 출몰했다는 제보가 있었던 대성리 인근의 바로 그 장소입니다. 가로등 하나 없고, 인적 하나 없는 한적하고 외진 곳. 제 뒤로는 어둠에 가려진 숲이 있습니다. 따뜻한 봄날인데도 이곳 현장은 으스스한 한기가 느껴집니다."

카메라맨은 봄날치고는 더운 날씨에다 골까지 난 상태라 땀을 한 바가지나 쏟아내고 있었다. 리포터 역시 한기는커녕, 자신에게 집중된 플래시 불빛에 후끈 달아오른 상태였다. 하지만 그녀는 몸을 떠는 시늉까지 해보이며 거짓 한기를 연출했다. 아, 먹고살기 고단해. 카메라맨은 오버하는 여자를 보며 고개를 저었다.

"과연 이곳에서 나타났다는 좀비, 사실일까요? 저희는 국내 최초로 바로 그 문제의 현장을 찾아내 직접 촬영을 나왔습니다. 뭐랄까, 정말이라도 당장 좀비가 튀어나올 기세로군요. 우리 카메라맨 오빠는 좀비를 실제로 본 적 있나요?"

아, 젠장, 난 또 왜 걸고넘어지나, 하고 구시렁대면서도 카메라맨은 카메라를 좌우로 흔들었다.

"어머, 저돈데. 오늘 좀비를 만나면 우리 모두 첫 대면이네요. 자, 이제부터 그 글의 진위를 확실히 가려보겠습니다. 대성리 주민 여러분들도 알게 모르게 좀 두려우셨죠? 연인 분들 교외 드라이브에 최적의 장소로 꼽히는 대성리! 과연 대성리가 정말 좀비 서식처인지 아닌지 오늘 확실히 보여드릴 테니 조금만 기다리세요. 아, 그래도 정말 으스스하네요. 일단 그 글이 묘사한 분위기와는 딱 맞아떨어집니다. 어둡고 조용하고 무시무시하고. 그래도 든든한 카메라맨 오빠가 있어 다행입니다."

좀비가 나타나면, 내가 미쳤다고 널 구하러 가냐? 카메라맨은 속으로 뇌까리면서 땀을 닦아냈다.

"사방이 쥐죽은 듯 조용합니다. 그럼 숲속으로 조금 더 들어가 볼까요?"

오 쉣! 쟤 왜 저러는 거야? 카메라맨은 돌아버릴 것 같았다. 이건 계획에 없던 건데. 이 야밤에 산을 타겠다고? 하지만 리포터는 절박한 심정이었다. 이 야심한 밤에 여기까지 촬영을 나왔는데, 아무것도 못 건지고 가면 그게 무슨 낭패란 말인가. 그녀는 애당초 단순한 현장 취재만으로 끝낼 생각이 전혀 없었다. 지금 그녀의 머릿속에는, 없는 좀비를 어떻게 만들어낼까, 하는 궁리로만 가득 차 있었다.

그녀가 카메라를 향해 따라오라는 표시로 허리를 비틀며 요염한 손짓을 했는데, 카메라맨은 구토가 치밀어 카메라를 집어던지고 싶은 충동을 가까스로 자제해야만 했다.

"아, 굉장히 어둡네요. 천천히 이 숲속으로 들어가 봐요. 나무가 거칠게 자랐네요, 정말. 잔가지가 얼굴을 긁습니다. 뺨에 상처라도 입겠어요. 무슨 사단이 나도 확실히 날 것 같은 분위기입니다. 전 지금 엄청 무서워용. 아, 무서웡."

정말 지랄을 하신다. 카메라맨이 혀를 찼다.

문득 리포터에게 좋은 아이디어가 하나 떠올랐다. 나뭇가지들이 마구잡이로 뻗어나간 탓에 멀리서 보면 꼭 사람, 아니 좀비의 팔처럼 보일 법했던 것이다. 카메라만 잘 조작하면, 저기 저쪽에 뭔가가 있는 것 같아요, 라는 멘트에 어울리는 화면 하나쯤 만들어낼 수도 있을 것 같았다. 그녀는 시종일관 비협조적인 카메라맨을 흘낏 쳐다보았다.

"저기 카메라 잠깐 끄구요. 대책 회의 좀 하죠. 우리 대박 한번 만들어보면 어떨까요?"

"아, 무슨 대박? 우리끼리 회의해서 대박 나올 것 같았으면, 사무실에서 수천 개도 더 나왔어. 그럼 우리가 이 생고생을 하겠냐고. 그냥 가, 그냥."

카메라맨이 귀찮다는 듯 손을 휘이휘이 저으며 말했다.

쳇, 하고 리포터가 눈을 흘겼다. 그녀가 더 깊숙이 들어가 보려고 다시 수풀 쪽으로 몸을 틀었다. 그런데 바로 그 순간 그녀의 시야에 정말 뭔가가 움직인 것 같았다.

"저, 저기, 뭐 움직인 것 같지 않아요?"

"아주 생 쇼를 해요, 생 쇼를. 그냥 가자고, 없으면 없는 대로, 솔직한 방송으로. 야, 넌 방송윤리도 몰라?"

"아, 아니, 정말 뭔가 움직였다니까요."

"야, 너 이제 와서 하기 싫냐? 나 카메라 끄고 가버리기 전에 빨리 끝내. 대충 화면 분량 채우고, 역시 아무 일도 없었다, 이렇게 결론 멘트 치라고. 세상에 좀비가 어디 있어, 좀…… 비……, 으악!"

카메라맨이 하던 말을 삼키고, 대신 경악에 찬 일성을 내질렀다. 정말로 수풀 저쪽에서 무언가가 빠른 속도로 카메라를 향해 돌진해왔기 때문이었다. 리포터가 몸을 채 틀기도 전에 징그럽게 일그러진 형체가 다가와 그녀의 목을 물어뜯었다. 그녀는 자기 목의 살을 뜯어내는 좀비와 놀란 카메라맨을 번갈아 바라보며, 이 납득할 수 없는 상황을 이해하려 애썼다. 하지만 그녀의 의식은 이내 암흑 속으로 가라앉아 버렸다.

카메라맨은 너무 놀란 나머지, 빨리 달아나야 한다는 생각조차 할 수 없었다. 그의 어깨에 매달린 카메라는 그 그로테스크한 광경을 고스란히 담아내고 있었다. 게다가 그가 본능적으로 뒷걸음질을 치는 바람에, 핸드헬드 기법까지 가미되어 화면은 현장감이 넘쳐흘렀다.

놈이 어느 정도 식욕을 채웠는지 금방 리포터에게서 떨어져나갔다. 그녀의 목에서 핏줄기가 한여름 밤 한강의 레이저쇼처럼 곧게 치솟았다. 더 경악스러운 광경은 그 직후에 일어났다. 그녀가 좀비처럼 비틀비틀 몸을 꿈틀대더니, 갑자기 피부가 일그러지고, 온몸에 기포 같은 것이 부풀어 오르기 시작한 것이다. 핫팬츠와 블라우스가 찢어지고, 맨몸이 드러났지만, 이미 성적인 징후는 어디에도 없었다. 그것은 그야말로 하나의 괴물, 아니 좀비였다. 리포터가, 눈알이 툭 불거지고 머리카락이 뭉텅뭉텅 빠져나가면서 좀비로 변신하는 과정 역시 카메라에 생생하게 담겼다. 이것이야말로 바로 그녀가 원했던 진정한 대박 영상이었다. 이 영상 하나면 정규직은 물론, 못해도 차장 자리 정도는 꿰찰 수 있는 밑천이 되었을 텐데. 이제 그러기엔 너무 늦었다.

이젠 두 좀비가 함께 신경을 곤두세우는 쇳소리를 내며 카메라맨을 향해 다가오기 시작했다. 넋이 나간 카메라맨이 뒷걸음질을 치다 나무 밑동에 발이 걸려 그대로 나뒹굴었다. 카메라 속의 영상이 360도 회전했다. 마침내 리포터 좀비가 공포에 질린 그의 목을 움켜쥐었다. 차갑고 스산한 느낌이었다. 여자의 얼굴은 완전히 뭉개져서 표정을 알아볼 수 없었지만, 카메라맨은 그 얼굴에서 비협조적으로 굴었던 자신에 대한 앙심을 느꼈다. 그가 온 힘을 다해 여자 좀비의 대가리를 후려쳤다. 목의 힘줄이 끊기는 것 같은 소리가 나더니 머리통이 180도로 돌아가 버렸다. 그게 더 무서웠다. 으아악, 그가 소리를 질렀지만, 그도 알고 있었다, 인적 없는 도로변, 그것도 수풀 속이라는 것을.

다음 순간, 두 좀비의 이빨이 그의 목을 짓눌렀다. 그 마지막 순간에 그는 불현듯 직업의식을 떠올렸고, 카메라를 돌려 자신의 얼굴을 촬영했다. 카메라는 자기 주인의 경악스러운 표정이 곧 무표정으로, 그 다음엔 일그러져 완전히 사라지는 과정을 고스란히 담았다. 마지막 장면에서 카메라가 바닥으로 풀썩 떨어진 탓에, 세상이 추락하는 듯한 인상을 주었다. 그야말로 환상적인 촬영이었다.

사이버수사대 조재영 경감

조재영 경감은 따분해 미칠 지경이었다. 사이버테러대응센터 수사 1팀장 조재영. 그의 회백색 철제 데스크 중앙에 떡하니 한 자리 차지한 명패에는 그렇게 적혀 있었다. 하지만 그는 그 직함이 자신과 조금도 어울리지 않는다고 생각하고 있었다. 그가 원한 건 이런 것이었다. 서울시경 강력계 반장 조재영. 아니, 그런 명패도 필요 없었다. 그냥 강력계 소속이기만 하면 충분했다.

터프한 근육질 몸매, 괄괄하고 마초적인 성깔머리, 늘 입에 달고 다니는 담배와 욕설, 그는 모든 조건에서 타고난 강력계 형사였다. 하지만 지금 그가 주로 하는 일이란 고작해야 악성 댓글을 다는 초딩들이나, 불법 음원이나 영화를 공유사이트에 유포하는 하릴없는 청춘들을 잡아 족치는 것이었다. 말이 좋아, 사이버테러지, 도대체 그가 처리할 수 있는 범주가 얼마나 되겠는가. 해킹? 정보유출? 산업스파이? 진짜 폼 나는 건 어차피 국정원에서 다 처리한다. 그의 타고난 근성이 빛을 발할 여지가 없었다.

원래 그는 강력계에서 경찰 생활을 시작했다. 타고나길 터프한 마초 성향의 인간인지라, 천직이었다. 깡패들보다도 더 폭력적이어서, 조직폭력배들이 그만 보면, 저 깡패 같은 새끼, 세상엔 법도 없나, 하며 뒷담화를 깠을 정도였다. 그는 원기 넘치는 초짜 형사 시절이 그리웠다. 그럼 그냥 사그리 싸잡아 각목 들고 대가리로 못질 좀 하게 해주면 되는 건데, 하고.

시대가 바뀌면서, 경찰 이미지 쇄신이랍시고, 문제 경찰들을 많이 정리했다. 그의 경우, 지나친 폭력성이 문제가 되었다. 조폭들에게까지 밝은 경찰의 이미지를 심어줘야 한다니, 말세지, 말세야. 부적격자로 퇴출당하기 직전, 그를 구한 건 첨단장비가 희귀하던 유년시절부터 운 좋게 알음알음 배워둔 컴퓨터 실력이었다. 신설된 사이버수사대에 능력 있는 요원들이 필요한데, 컴퓨터 좀 두들겨본 간부들이 부족했던 것이다. 강력계에서는 대국민친절봉사 시대와는 좀처럼 어울리지 않는 그를 적절히 방출할 수 있어 좋고, 사이버수사대에서는 급한 대로 지휘관급 요원을 충당할 수 있어 좋다는, 누이 좋고 매부 좋다는 식의 합의로 그의 전출이 결정되었다. 조 경감 본인만 제외하고는 모두에게 최선의 방법이었다.

사이버수사테러대응반으로 옮긴 지난 수년간 그가 올린 성과는 고작해야 개봉하지도 않은 영화의 파일을 공유사이트에 올린 대여섯 놈들 잡아 벌금 물린 거, 기밀 유출 의혹이 제기된 벤처기업의 사내 네트워크를 뒤져 경리과 여직원의 사소한 실수를 찾아낸 거, 인기 여가수의 홈페이지에 악성 댓글을 단 다섯 명의 초등학생을 추적해 머리 쥐어박고 훈방한 거, 뭐 그딴 것들이었다. 그의 마초 성향이 울고 있었다. 내가 이러려고 경찰이 됐나. 깍두기 머리 한 새끼들 잡아 족치거나, 마땅히 때려 죽여 마땅한 살인, 강도, 강간, 성폭력범들의 면상에 발길질을 해대며 국가의 안녕을 지켜내려고, 그러려고 경찰 된 건데, 하루 종일 마우스 클릭이나 하고 있고. 그는 욕구 불만에 사로잡힌 발정난 개처럼 씩씩댔다.

그런데 이제는 좀비라니. 그는 신경질이 나 들고 있던 결재판으로 책상을 탁 내리쳤다. 전직 강력계 형사의 강단이 그대로 묻어나오는 파워풀한 슬램이었고, 그의 무지막지한 힘을 견뎌내기에는 너무나도 연약했던 결재판은 그대로 휘어져 불구가 되었다. 그리고 하필이면 바로 그 순간, 최 경위가 보고를 위해 문을 열었다. 최 경위는 그 불운한 타이밍에 대해 자책하며 조 경감의 사무실로 들어섰다.

"팀장님, 그 문제의 동영상 말입니다. 영상감식반에서 그러는데, 카메라 조작으로 보기는 힘들다는데요. 제 생각엔……."

"니 생각 말고 보고서나 줘봐. 뭔 말이 그렇게 많아."

최 경위는 이럴 때마다 세간에 널리 알려진 미국드라마 〈CSI〉를 떠올리지 않을 수 없었다. 그런 선진 시스템이 필요하다고. 반장과 부하직원들이 자유롭게 의견을 주고받고, 서로의 전문 분야를 존중하며, 깊은 신뢰와 이해로 문제를 풀어가는 그런 시스템. 조 경감에게 그런 걸 기대하긴 힘들지. 뭐, 다 내 운이다, 운. 최 경위는 늘 그렇듯 자조적인 어조로 생각을 갈무리했다.

최 경위는 말없이 보고서를 조 경감에게 건넸고, 조 경감은 또 3분간

말없이 영상감식반에서 보내온 분석보고서를 읽었다.

　문제의 동영상은 대성리에 촬영하러 간 두 남녀가 좀비의 공격을 받아, 사방에 피를 뿜어대며 좀비로 변하는 과정이 리얼하게 촬영된 영상이었는데, 언제부턴가 인터넷을 떠돌고 있었다. 영상은 일전의 대성리 좀비 목격담과 맞물려 적지 않은 파장을 일으키고 있었다. 아마추어리즘이 물씬 풍기는 촬영이었다. 하지만 바로 그런 이유로 더 실제처럼 느껴졌다.

　결국 좀비 동영상에 대한 선정성과 폭력성에 대한 항의가 잇따르자 영상물등급위원회에서 문제의 동영상에 대한 수사를 의뢰해왔던 것이다. 실제로 몇몇 심약한 아이들이 영상을 보다 정신적 상해를 입었고, 부주의한 임산부 하나가 인터넷 웹 서핑 중 무분별하게 노출된 화면을 보고 유산하는 사례까지 발생했다. 대성리 엠티촌락협의회는 조작된 영상으로 지역경제가 타격을 입고 있다며 항의를 해댔고, 중·고등학생들을 중심으로 '좀비사냥'이라는 클럽이 결성돼 폭력 사태로 이어질 조짐까지 보이고 있었다.

　진짜 문제는 사용된 카메라의 화질이나 조악한 촬영기술로 볼 때 조작이라고 단정 짓기가 어렵다는 점이었다. 수사국장으로부터 조 경감에게 내려온 지시는 아주 간결했다.

　"야, 거 좀비 새끼 좀 어떻게 해봐!"

　조 경감은 최 경위가 건네준 보고서를 꼼꼼히 들여다보았다. 일단 그는 영상의 조작 가능성이 낮다는 감식반의 소견에 묘한 흥분을 느꼈다. 좀비가 문제가 아니었다. 그게 뭐가 됐든, 이 영상에 담긴 피 튀기는 현장이 실제일 수 있다는 사실이 그를 자극했다. 뭔가 그의 육체가, 좀이 쑤셔 근질근질했던 그의 우람한 근육들이, 마침내 기지개를 펼칠 여지가 생긴 것이다. 사실 그는 좀 전까지만 해도 이 영상이 백 퍼센트 조작이라고 생각하고 있었다. 좀비라니, 말도 안 된다고 생각했다. 컴퓨터그래픽 기술을 배우는 대학생들의 장난질쯤으로 치부하고 있었는데, 이게 조작이 아니라니. 그러니까 이 남녀가, 좀비든 뭐든, 하여간 폭력을 당했다 이거지. 피도 튀었고 말이야. 그는 몸이 근질근질했다.

"그러니까, 좀비가 정말 있다는 거로군. 아님, 좀비를 흉내 낸 살인마거나."

"어떻게 할까요? 당장 영상에 불법 때리고, 업로드 한 놈들 족쳐서, 최초 게재자 추적할까요?"

"그걸 알면, 왜 그러고 서 있는 거야?"

"강력반에도 연락해두겠습니다."

"뭐? 왜?"

"살인마일지도 모르니까요."

"야, 이 친구야, 정신이 있어, 없어? 내가 강력계 형사야, 내가."

조 경감이 버럭 소리를 질렀다.

"하지만 우리는 사이버테러……."

"당장 나가서 동영상 업로드 한 놈들이나 추적해. 아, 그전에 좀비 목격했다는 글 있었지, 그거부터 관련자료 수집해. 인터넷 뒤져서 최근에 올라온 좀비 관련 정보는 다 모아. 국장이 나한테 얘기한 거, 들었지? 이 좀비 새끼는 내가, 아니 너랑 나, 우리 둘이서 처리하는 거야. 알았어?

최 경위가 입을 벌린 채 뻥한 표정을 짓고 있었다.

"그러니까…… 우리가 이 좀비를 잡으러 출동한다고요?"

"그래, 바로 그거야! 이제 좀 말귀를 알아듣는군."

최 경위가 생각하는 사이버테러대응반의 가장 큰 장점은, 아차 하는 순간에 목숨을 앗아갈지도 모를 칼부림의 위협에서 멀찍이 떨어져 있다는 점이었다. 근데, 지금 자신의 목에서 피를 뽑아낼지도 모를 좀비를 쫓아가자고? 살짝 맛이 간 상사를 만나는 바람에, 최 경위의 편안했던 경찰 생활에 먹구름이 드리우고 있었다. 대답 없는 최 경위에게 조 경감이 다그쳤다.

"알았어, 몰랐어?"

"네, 알겠습니다."

최 경위가 마지못해 대답했다.

"그럼 뭐해? 냉큼 움직이지 않고!"

최 경위가 꾸물거리는 것으로 전혀 내키지 않음을 어필한 다음, 마지못해 밖으로 나갔다. 조 경감은 못마땅한 시선으로 최 경위의 뒷모습을 바라보았다. 하여간 요즘 젊은 놈들은 뭐든 날로 먹으려고 해. 그가 처음 경찰에 입사할 당시만 해도 이렇지 않았다. 민중의 지팡이라는 사명감에 불타올라, 조폭은 조폭대로, 간첩은 간첩대로, 운동권 학생들은 또 학생대로, 마구 싸잡아 들이며, 이 나라의 체제 안녕과 국가 번영에 온몸 바쳐 이바지했던 것이다. 뭐, 간혹 조폭과 간첩과 운동권 학생을 분간하는 게 쉽지 않을 때도 있었지만, 적당히 뭉뚱그려 처리해도 특별히 문제된 적은 없었다.

그는 다시 한 번 문제의 동영상을 재생시켰다. 지지직, 하는 소음이 나면서 적외선 카메라가 야간모드로 촬영한 녹색 화면이 모니터를 메웠다. 여자가 좀비에게 물리고, 좀비가 된 여자가 카메라맨을 물고, 물린 카메라맨이 좀비로 변하는 5분 분량의 동영상. 이게, 가짜가 아니란 말이지. 그럼 도대체 저것들은 뭐지? 신종 독극물인가? 바이러스? 도대체 살인 동기가 뭐야?

다음 순간, 조 경감에게 경악에 찰만한 의문이 하나 떠올랐다. 만약 영상감식반의 소견대로 이 화면이 질 낮은 카메라로는 조작 불가능한 진실을 담고 있다면, 도대체 이 살아 있는 생체 바이러스들은 지금 어디에 있단 말인가? 여전히 대성리 어딘가를 배회하고 있다면, 그 파급효과는 엄청날 텐데. 저렇게 빠른 속도로 바이러스를 옮길 수 있다면, 지금쯤 좀비는 한 무리를 이루고 있을지도 모르는 일이 아닌가.

그는 서둘러야 한다는 동물적 감각이 발동했다. 그야말로 시급하게 좀비 소탕에 나서야 했다. 좀비 소탕이라니, 그가 80년대 후반 범죄와의 전쟁을 선포하며 조폭들을 소탕할 때와 어감이 비슷했다. 그땐 그의 전성기였다. 닥치는 대로 후려갈기기만 하면 공로패를 주었으니까.

어쨌든 조 경감은 간만에 뭔가 해볼 의욕이 일었다. 그는 사무실 문을 박차고 나가 큰 소리로 외쳤다.

"최 경위! 이건 자리에 앉아서 처리할 문제가 아니다. 지금 당장 출동한다!"

최초로 좀비 목격담을 올린 컴퓨터의 IP 주소를 추적하고 있던 최 경위의 마뜩찮은 표정이 이젠 진짜 똥 씹은 표정으로 바뀌었다.

총알택배원, 호준

따르릉 휴대폰 벨소리가 차체를 울렸다. 호준은 깜박이도 없이 급격하게 끼어드는 차를 피해 핸들을 유연하게 꺾으며 핸드프리를 손가락으로 툭 쳤다.

"안녕하십니까? 총알 같이 빠른 스피드와 친절로 고객님의 물품을 안전하게 배달해드리는 총알택배, 종로 대학로 지점 담당자 지호준입니다."

그가 고객친절봉사교육센터에서 배운 그대로 읊었다. 하지만 가는 말이 고와야 오는 말이 곱다, 는 오랜 속담이 그의 삶에는 그다지 실효성이 없었다. 아니나 다를까, 수화기 건너편에서 중년 여성의 째지는 목소리가 사자후를 토했다.

"아니, 여봐요, 지금 몇 신데 아직 안 오는 거요. 기다리다 눈 빠지겠군. 총알택배라서 믿고 기다렸더니. 본사에 연락이라도 해야 되나. 아,

언제 오는 거요?"

전형적인 중년 여성의 목소리였지만, 어투는 묵직하고 중량감이 느껴지는 남성의 것이었다. 그 불일치로 인해 오히려 호준의 뇌리에 착 감겨드는 음성이었다.

호준은 부아가 치밀어 올랐다. 저녁 8시 20분이었다. 나는 그 시간까지 퇴근도 못하고 이러고 있다고. 하지만 언제나 그렇듯 그는 목구멍까지 치밀어 오른 부아를 꿀꺽 집어삼킨다. 뭐랄까, 그건 그의 저녁 식사와도 같은 것이었다. 이 시간쯤이면 늘 마지막 고객의 항의성 전화가 걸려오게 마련이고, 때론 굼벵이 같다는 인신공격성 발언이나 늦은 배송에 대한 민원을 제기하겠노라는 협박성 멘트를 고분고분히 들어야만 했다. 그럴 때마다 그는 치밀어 오르는 부아를 맛있게까지는 아니더라도, 무의식중에라도 툭 뱉어내진 않도록 꼭꼭 씹어 삼켜야만 했다.

"죄송합니다. 고객님. 이쪽 라인이 워낙에 막혀서요. 저녁 무렵에 시위대가 이 앞을 지났어요. 이제 다 왔습니다. 조금만 양해 부탁드리겠습니다."

없는 시위대까지 만들어 시민사회의 불안을 조장한 뒤, 여느 때처럼 비굴한 조아림으로 고객의 화를 가라앉혀 보려 하지만, 역시나 수화기는 대꾸 없이 뚝 끊어졌다. 호준은 소리 없이 끊어진 전화의 뚜뚜, 거리는 통신 음을 들을 때마다 뭔가 모를 씁쓸함을 느꼈다.

하여간 이놈의 회사 이름이 가장 큰 문제야. 하필이면 총알택배가 뭐냐, 총알택배가. 시스템은 다른 회사보다 억 만년 정도 후진 데다, 종로지역이 얼마나 광범위한데 담당 택배원은 자기 하나뿐이니, 총알 같은 스피드는커녕 당일에 예정된 배송을 마치기도 버거웠다. 저녁 8시는 기본이고, 심지어는 어린 아이들이 기다리다 지쳐 잠자리에 들법한 시간에야 주문한 장난감을 배송해줄 때도 있었다. 그런데 회사 홈페이지 메인 화면에는 대문짝만하게, 국내에서 가장 빠른 총알 같은 스피드를 보장합니다, 라고 적혀 있다. 욕은 저녁 9시에 문을 두드릴 수밖에 없는 현장 직원이 다 듣게 마련인데. 지연은 그렇다 치고, 이건 매일 같이 수당 없는 야근의 반복이니, 원. 가끔 야근 수당이라도 쳐줘야 하는 거 아니냐고 따지면, 본사 과장은 마치 매뉴얼 입력이라도 된 듯이 똑같은 말만 되풀이했다.

"새끼, 니가 빨리 돌면 될 거 아냐. 빨리만 돌아봐라 조기 퇴근도 된다, 인마. 이 일이라는 게, 다 하기 나름이야."

호준은 고개를 절레절레 흔든다. 이놈의 나라에서는 말을 해도 씨알도 안 먹히는 일들이 너무 많았다. 그나마 택배 회사 이름이, 광속이라거나 초속 혹은 번개나 초스피드 따위가 아니어서 다행일 따름이었다.

호준은 마로니에 공원과 방송통신대 사이에 난 길로 차를 진입시켰다. 방금 공연이라도 하나 마쳤는지 연인들이 쏟아져 나왔다. 나이 서른하나에 제대로 된 여자 친구 하나 없이, 저녁 8시가 넘도록 2.5톤 트럭을 몰고 있는 자신의 처지가 한심했다. 게다가 이제 곧 그 앙칼진 목소리의 주인공을 만나, 머리를 조아려야 하는 비굴하고 초라한 절차까지 기다리고 있었으니.

그때, 늘씬한 미녀를 옆자리에 태운 BMW 730이 골목에서 불쑥 밀고 나왔다. 양아치 풍의 새파랗게 어린 녀석이 몰고 있었다. 호준은 또다시 상대적인 박탈감에서 비롯된 옹고집이 발동했다. 그는 클랙슨을 거칠게 울려댔다. 비켜라, 비켜, 이 차는 총알택배란 말이다. 하지만 싸가지 없는 양아치 녀석도 물러설 기색이 전혀 없었다. 왜냐하면 그는 BMW 중에서도 최고가를 자랑하는 700 시리즈를 몰고 있었기 때문이다. 저런 운수 트럭 따위에 밀릴 순 없지, 하고 생각하고 있을 게 뻔했다. 게다가 옆자리에는 방금 바에서 꼬드겨 태운 늘씬한 미녀가 앉아 있었다.

팽팽한 자존심 대결은, BMW의 꽁무니에 따라붙은 벤츠와 람보르기니와 크라이슬러와 렉서스의 동시다발적인 경적과 고함소리를 배겨내지 못한 호준의 패배로 손쉽게 끝났다. 그의 트럭 뒤에는 국내 소형차 한 대만 달랑 붙어 있었고, 그나마 벌써부터 길을 터주려고 차를 뒤로 빼고 있었다. 양아치가 호준의 트럭 옆을 지나가며 창문을 내리고는 득의양양한 미소를 지었다. 제기랄. 그가 딱히 누구에게랄 것도 없이 욕설을 뱉었다. 그의 삶에서 만족스러운 구석이라고는 일과를 마친 후 〈아침 이른 향기〉에서 커피 한 잔을 마시는 시간뿐이었다. 퇴근이 늦어지면 그조차도 누릴 수 없게 된다. 그는 쓸데없는 소모전 대신 서둘러 배송을 마쳐야 했다.

렉서스까지 모조리 통과시킨 다음, 그는 다시 차를 몰아 쉿대 박물관 옆으로 난 좁은 골목으로 들어섰다. 차 한 대와 사람 하나만 나란히 지날 수 있을 정도의 좁고 완만한 오르막길을 따라 쭉 달린 다음, 더 이상 차량이 진입할 수 없는 길목에다 차를 세웠다. 에이, 참 더러운 데 붙어 있네. 그가 가장 싫어하는 코스였다. 짐이 아무리 무거워도 여기서부터는 직접 메고 옮겨야 했기 때문이다. 컨테이너 박스를 열자, 길쭉한 모양의 초대형 박스만 하나 덩그러니 남아 있었다. 그가 박스를 어깨에 둘러맸다. 오, 제기랄. 그의 입에서 저절로 욕설이 터져 나왔다. 엄청난 무게였다. 아, 진짜, 이런 데 살면서 이렇게 무거운 걸 배달시키다니.

그가 걸음을 옮길 때마다 다리가 휘청휘청했다. 도대체 뭐가 든 거야? 이 야심한 시간에 막노동까지 해야 하는 자신의 처지를 한심해하며 그가 목적지를 향해 느릿느릿 발걸음을 옮겼다. 그의 손과 어깨와 이마와 겨드랑이에 땀이 찼다. 땀이 이마에서부터 뺨을 타고 내려와 턱 끝에 간당간당 걸렸다. 간지러웠지만, 짐 때문에 닦을 손이 없었다. 배송지는 차에서 한 5분쯤 떨어진 거리에 위치한 빌라의 반 지하층이었다. 지은 지 오래된 낡고 음산한 빌라였다. 그가 힘겹게 계단을 타고 내려가, 초인종을 눌렀다. 이제 곧 깎아지른 듯한 목소리의 중년 여성이 문을 열고 나와 엄청난 비난을 쏟아 붓겠지. 그로서는 자주 겪는 일이었지만, 그렇다고 거기에 익숙해지기란 쉬운 일이 아니었다.

문은 금방 열리지 않았다. 그는 다시 한 번 주소를 확인했지만, 분명 그곳이었다. 몇 번 초인종을 더 누르다가, 마침내 문을 쾅쾅 두드리기 시작했다. 제기랄. 빨리 오랄 땐 언제고, 왔더니 집을 비워. 이런 젠장맞을 경우가. 그는 퇴근 시간이 늦어진다는 사실에 불안감을 느끼며 거칠게 현관문을 두드렸다. 퇴근 시간이 늦어지면 그녀를 못 본단 말이야.

그때 문고리가 돌아가는 소리가 들렸다. 철제문이 끼이익, 하는 음산한 소리를 내며 슬 열렸다. 문이 열림과 동시에 갑작스런 한기가 밀려나와 호준의 땀을 씻어주었다. 히스테릭한 중년 여성의 출현을 예상하고 있었던 호준은 깜짝 놀랐다. 그가 매일 밤 일정 시간을 할애하고 있는 포르노 방송의 인기 여배우를 닮은 젊은 여자가 서 있었던 것이다. 키도 크고 늘씬한 데다, 거대한 가슴과 볼륨감 있는 엉덩이, 그리고 게슴츠레한 눈과 반쯤 헤벌쭉 벌어진 입술을 가진 이십대 중반의 여자였다. 그렇게 보아서 그런지 그녀는 옷매무새도 단정하지 않았다. 마치 방금 인터넷 음란물 속에서 기지개를 켜며 대충 걸쳐 입고 걸어 나온 것처럼 보였다. 히스테리의 전조는 어디에도 없었다. 그녀는 그저 멍한 눈길만 주고 있었다. 문간에 나오고도 그녀는 말이 없었다.

"저, 배달하신 분 맞죠? 아까 전화 주셨던 분……."

호준이 수취인을 확인하는 관례적인 절차를 진행하려는 순간, 그녀의 오른쪽 어깨 끈이 툭 흘러내렸고, 하늘거리는 원피스가 부드럽게 미끄러져 내렸다. 오, 맙소사. 그가 놀란 토끼 눈이 되어 그녀의 숨겨진 살결을 목격하려는 찰나, 뒤에서 노인 하나가 불쑥 나타나더니 황급히 여자의 허리에 팔을 둘렀다. 정말 눈 깜짝할 사이였다. 노인은 조금도 힘든 기색 없이 여자를 번쩍 안아 올렸고, 여자 역시 미세한 신음 소리조차 한 번 내지 않고 그대로 들리더니 시야에서 사라졌다.

호준은 어안이 벙벙했다. 도대체 무슨 일이 일어난 거지? 그는 우선 어젯밤의 지나친 자위로 단백질을 과하게 소모한 탓에 발생한 신경학적 오류가 아닐까 의심했다. 하지만 설령 그렇다 해도 왜 하필이면 바로 이 순간에 비로소 그런 문제가 발생했는지에 대해서는 명쾌한 답을 내릴 수 없었다. 어쨌거나 곧 노인은 다시 문간으로 돌아왔다.

분명 백발성성한 노인이었는데, 팔뚝의 힘줄이 무시무시하게 돋아 있었다. 힘깨나 쓰는 호준으로서도 감탄할 근육이었다. 노인은 퉁명스러운 말투로 다짜고짜 물었다.

"물건은?"

마치 마약딜러가 운반책에게 물건을 내놓으라고 다그치는 투였다. 중저음의 굵직한 목소리엔 기이한 음산함이 묻어 있었다.

"여, 여기 있습니다. 저 여기 수취인 란에 서명을……."

노인이 다짜고짜 호준이 둘러맨 짐을 빼앗듯 끌어내리더니 여자를 데려간 방으로 이고 갔다. 엄청난 무게의 짐이었는데, 노인은 힘든 기색 하나 없이 가볍게 옮겼다. 다시 돌아온 노인은 호준이 내민 영수증의 서명란에 사인을 했다. 사인은 너무 날림이어서 꼭 초등학생의 낙서 같았다. 호준이 그 우스꽝스러운 사인을 물끄러미 들여다보고 있자, 노인이 버럭 소리를 질렀다.

"그만 가!"

"예?"

"아직도 할 일이 남았나?"

"아, 아니요. 저희 총알택배를 이용해주셔서 감사……."

말을 끝맺기도 전에 문이 노골적인 적개심을 드러내며 쾅 닫혔다.

불쾌하진 않았다. 불쾌하다기보다는 묘한 느낌이었다. 마치 식인 피라니 수백 마리가 우글대는 어장에 빠졌다 가까스로 헤어 나온 듯한 기분이었다.

호준은 차로 돌아와 운전석에 앉고서야 비로소 안도감을 느꼈다. 온 몸에서 힘이 쭉 빠졌다. 라디오를 켜자, 생동감과 에너지를 강요하는 힙합 음악이 흘러나왔다. 아, 특이한 경험이었어. 그는 고개를 절레절레 흔들었다.

　어쨌든 무사히 배달을 마쳤고, 호준의 진짜 퇴근이 시작되었다. 휴, 수고했다, 지호준. 그는 스스로를 다독이며 용기를 불어넣었다. 아차차, 이러다 늦겠다. 시계를 들여다보며 그가 다급하게 외쳤다. 어느새 8시 40분이었다. 늦으면 테이크아웃 커피전문점 〈아침 이른 향기〉가 문을 닫을 것이고, 그러면 연지를 만날 수 없을 터였다. 그건 그에게서 일상의 소소한 행복을 빼앗아가는 잔혹한 처사가 될 것이었다.

　그가 와이자 형태로 후진과 전진을 반복해 차를 돌린 다음, 이번엔 내리막길이 된 길을 되돌아 나왔다. 그의 머릿속에 방금 만났던 포르노 배우 풍의 여자와 이른 아침의 꽃향기 같은 연지가 동시에 비집고 들어왔다. 그들은 전혀 상반된 캐릭터임에도 불구하고, 호준의 머릿속에서는 어딘가 닮은 것처럼 느껴졌다.

〈아침 이른 향기〉의 연지

연지의 근무시간은 저녁 8시 30분까지였다. 그러니까, 지금 그녀는 20분이나 연장근무를 하고 있는 셈이었다. 테이크아웃 커피전문점이란, 저녁 8시 이후에는 별로 인기가 없다. 커피를 마시면 잠이 오지 않는다, 라는 상식이, 누가 딱히 계몽한 것도 아닌데 사람들의 뇌리 곳곳에 깊숙이 들어박힌 탓에, 잠자리가 가까워오는 야심한 시각에 굳이 테이크아웃 커피를 마시려고 줄을 서는 일은 드물었기 때문이다. 그러므로 그녀의 연장근무는 실제로 가게의 수익 측면에서는 전혀 무의미한 일이었다.

그럼에도 그녀는 미그적대며 셔터 내리기를 미루고 있었다. 그녀 스스로도 왜 그러는지 모르겠다며 혼잣말을 했지만, 사실 마음속으로는 이미 그 이유를 알고 있었다. 그녀는 그를 기다리고 있었다. 장이라고 불러 주십시오. 빌어먹고 사는 가난한 연극쟁이의 이름이죠. 철 지난 순정만화에 나오는 고독한 남자 주인공처럼 낡은 오버코트에 장발을 휘날리며 장이 자신을 소개했다. 연극배우 장, 그녀가 첫눈에 반해버린 남자. 귀를 도려낼 듯 추운 겨울날이었고, 희끗희끗한 눈발이 수도꼭지에서 새는 물처럼 미세하지만 끊임없이 내리던 날, 그가 그녀의 테이크아웃 커피전문점 〈아침 이른 향기〉의 창을 두드렸다. 중저음의 비장한 목소리, 연극배우의 과시적인 몸짓, 우수 어린 눈빛. 그는 딱 그녀의 이상형이었다. 그녀는, 우리 문화계의 발전을 위해서, 라는 명목으로 장에게 공짜 커피를 대접했고, 그 빌어먹고 사는 연극쟁이는 그때부터 수시로 그녀를 찾아와 가난한 예술가의 풍모를 마음껏 과시하곤 했다.

2주쯤 전 그는 새로운 연극에 캐스팅 되었다고, 비로소 진정한 예술의 한 순간에 참여하게 되었노라며 일장 연설을 읊었다. 그녀는 그가 연극에 초대해주리라 기대했지만, 장은 한 장의 티켓도 그녀에게 건네지 않았을 뿐 아니라, 그 이후로는 발길마저 뚝 끊긴 상태였다. 하긴 장이 언젠가 그랬다. 연극이란 것이 육체노동과 정신노동의 위대한 결합과도 같지요. 한번 몰두하면 세상 모든 것을 잊게 된답니다. 육체도 정신도 모두 빠져들어 버리니까요. 진정한 예술가란 늘 그런 식이죠. 제 예술관을 뛰어넘을 만큼 아름다운 것을 하나 꼽으라면 연지 씨의 예술적인 커피 맛 정도일까요. 하지만 최근에는 그 예술적인 커피 맛을 음미할 시간조차 없는지 장은 도통 모습을 드러내지 않았다.

그녀는 오늘도 그가 오지 않을 거라는 걸 알면서도 미그적대고 있었던 것이다. 소녀 같다고 할 만큼 감수성이 풍부한 그녀에게 누군가를 기다린다는 것은 고문이면서 동시에 낭만이기도 했다. 하지만 눈물이 날 것 같은 허전함은 어쩔 수 없었다.

마침내 기다림에 지친 그녀가 엉덩이를 털고 자리에서 몸을 일으켰다. 에스프레소 머신을 청소하고 내일 사용할 커피 재료를 따로 정리하며 퇴근 준비를 서두르는데, 헤드라이트 불빛이 〈아침 이른 향기〉의 자그마한 창을 훤히 비추며 다가왔다. 운전사가 시동까지 끄고는 총알택배라고 대문짝만하게 적힌 운수트럭에서 훌쩍 뛰어내렸다. 기다렸던 장은 아니었지만, 택배기사의 방문은 그녀의 외로운 기분을 조금 달래주었다. 그녀는 호준을 좋은 친구쯤으로 여기고 있었다.

"와, 다행이다. 문이 닫힌 줄 알았네."

"오늘은 늦었네요."

"네. 좀 이상한 집에 배달을 다녀와서요. 마치…… 아, 아닙니다."

호준은 서둘러 말을 맺었다. 그녀에게 방금 겪은 일을 설명하다 보면, 포르노 배우니 범죄 현장이니 피라니 어장이니 하는 것들에 대해 이야기해야 할 텐데, 그녀가 썩 좋아할 이야기는 아닐 듯싶었다. 특히 연지가, 포르노 배우는 어떤데요, 라든가, 그 방면에 대해서 잘 아시나 봐요, 같은 반응을 보이면 그야말로 낭패가 아닐 수 없었다.

"뭐, 히스테릭한 손님이 하도 잔소리를 해대서 좀 늦었어요. 늘 있는 일이죠, 뭐. 그나저나 커피 한 잔 주세요. 아메리카노로."

"시럽은 사절, 설탕만 한 봉지 넣어서. 늘 이것만 드시네요."

"이게 제 취향엔 젤 맞더라고요. 마끼아또니, 카라멜이니, 모카니, 하면 이미 어감에서부터 거부감이 일어요. 아메리카노라니, 이름부터가 쿨 하잖아요."

호준은 시계를 들여다보았다. 벌써 9시가 다 됐는데, 혹 여태 문을 닫지 않고 자신을 기다렸던 건 아닐까. 갑자기 호준에게 그런 생각이 떠올랐다. 그렇게 생각할 근거가 전혀 없었음에도, 달콤한 희망의 속삭임에 귀가 멀어버린 호준은 합리적인 판단 능력 따윈 이미 안드로메다로 날려 보낸 다음이었다. 너무 기분이 들떠서 불과 이십여 분 전에 아로새긴 음산한 경험의 기억은 말끔하게 사라지고 없었다. 그녀에게는 분명 그런 힘이 있었다. 그녀의 순수한 이미지와 착한 심성은 그녀 주변의 모든 것을 긍정적이고 순수하게 보이도록 만들곤 했다.

솔직히 그녀가 대단한 미녀라고는 할 수 없었다. 요즘 같이 미녀가 흔해 빠진 시대에 그녀가 미녀 소리를 들으려면, 성형시술이라는 첨단의 의료적 성과를 도용해야 할 필요가 없지 않았다. 눈웃음을 지을 때마다 미간과 콧잔등에서 파도처럼 일렁이는 잔주름이나, 살짝 불거진 광대뼈 아래로 뻗은 매끄럽지 못한 턱 선이라거나, 긴 머릿결을 쓸어 올릴 때마다 슬쩍슬쩍 드러나곤 하는 이마의 주근깨 같은, 어찌할 도리 없는 현대 여성들의 골칫거리들을 그녀도 가지고 있었던 것이다. 몸매는 비교적 마르고 늘씬한 편이었지만, 어디까지나 비교적, 이었다. 솔직히 대학로에는 연예인 급의 미모에다 짧은 미니스커트로 쭉쭉 뻗은 각선미를 여과 없이 드러낸 미녀들이 부지기수였기 때문에, 상대적으로 연지는 통통한 편이라고 봐야할 지경이었다. 그나마도 풀빛이 감도는 수더분한 앞치마로 몸 전체를 두르고 있어서 제대로 드러나지 않았다.

그래도 그녀에겐 뭔가 다른 매력이 있었다. 너무 흔한 성형미인들 사이라서 더 두드러지는 순수한 이미지, S라인까지는 아니지만 한번 팔을 감아보고 싶게 만드는 허리 라인, 밤바람에 살랑이곤 하는 매끄러운 머릿결, 무엇보다도 누구에게나 공평하게 베풀어주는 보조개가 움푹 팬 미소가 있었다. 뭐랄까, 그녀는 섹스보다는 사랑이란 단어를 떠올리게 만드는 그런 여자였다. 인터넷 검색 창에 '미녀'라고 치기만 하면 실컷 눈요기할 수 있는 여자들과는 분명 다른 부류의 미녀였다. 적어도 호준에게는 그랬다.

〈아침 이른 향기〉가 있는 골목은 그다지 인기 있는 데이트 루트가 아니라서 그런지, 벌써 인적이 드물었다. 밤바람이 따뜻하게 불어오고 있었고, 손에 든 커피는 언제나처럼 너무 달지 않아 만족스러웠다. 호준은 기분도 기분인지라 연지와 더 많은 대화를 나누고 싶었지만, 연지는 오늘도 오지 않은 장에 대한 아쉬움에 젖은 채 차근차근 퇴근 준비에 여념이 없었다. 호준은 커피를 테이크아웃 선반에다 올려놓은 다음, 그녀가 바깥에 세워둔 입간판 치우는 것을 거들었다. 〈아침 이른 향기〉라는 상호 아래 십여 종의 커피 이름이 다양한 서체로 나열되어 있었다.

"고마워요. 제가 하면 되는데……."

"그래도 남자가, 여자가 일하는 걸 보고만 있을 순 없죠. 그것도 연지 씨 같은 미녀가."

그녀가 또 잔주름이 이는 눈웃음과 보조개가 파인 미소를 선보였다. 호준의 가슴을 설레게 하는 바로 그 미소.

"이름이 운치가 있어요. 〈아침 이른 향기〉. 하지만 이른 아침에 시작된 향기는 이 늦은 밤까지도 계속 풍기는 것 같은데요."

호준은 왜 그녀 앞에만 서면 이런 유치한 발언들을 남발하게 되는지, 심리학적 진단이 필요하다는 생각이 들었다. 그의 다른 순간들은 결코 이렇지 않았다. 택배기사란 오히려 조금은 터프하고 거칠어야 할 수 있는 일이었으니까.

"하지만 이 이름이 붙게 된 사연을 알면 그렇게 낭만적이지만은 않을 거예요."

"예?"

"우리 사장님이 인간적으로는 꽤 좋은 편이지만, 남편감으로서는 꽝이거든요. 이건 비밀인데요, 호준 씨께만 얘기해드릴게요. 우리 사장님, 알아주는 난봉꾼이거든요. 지금도 어딘가에서 여자를 꾀고 있을 거예요. 이 가게를 차릴 때, 우리 사장님 정부의 이름이 조선향이었대요. 아침 조, 이를 선, 향기 향 쓰는 조선향. 이 가게는 정부에게 바치는 일종의 세레나데였던 거죠. 그게 부인을 위한 것이었다면 얼마나 아름다운 일이었을까요. 더 웃긴 건 그 정부에게는 아예 술집을 차려주었는데, 가게 이름이 〈밤 늦은 향기〉래요. 아침엔 커피, 밤엔 술 팔아, 돈도 벌고 애인도 기쁘게 해주고, 모조리 사장님 잇속이죠, 뭐. 가끔 들러 커피를 받아 가시는 착한 사모님만 아무것도 모르세요. 그저 이름 좋네, 하시구요. 사장님은 수금 때 외에는 잘 오지 않는데, 가끔 오면 그간의 전적을 쭉 읊어주신다니까요. 그걸 또 자랑스럽게 생각하구요. 남자란 모름지기 여자 관리를 지혜롭게 해야 한다나요. 그런 얘길 나한테 강의한다니까요. 그래도 가게를 운영하는 데는 일체 간섭하지도 않고, 프리하게 해주니까 직장 상사로서는 나쁘지 않은 거죠. 난봉꾼이라 그렇지, 의리도 있고 나름 매너도 좋고, 뭐 꽤 괜찮은 편이거든요. 여하튼 저도 처음에 채용될 땐 이름이 멋있어서 맘에 들었는데, 알고 나니 좀 그래요."

연지는 장이 끝내 오지 않았다는 사실에 대한 섭섭함을 감추려고 아무 생각 없이 말을 뱉어내고 있었다.

"그런 스토리가 있었군요. 그래도 그건 사장님 이야기고, 연지 씨만 두고 보면 굉장히 어울리는 조합이에요. 아침 이른 향기와 연지 씨."

"고마워요. 이젠 그만 문을 닫아야겠네요."

호준은 연지가, 호준 씨에게만 얘기해드릴게요, 라고 말했을 때부터 이미 황홀한 행복감에 젖어 있었다. 그 변변찮은 이야기를, 그녀와 자신만의 이야기, 뭐 이런 식으로 받아들인 것이다. 그의 건전한 사고력은 이미 안드로메다로 적을 옮긴지 오래였으니까. 오늘 뭔가 좀 잘 풀린다는 자신감이 생긴 호준이 불쑥 제안을 했다.

"댁까지 모셔다드릴까요?"

"요 앞이에요. 날씨도 좋고, 그냥 걸어가면 돼요."

"어차피 가는 길이니까요. 밤길에 혼자 걸으면 위험하기도 하고."

"괜찮은데……"

"혹시 제가 걱정되시면, 근처에 내려드리고 곧장 돌아갈게요."

"아, 아니, 그런 건 아니구요. 호준 씨를 의심하는 건 아니에요."

마음 약한 연지가 호준이 상처라도 받을까 싶어 말을 에둘러 막았다.

"좋아요, 그럼. 제가 모셔다드릴게요."

호준이 뚝심 있게 밀어붙였다. 연지가 조금 망설이다 호준의 차에 올라탔다. 장에 대한 아쉬움이 밀려왔지만, 호준에게 그런 감정을 배출할 필요는 없었다. 호준은 연지가 알려주는 방향으로 차를 몰았다. 그리고 곧 방금 전 그가 배달을 마치고 나온 경로를 되짚어가고 있음을 깨달았다. 아니나 다를까, 차는 아까 마지막 배달을 위해 다다랐던 곳까지 되돌아왔다.

"저, 여기서 내릴게요. 이쪽으론 차가 들어갈 길도 없어요."

"예. 혹시 저 빌라에……?"

호준이 손가락을 뻗어 음산한 기운을 물씬 풍기는 빌라를 가리켰다.

"예. 이 동네에선 구하기 어려울 만큼 집세가 싼 빌라예요. 깨끗한 건물은 아니지만, 벌레나 뭐 그런 건 별로 없고, 보일러나 수도도 문제없이 돌아가니까, 지내기엔 불편하지 않아요."

"저…… 혹시 지하층에 사는 사람들 본 적 있어요?"

"요즘은 시골에서도 옆집에 누가 사는지 모른대요. 뜨내기들이 사는 이런 임대형 빌라에선 더더욱 그렇겠죠. 근데 왜 물으시죠?"

호준의 과도한 관심에 연지가 살짝 경계심을 드러냈다. 호준은 자신이 겪은 일을 말해줄까, 하다 스스로도 그 경험이 비현실적인 느낌이 들어 역시 고개를 저었다. 하긴, 내가 뭐 범죄현장을 목격한 것도 아니고, 괜한 불안감을 심어줄 필요는 없겠지.

"그냥요. 여자 혼자 지내시는데, 문단속 잘 하시라고요. 요즘은 독신 여성이 무방비로 지내기엔 너무 위험한 세상이니까요."

"예, 고마워요. 태워주신 것도요. 감사의 의미로 내일은 제가 커피 서비스로 드릴게요."

"저야말로 고맙네요. 그럼 푹 주무세요."

그녀가 전매특허인 보조개 파인 미소를 던져준 다음 차에서 내리더니 곧 빌라 안으로 사라졌다. 그가 내심 불안한 시선으로 그녀의 동선을 쫓다, 뭐 무슨 문제야 있겠어, 하는 마음으로 어깨를 으쓱했다. 호준은 방금 그녀가 앉았던 조수석의 시트를 손으로 훑었다. 실제로는 그렇지 않았겠지만, 그의 신경이 지배하는 후각에는 그녀의 체취가 차 안을 가득 메운 듯했다. 호준은 빌라의 2층 창들 가운데 하나가 빛으로 채워지는 걸 지켜본 다음에야 차를 돌렸다.

호준은 오늘만큼은 포르노 사이트에 접속하지 않아도 평안한 잠을 이룰 수 있을 것 같았다. 그녀에 대한 달콤한 기억만으로도 육체의 욕망을 잠재울 수 있을 듯했다. 호준에게는 더할 나위 없이 만족스러운 밤이었다.

사라진 사람들

수사를 진행하면 할수록, 조 경감은 점점 더 사건에 애착을 느끼고 있었다. 강력계 형사 시절, 사건이 더 잔혹하면 할수록 더 강렬한 흥분과 열의를 느낄 수 있었던 것과 같았다. 더 끔찍하고 더 교활하고 더 악랄할수록, 범인들을 쫓는 재미는 더해지는 것이다. 그것은 불타오르는 정의감 때문이라기보다는 조 경감 자신의 기질이나 성향과 관련된 것이었다. 피가 난무하는 범죄현장에는, 컴퓨터 앞에 앉아 자판이나 두들겨대고, 마우스의 스크롤이나 위아래로 굴리면서는 결코 느낄 수 없는 자극이 있었다.

애초에 좀비 건을 맡으라는 지시가 떨어졌을 때만 해도, 아이들 장난 놀음에 경찰이 우롱당하는 거라 여겼던 조 경감은, 수사를 진행할수록 이 비현실적인 사건에 뚜렷하지는 않지만 뭔가 큼지막한 원석이 숨겨져 있음을 본능적으로 감지하기 시작했다. 그는 지금 충분히 만족스러웠다.

반면 조 경감이 이 건에 집착하면 집착할수록 최 경위가 느끼는 고통의 무게는 점점 커져갔다. 현장을 발로 뛴다는 수사방침을 그에게 직접 하사한 조 경감 덕분에, 사이버수사대에 입문한 후 지난 3년 동안 손에 물 한 번 묻혀본 적 없고, 발에 땀 한 번 차본 적 없었던 최 경위는 손발은 물론이거니와 겨드랑이와 사타구니에까지 땀이 마를 틈 없이 바빠진 것이다. 하여간 직장 생활은 상사 잘 만나기 나름이라는 세간의 진리를 그는 비로소 실감하고 있었다.

최 경위는 최신 IP 추적 시스템을 바탕으로, 이건 제가 직접 겪은 실화입니다, 로 시작하는 최초의 목격담이 작성된 컴퓨터의 IP를 찾아냈다. 다행인지 불행인지 추적된 위치는 목격담에서 주장한 내용과 일치했다. 대성리의 담배연기 자욱한 〈매직파워 피시방〉 21번 컴퓨터였던 것이다. 그토록 원치 않았으나 사실로 드러난 그 일치로 인해 최 경위의 3년만의 출동이 정말 현실이 되고 말았다.

조 경감과 최 경위는 우선 그 문제의 피시방을 탐문했다. 그들이 〈매직파워 피시방〉에 들어섰을 때, 그 피시방의 진정한 매직파워는 담배 연기가 아닌가, 하는 착각이 들 정도였다. 사방 온 구석구석에 매캐한 냄새와 자욱한 연기가 가득 들어차 있었다. 전쟁 오락 삼매경에 빠져 끝없이 살상을 반복하고 있는 아이들은 태연하게 간접흡연을 경험하고 있었고, 아마도 조만간 교칙과의 담대한 투쟁을 주장하며 직접흡연에 도전하게 될 터였다.

카운터에 앉아 있는 아르바이트생은 험상궂은 인상의 덩치 큰 학생이었다. 대학생 나이 정도로 보였지만, 대학에 다닐 것처럼 보이진 않았다. 조 경감이 보기에 그 아르바이트생은 딱 범죄자의 골상이었다. 그는 최근 직무 교육 연수과정에서 수강해야만 했던 '범죄학의 발전사' 강의를 떠올렸다. 조 경감은 신체적·정신적으로 변질 징후를 가진 운명적 범죄인이 존재한다는 롬브로소의 생래적 범죄인설에 백 퍼센트 공감하고 있었다. 그가 강력계 형사로 근무하면서 잡아들인 조폭들은 하나같이 조폭처럼 생겼었고, 운동권 학생들은 하나같이 운동권 학생들처럼 생겼었다는 사실을 떠올렸던 것이다. 그런 경험에 대한 자의적 해석으로 인해 그는 롬브로소의 골상학을 철석같이 믿고 있었고, 범죄자의 운명이나 타고난 유전자에 대한 강한 신뢰감을 가지고 있었다. 사실 롬브로소의 범죄인설은 당시에도 비난을 면치 못했던 이론이었지만, 그 이후의 범죄학 발전과정에 대한 강의 내용은 그에게 전혀 흥미를 주지 못했고 나머지 교육 시간의 대부분을 수면으로 채웠기 때문에, 자신의 생각을 교정할 기회도 얻지 못했다.

하여간 그 아르바이트생의 편편하고 좌우가 불균형한 이마, 그리고 툭 불거진 광대뼈는 롬브로소의 이론과 완벽하게 맞아 떨어지는 사례였다. 분명 잡아서 족치면 범죄의 증거들을 찾아낼 수 있으리라 확신했지만, 조 경감은 일단 모든 수사력을 좀비에 집중한다, 라고 나름대로 우선순위를 세워두고 있었던 터라, 그 문제는 다음으로 미루었다.

생긴 것과는 다르게 아르바이트생은 경찰의 취조에 사근사근한 말투로 성심껏 응했다. 조 경감은 그런 성실한 태도조차도 자신이 저지른 모종의 범죄를 은폐하고 경찰에게 빌미를 제공하지 않기 위한 눈속임이라고 생각했다. 어쨌든 아르바이트생은 공권력에 기꺼이 협조해 자신의 모든 기억을 반추해냈다.

"아, 예, 그날 밤 이상한 손님이 하나 있었죠. 이 동네에선 보통 그 시각이면 모텔에서 뒹굴거나 술을 처마시지 피시방을 찾진 않거든요. 특히 놀러 나온 외지인이라면 더더욱 그렇죠. 근데 그 사람 새벽 1신가, 1시 반쯤 갑자기 들이닥쳐서는 흥분한 표정으로 자판을 두들겨 대더라고요. 어찌나 세게 두드려대는지 잠이 확 깨더라구요. 얼마 있지도 않았어요. 한 십 분쯤 있었나? 그러더니 만 원짜리를 카운터에 딱 얹어놓고는 거스름돈도 받지 않고 가버렸어요. 올 때처럼 씩씩거리면서요. 사실 요금은 오백 원밖에 안 나왔는데."

"그 사람 어떻게 생겼던가? 인상착의가?"

조 경감이 대놓고 반말로 물었다. 정말 뭔가 켕기는 거라도 있는 건지, 아르바이트생은 그런 무례에 딱히 불쾌해하지 않았다. 최 경위는 받아 적느라 질문할 겨를도 없었다.

"그냥 평범하게요. 뿔테 안경을 썼고, 흰색 마이 차림이었어요. 넥타이는 없었고, 머리엔 기름을 잔뜩 처발랐더라고요. 야심한 시각에 이 동네 놀러오는 애들, 다들 비슷비슷하게 생겼어요. 겉멋만 잔뜩 든 애들이죠. 좋은 시계를 찼더라고요. 좀 사는 애 같아 보이긴 했어요. 나이는 이십대 후반쯤이고, 샤프한 인상이었어요. 아, 그래, 그 배우 닮았어요. 키아누 리브스."

조 경감이 최 경위를 바라보며 물었다.

"키아누 뭐시기, 아냐?"

"아, 팀장님, 영화도 안 보십니까? 〈매트릭스〉 주인공 아닙니까?"

"대한민국 경찰이 한가하게 영화나 볼 시간이 어디 있어?"

"제가 나중에 하나 구워 드리겠습니다."

조 경감이 해라 마라, 대답도 없이 다시 아르바이트생에게 물었다.

"여기서 가장 가까운 병원이 어디지?"

"어디 아프신데요?"

아르바이트생이 생뚱맞은 질문에 생뚱맞은 답변을 내놓았다.

"아니, 가까운 곳에 종합병원 같은 게 없냐고. 그럴듯한 병원. 그 친구가 그리로 갔을 거거든."

"아, 길 건너서 똑바로 10분쯤 올라가서 오른쪽으로 한 번 꺾으면 종합병원이 하나 있죠. 생긴 지 얼마 안 돼서 그런대로 깨끗한 병원이에요. 이 근방에선 그래도 젤 좋은 병원이죠."

조 경감은 고맙다는 인사마저 생략하고 딸랑거리는 피시방의 미닫이 문을 밀고 나갔다. 최 경위가 몸종처럼 부리나케 좇아 나왔다.

"저 새끼, 범죄자야."

"예? 누구요?"

"저 아르바이트생."

"예? 무슨 근거로요?"

"딱 보면 알아. 넌 경찰 짬밥이 몇 년인데 감이라는 것도 없냐?"

"팀장님, 범죄가 발생해야 범죄자가 생기는 겁니다."

"알아, 인마. 하지만 범죄자는 반드시 범죄를 저지르게 되어 있어."

최 경위는 더 따져봐야, 이 대화에서 의미를 찾기는 어렵다는 걸 깨달고 입을 다물었다.

　아르바이트생의 말처럼 종합병원은 가까운 곳에 있었다. 새로 생긴 병원이라지만, 재단이 부실한지 건물은 꼭 음산한 장례식장을 연상시킬 만큼 조잡했다. 실제로 초상이 났는지 상복을 입은 유족들이 병원 그늘에서 담배를 피워 물고 있었다. 조 경감은 카운터에서 경찰 신분증을 들이민 다음, 글이 웹상에 올라온 날의 당직 의사와 간호사를 불러내 취조했다. 의사가 경찰 취조는 처음이라며 흥분에 차서 대답했다. 자신이 영화 스토리상의 핵심 키를 지닌 주연급 조연쯤으로 생각하는 듯했다.

　"아, 알아요. 좀 신기한 환자였거든요. 한밤중에 약간 넋이 나간 여자를 데리고 왔는데, 정신을 못 차리는 걸 빼면 별 문제는 없어 보이더라고요. 뭔가 충격을 받은 모양이던데, 외상이래야 어디 긁힌 듯한 흔적이 전부고, 그래서 그냥 일단 재워두자 싶어서 입원수속 시켰죠. 알레르기성 발진 같은 것이 목에 보였구요. 근데 그 보호자라는 남자도 완전 맛이 간 것 같더라고요. 좀비니 귀신이니, 어쩌니 하면서 얼마나 난리를 치던지. 어쨌든 입원 조치하고 경과를 지켜보자고 했죠. 그 담엔 저도 좀 쉬러 갔습니다만. 김 간, 그 뒤에 어떻게 됐지?"

　당직 간호사가 뭔가 죄 지은 사람처럼 쭈뼛쭈뼛 대답했다.

　"그러니까, 그게, 입원 수속을 마치자마자 그 보호자가 요 앞에 잠깐 나갔다 오겠다며 나가더니 돌아오지 않더라구요."

　"안 돌아왔다고요?"

조 경감이 물었다. 피시방에서 분노의 글을 써댄 다음 사라지다, 라고 최 경위가 수첩에 적었다.

"예. 그리고 아침에 병실에 가보니까, 환자 분도 안 계시더라고요."

어, 하고 의사가 놀라며 간호사에게 물었다.

"아니, 김 간, 왜 그걸 내게 알리지 않았지?"

"그냥…… 저는 선생님께서 중요한 환자가 아닌 듯 대하셔서, 그냥 제 발로 걸어 나갔겠거니 했는데요."

"아, 이 사람. 아무리 하룻밤이래도 입원비를 받았어야지."

"그 남자 분이 선불로 계산하셨어요. 돈이 많으시더라고요. 현금으로 그냥 계산을……."

"아, 그래? 난 또 그냥 내보냈다고. 잘했어, 김 간."

의사의 칭찬에 그제야 간호사의 얼굴에 화색이 돌았다. 조 경감은 어이가 없었지만, 의사와 간호사 사이에 끼어 의학 윤리를 따져 물을 마음은 전혀 없었다. 사실 윤리에 관해서라면 조 경감도 뭐 딱히 내세울 게 없는 사람이었다.

"혹시 그날 병원의 CCTV 자료 같은 건 없습니까?"

"통로 쪽에 CCTV가 설치되어 있긴 한데…… 김 간, 그거 행정실에 녹화본이 다 보관되어 있던가?"

"아니오. 솔직히 이제 설치 단계라, 대부분 가동하고 있지 않습니다. 녹화본도 아직은 보관 시스템이 구비되지 않아서요."

간호사가 황급히 답변했다.

"어, 그랬던가? 아, 이거 어쩌죠, 형사님. 아무래도 저희가 신설된 병원이라 아직 체계가 명확하지 않습니다. 너그럽게 이해해주십시오.”

조 경감이 뭔가 뜻대로 풀리지 않는다는 의미로 한숨을 내쉬며 간호사에게 물었다.

“보호자라던 남자, 연락처는 있죠?”

조 경감과 최 경위는 병원 로비에서 환자명부를 뒤져 기재된 휴대폰 번호를 눌렀지만, 신호음은 가지 않았다. 배터리가 나간 모양이었다. 최 경위는 제발 통화가 돼서, 그 문제의 남자가, 죽을죄를 지었습니다, 다 장난이었어요, 라고 말해주기를, 그래서 이 소득 없는 추적이 깔끔하게 끝나주기를 간절히 빌었다. 하지만 끝내 통화는 연결되지 않았고, 조 경감의 입에서 최 경위가 가장 두려워하던 말이 튀어나왔다.

“이 사람, 집이 방배동이구만. 이봐 뭐하나, 빨리 차 빼와.”

방배동 아파트는 비어 있었다. 젊은 시절 경찰이 되고 싶었으나 월북한 형이 있어 꿈을 이루지 못하고 노년에 아파트 경비원이 되는 것으로 만족할 수밖에 없었던 경비원이, 이루지 못한 꿈의 현현인 경찰들 앞에서 풀 죽은 모습으로 증언했다.

“어디 보자, 401호. 알지요. 잘생긴 총각이었는데, 혼자 살았지. 여자들을 자주 데려왔는데, 올 때마다 사람이 바뀌더군요. 그러고 보니 최근에 본 적이 없네요. 3주쯤 전에 차 몰고 나가는 거 보고는 통 못 봤어요. 보자, 차도 없고. 그 사람 꼭 저 자리에 차를 댔거든요. 근데 그 사람한테 뭔 일 생겼습니까?”

조 경감은 막다른 길에 봉착해 있었다. 인적사항을 더 조사해봐야겠지만, 일단 현 상황에서 이 남자는 그냥 사라져버린 것이다. 좀비에 관한 의문의 글을 남긴 채, 여자 친구와 함께 종적을 감춰버린 것이다. 뭔가 수상쩍었다.

좋아, 그렇담, 문제의 동영상에서부터 다시 출발할 차례였다. 그는 곧장 수사의 다음 단계로 뛰어들었다. 태생적으로 머뭇거림이 없는 남자였다. 특히 그가 흥미를 느낀 사건에 대해서는 더더욱 집요했다.

"최 경위, 그 동영상 속의 주인공들 아는 데가 있다고 그랬지?"

"예. 해당 동영상에서 사진 캡처해서 인터넷 방송국 쪽으로 수배했는데, OGN 방송사라는 데서 자사 리포터랑 카메라맨이라고 오늘 아침에 신고가 들어왔습니다. 근데, 팀장님 OGN이 뭐의 약잔지 아십니까? 오케이 굿 나이스랍니다. 진짜 웃기지 않습니까?"

그러나 조 경감은 웃지 않았고, 바로 그런 이유로 최 경위의 웃음도 싹 가셨다.

"가자고. 방송사가 어디야?"

"팀장님, 우린 아직 식사도 못했는데요. 저녁이라도 먹고 하시죠."

"그 사람들 퇴근하기 전에 가야할 거 아냐, 인마. 서둘러!"

그럼 내일 하시죠, 라는 말이 목구멍까지 치밀어 올랐지만, 한번 한다면 하고야 마는 조 경감의 성격을 잘 아는지라, 이번에도 최 경위는 올라온 것을 되삼켰다. 오늘 하루 종일 치밀어 오르는 욕지거리를 되삼킨 것 빼고는 먹은 게 하나도 없었다. 이러다 정말 화병 날 거야. 최 경위는 조만간 자신에게 닥칠 병증을 정확하게 예단했다.

“그 새끼들, 그 싸가지 연놈들, 아, 씨발, 진짜 좀 찾아주쇼, 찾아서 내가 죽인다고 좀 전해주십쇼.”

OGN 방송국 국장은 백 킬로그램은 족히 나가는 거구였는데, 잔뜩 흥분해서 소리를 질러대는 모습이 꼭 발정 난 고릴라처럼 보였다. 명함에는 방송국 국장이라고 박혀 있었지만, 방송국이래야 사당동의 허름한 임대 상가 한 층을 빌려 쓰고 있었고, 눈에 보이는 직원이래야 열 명도 채 되지 않았다. 장비도 아마추어리즘 냄새가 나는 싸구려 카메라들뿐이었고, 그조차도 몇 대 없었다.

“좀비 촬영 간대서, 내가 카메라도 제일 좋은 걸로 내주고 차 내주고 야식비까지 지급했는데, 그 연놈들이 다 들고 날라 버렸다니까요. 그 카메라맨 새끼, 그거 어떻게 그런 화면을 만들어냈는지는 모르겠지만, 기똥찬 영상 나오니까, 우리 버리고 딴 놈들한테 판 거지. 아, 그게 우리 방송에서 딱 나가줘야 이거 뭐 해먹는 데 말이야. 그 염치없는 새끼들.”

국장은 배신자 커플을 떠올리자 성이 머리끝까지 차오르는지 계속 시근덕댔다.

“차까지 도난당했는데, 왜 신고하지 않으셨습니까?”

최 경위가 논리적으로 따져 물었다. 시근덕대던 국장이 갑자기 당혹감을 감추지 못하고 안절부절못했다.

“사람이 일주일이나 출근하지 않았는데, 실종신고도 하지 않고 말입니다.”

“아, 그 연놈들이야 내뺀 게 확실하죠. 전화해도 안 받고, 집에 가서 문을 두들겨 봐도 기척도 없더라고요. 차는 저 그게……”

"그게, 뭡니까?"

"이 건과는 상관이 없는 얘기라서……."

조 경감이 대충 감을 잡고 되물었다.

"대포찹니까?"

국장이 큰 비밀이라도 들킨 듯 화들짝 놀라더니 곧 비굴한 태도로 머리를 조아리기 시작했다.

"아이고, 이 바닥에서 일하려면, 좀 그런 부분들이, 아무래도, 초기 자금도 그렇고, 좀 아쉬운 부분이 많아서, 아이고 한 번만 봐주십시오. 어차피 그 차 그렇게 사라져버렸고. 다음에 차량 구매할 때는 꼭 제대로, 아이고, 뭣보다 형사님들 수사에 적극적으로다가, 협조를 해서……."

"아, 됐소. 그 건으로 나온 건 아니니까. 여하튼 적극적인 협조 차원에서 그 카메라맨과 리포터 신원정보나 주시오."

"아, 예, 예. 그 연놈들은 반드시 잡아서, 야, 미스 리, 뭐해, 빨리 직원명부 가져와서 복사해드려, 확 처넣어야 합니다. 하여간 꼭 수사에 성과가 있으시길 바랍니다."

"그 영상, 조작이 아니라는데, 그런 것 같습니까?"

"에이, 설마. 그럼 그 연놈들이 뭐, 정말 좀비라도 만나서 좀비가 됐을라구요. 방송이라는 게 원래 다 쇼에요, 쇼. 저희 같은 인터넷 방송국뿐만 아니라 공중파 방송도 다 똑같습니다. 방송은 쇼에요, 쇼. 하긴 그 자식, 그만한 실력은 없었을 텐데, 그렇게 생생한 화면을 찍어낸 게 좀 신기하긴 합니다. 뭐, 누가 좀 도와줬겠죠."

조 경감은 뱃가죽이 압착기에 눌린 것 같다는 최 경위의 소심한 구시렁거림을 무시하고 식당 대신 신상명부에 적힌 주소를 찾아갔다. 국장의 말대로 집은 비어 있었다. 카메라맨은 가족 연락처가 따로 없었고, 리포터의 신상명부에는 달랑 언니의 전화번호만 적혀 있었다. 부실한 회사의 부실한 인사관리였다. 임시직이라 더 그랬을 것이다. 조 경감은 일단 잡히는 대로 리포터의 언니에게 전화를 걸었다.

"아, 걔요. 걔 어렸을 때부터 집에서 내놨어요. 연락요? 한 1년 정도 됐을 걸요. 항상 그래요, 제멋대로거든요. 어디 잘 살고 있겠죠, 뭐. 걔 또 뭔 사고 쳤어요? 우린 책임 못 지니까, 자꾸 연락하지 마세요."

전화는 냉정하게 뚝 끊어졌다.

그런 일련의 수사과정을 모두 마친 후에야 조 경감은 최 경위를 데리고 근처 식당으로 들어갔다. 설렁탕 두 그릇을 시키고 반주로 소주도 한 병 시켜 식사를 해결했다. 최 경위는 이 배고픔과 피로와 땀으로 점철된 악몽이 언제까지 계속될지 두려웠다.

"그러니까, 다들 사라졌단 말이지."

조 경감이 담배를 꺼내 물며 말했다. 최 경위가 잽싸게 담배에 불을 붙였다. 사건은 난항에 부딪쳤지만 조 경감은 오히려 기분이 좋아 보였다. 일단 이 정도 선에서 퇴근이라도 하려면, 최 경위로서는 그의 비위를 잘 맞춰주어야 했다.

"예, 몽땅 다요. 마치 볼링공에 제대로 얻어맞은 핀들처럼, 몽땅 다 사라져버렸습니다."

"흠, 확실히 뭔가 있단 말이야. 뭔가가."

최 경위가 조 경감의 안색을 살피며 조심스럽게 물었다.

"이젠…… 어쩌죠?"

"어쩌긴 뭘 어째. 그 '뭔가'를 찾아내야지." 조 경감이 당연하다는 듯, 덤덤하게 말했다.

최 경위의 얼굴이 다시 침울해졌다. 이제 곧 여름이 다가올 텐데, 가만히 있어도 땀이 여름철 장마처럼 흘러내릴 텐데, 아 젠장, 왜 벌써부터 나는 이토록 많은 땀방울을 쏟아내야만 하는 걸까. 하지만 그의 그런 불만은 얼굴에 드리운 어두운 그림자로만 표현될 뿐이었다. 조 경감은 최 경위의 직속 상사였고, 결정적인 근무 평점을 매길 수 있는 위치에 있었다. 게다가 올 가을엔 최 경위의 진급 심사가 기다리고 있었다.

조 경감이 꺼억, 하고 트림을 뱉어내며 말했다.

"좋아, 모두가 용의자야. PC방 알바, 의사, 간호사, 국장, 여자의 언니까지. 그리고 실종자들 신원 조회해서, 오늘 생각해내지 못한 기타 등등까지 예상 가능한 관련자 명단 모두 뽑아놔."

"언제까지요?"

"내가 언제 지시했냐. 오늘 밤에 지시하면 내일 아침까지지 뭘 물어, 묻긴. 불만 있어?"

아니오, 라고 최 경위가 기어들어가는 목소리로, 그러나 마음속으로 고대 이집트의 가장 독한 저주들을 몽땅 담아 대답했다.

최 경위를 사무실로 돌려보낸 다음, 조 경감은 대성리 인근의 좀비 출현 장소를 홀로 추적했다. 겁 많은 최 경위를 데려와 봐야 시끄럽게만 굴 테고, 그럼 나오려던 좀비도 돌려보낼 듯싶었다. 목격담에 나온 파출소로 추정되는 곳을 몇 군데 수소문해보았지만, 찾아간 파출소마다 하나같이 모르는 일이라고 딱 잡아뗐다. 난데없이 서울에서 형사가 나타나자, 혹시라도 괜한 불똥이 튈까 노심초사하는 기색이 역력했다. 결국 그는 어림짐작으로 대성리 외곽을 둘러볼 수밖에 없었다.

따뜻한 봄날인데도, 대성리 외곽 지역의 밤은 꽤 으스스했다. 외곽으로 나서자 똑같은 나무에 똑같은 바위들로 채워져 있어서 사건 현장이라고 단정할만한 곳을 찾기란 불가능했다. 혹여나 하는 마음으로 멍하니 좀비가 나오길 기다렸지만, 숲에서는 아무런 움직임도 없었다. 자정이 넘었지만 한기만 늘어갈 뿐 어떤 범죄의 기미도 나타나지 않았다. 이건 정말 누군가의 장난일 뿐일까, 조 경감은 담배를 꺼내 물며 스스로에게 물었다. 답까지 내리기에는 아직 미지수가 너무 많았다.

장군과 의원과 회장

역삼동의 고급요정 〈대원〉으로 삼성장군의 관용차가 서서히 들어섰다. 차가 요정 입구에 서자, 대위 계급장을 단 부관이 황급히 차에서 뛰어내려, 장군이 불편함을 호소하지 않도록 차문을 열어주었다. 장군은 그런 격에 맞는 대우, 라는 것에 상당히 민감한 인사였기 때문에, 대위는 그런 방면에서는 단련될 대로 단련되어 있었다. 아마도 대한민국에서 막 정차한 차에서 뛰어내리는 속도는 그를 따라올 자가 없을 것이다.

장군의 오른쪽 어깨 견장에는 세 개의 별이 번쩍이고 있었다. 왼쪽 가슴에는 형형색색의 휘장들이 포도송이처럼 치렁치렁 붙어 있었다. 그 한쪽 끝에는 군용으로 보이지 않는 특수한 문양의 휘장도 달려 있었다. 고급요정의 출입은 순전히 사적인 행사였음에도 불구하고 그는 늘 군복을 고수했다. 그에게 군복과 계급장은 자신의 모든 것을 대변했다. 그의 유일한 아쉬움은 그 군복과 계급이 빛을 발할 수 있는 상황이 조성되지 않는 것뿐이었다. 이제 곧 만기전역을 앞둔 고령의 군인들을 제외하면 실전 참여 경험이 전무한 군대, 라는 것이 그가 개탄해 마지않는 군의 현실이었다. 그는 그게 영 마음에 들지 않았다. 군인이라면 모름지기 총을 들어야지, 들었으면 쏴야지, 쐈으면 죽여야지. 그에게 있어 군인이란 그런 것이었다. 이 단순하기 짝이 없는 논리는 정치가 판을 치는 현대군에서도 제법 잘 먹혀 들어갔고, 때론 그것이 그의 정치적 입지를 넓혀주기까지 했다. 하여간, 요즘 군인은 경찰보다도 못해.

불만으로 잔뜩 구겨져 있던 그의 인상은 입구까지 마중 나온 요정 마담의 직업적인 미소와 앙탈을 받고서야 조금 풀렸다.

"어서 오시오. 장군."

마담의 안내를 받아 룸에 들어가자 말쑥한 양장 차림을 한 초로의 신사가 인사를 건넸다. 테이블엔 이미 요리가 배설되어 있었고, 손님들의 딸 축에도 미치지 못하는 젊은 여자애들이 간드러진 미소를 흘리며 젓가락으로 음식을 집어 손님들의 입에 우겨넣고 있었다. 진짜 미녀들은 강남의 고급술집에 다 있다더니 역시나 세상 말에 틀린 게 없어, 하고 노인의 맞은편에 앉아 있던 뚱뚱한 남자가 여자애가 입속에 넣어준 요리를 어적어적 씹어대며 말했다. 탐욕이 양 볼에 가득 피어 오른 상이었다.

"일단 앉아서 좀 드시지요, 장군."

장군이 자리에 걸터앉자, 뚱보 쪽에 붙어 있던 여자애 하나가 잽싸게 몸을 틀어 그의 입에다 젓가락질을 시작했다. 장군은 푹신한 쿠션에 기대지 않고 허리를 꼿꼿이 편 채, 여자가 넣어주는 젓가락을 빨았다. 뚱보의 게걸스러움과 천박함에 질려 있던 여자애가 장군의 딱 부러진 모습에 탄복했다.

"장군님, 너무 멋있으세요. 별도 너무 멋있어요. 하나, 둘, 셋. 이제 곧 네 개가 되겠네요."

장군은 그 말에 흐뭇함을 감추지 못하고 입 꼬리를 씩 올리고 말았다. 그러나 곧 자신의 경거망동한 태도가 군인다움을 훼손했다는 자괴감이 일었는지, 괜히 인상을 구기며 노인을 향해 비장하게 말했다.

"의원님, 상황이 심상치 않습니다. 이렇게 먹고 마시며 노닥거릴 때가 아닙니다."

"아, 장군님, 걱정도 팔자십니다. 이게 우리 관례 아닙니까. 일단 즐기고, 그 다음에 심각해지자고요."

뚱보가 투명립스틱이라도 바른 것처럼 기름기로 번들거리는 입을 열어 끼어들었다.

"의원님, 회장님. 파파가 사라졌습니다, 파파가. 아시겠습니까? 지금은 먹고 마실 때가 아니란 말입니다."

초로의 신사는 보수우익계열을 대표하는 정당의 영수였다. 몇 년 전 국회의 국방위원장을 역임하면서 당시 국방부 정책기획관으로 있던 장군과 친분을 쌓게 되었고, 몇 차례 사석에서의 만남을 통해 그들이 지향하는 바가 같다는 사실을 깨닫게 되었다. 그들은 서로가 자신의 목적에 도움이 되리라는 치밀한 계산 하에 금방 의기투합했다. 적어도 요정에 와서 여자를 끼고 노닥거리는 모습을 서로에게 공개해도 얼굴을 붉힐 일이 없을 정도는 되었다. 뒤늦게 팀에 합류한 뚱보는 방위산업계의 큰 손이자, 국내 수위를 다투는 재계의 거두였다. 재계의 거두치고는 품격이 좀 떨어지고, 지나친 비만이었으며, 호색한이어서 허점이 많은 남자였지만, 요정에서 쌓아올린 인맥으로 사소한 문제쯤은 쉽게 커버해나갈 수 있을 만큼 생존전략에 탁월한 남자였다.

그들은 모두의 욕구를 충족시킬 모종의 음모를 계획 중이었다. 그들은 그 계획을 소위 '마리아 프로젝트'라 부르고 있었고, 여기에는 그들이 '파파'라고 부르는 급진적 미생물분석학자가 개입되어 있었다. 파파는 그들의 파격적이고 충격적인 아이디어를 현현시키는 역할을 수행하고 있었다. 방금 장군은 그토록 중요한 인물인 '파파'의 실종에 관해 보고한 것이었고, 그 말은 즉각 효력을 발휘했다. 먹는 것이라면 마누라와 처자식보다 귀하게 여기고, 특히나 예쁜 여자가 먹여주는 음식에는 변태적인 집착 성향까지 지닌 뚱보 회장조차도 깜짝 놀라, 그의 게걸스러운 식욕 탓에 젓가락질만으로도 1주일 치 헬스 분량을 채우고 있던 여자가 찔러 넣어준 오향장육을 제대로 씹지 못했다.

의원이 쫙 깔린 장중한 음성으로 여자들에게 나가 있으라고 지시했다. 야당 지도자들의 비리를 국회에서 성토할 때나 내던 목소리였다. 여자들이 그런 종류의 내쫓김에 익숙한지 별다른 저항의 말도 늘어놓지 않고 순순히 자리에서 물러났다. 이런 여자들의 장점이란 바로 이런 것이었다. 붙어 있어야 할 때와 떨어져야 할 때를 분별할 줄 아는 능력이 탁월하다는 것.

여자들이 나가자, 룸은 곧 진중한 무게감과 엄숙함이 자리 잡았다. 여자들이 경박하고 천박한 공기를 몸에 칭칭 감아 끌고 나간 것 같았다.

"장군, 자세히 한번 이야기해보시오. 파파가 어떻게 됐다고요?"

"사라졌습니다. 저희가 추적한 바로는 서울로 잠입한 것 같습니다."

"맙소사. 그…… 그럼, 마리아는, 마리아는 어떻게 됐습니까? 아직 우리 수중에 있겠지요?"

뚱보가 거대한 머리 크기에 비해 지나치게 작은 눈을 똥그랗게 뜨고 장군에게 물었다.

"마리아도…… 사라졌습니다. 파파가 가져간 것 같습니다."

"아니, 도대체 파파가 왜 그런단 말이오. 도대체 뭐가 문제인 거요?"

의원이 양 손을 깍지 끼어 턱을 괴며 물었다. 패배로 드러난 출구조사 결과를 지켜보는 정치인처럼 침울한 표정이었다. 장군이 말을 이었다.

"솔직히 잘 모르겠습니다. 우리와 뜻을 같이 한 걸로 알고 있었는데. 대우도 그만하면 최상급이었고, 미래 또한 확실하게 보장되어 있었는데 말입니다."

장군이 진지하게 대답했다. 그의 큰 키와 딱 부러진 이목구비가 그 진지함에 진정성을 더해주었다. 주로 상관이나 자신의 진급에 영향력 있는 인사들 앞에서 빛을 발하는 그의 장점들이었다.

"아이고, 답답해. 속 시원히 좀 말씀해보세요. 두 분 다 아시겠지만, 난 이 일에 돈을 많이 들였습니다. 문제가 생길 것 같으면 당장이라도 자금을 회수할 겁니다."

뚱보 회장이 화투판에서 잃은 돈을 회수하려고 떼쓰는 노름꾼처럼 앵앵거렸다. 곧장 의원의 서릿발 같은 일갈이 터져 나왔다.

"회장, 조급하게 굴지 마시오. 아시겠소? 우리 중 누구도 이 일에서 발을 뺄 수는 없소. 그러기엔 너무 깊이 들어와 버렸단 말이오. 원래 수

령이란 들어오는 길은 있어도 나갈 길은 없는 법이오."

그의 불호령에 뚱보 회장의 앵앵거림이 금방 잦아들었다. 의원의 정치적 영향력이 그의 재력을 압도했기 때문이었다. 장군이 잠시 상황이 진정되기를 기다렸다가 다시 입을 열었다.

"의원님 말씀이 옳습니다. 회장님, 너무 조급하게 굴지 마십시오. 파파는 곧 찾아낼 겁니다. 이미 우리 요원들이 추적을 시작했고, 사실 벌써 어느 정도 실마리를 잡았으니까요."

장군은 부관을 소리쳐 불렀다. 문 안에서 흘러나오는 여자들의 간드러진 웃음소리와 음식 씹어대는 소리에 고문당하고 있던 부관이 잽싸게 문을 열고 들어와 장군에게 서류와 캠코더를 건넸다.

"이걸 한번 보시지요. 문서는 지금 웹상에서 떠도는 글인데, 좀비가 나타나 여자 친구를 물었다는 내용을 담고 있습니다. 캠코더 속의 영상은 누군가가 좀비에게 물려 습격당하는 화면이 촬영되어 있지요."

"아니, 그럼 우리 프로젝트가 세상에 알려지기 시작했단 말이오?"

뚱보 회장이 또 끼어들어 설레발을 쳤다. 둔중한 덩치 때문에 행동은 굼뜨기 짝이 없었지만, 입만은 누구보다 빨리 놀릴 수 있다 자부하는 그였다.

"아닙니다. 누가 이걸 보고 진짜라고 믿겠습니까. 세상에 좀비라니. 내막을 몰랐다면 저도 믿지 못했을 겁니다. 실제로도 사람들에게 가십거리 정도로 받아들여지고 있지요."

장군이 답변을 하는 사이, 의원은 캠코더의 영상을 플레이 시켜, 좀비의 활약상을 지켜보고 있었다. 영상을 바라보는 그의 입가에 야릇한 미소가 떠올랐다.

"굉장하군. 굉장해. 감염과 전이 속도가 갈수록 빨라지고 있군. 이 카메라맨은 물린 즉시 좀비가 돼버렸어."

"분명 괄목할만한 성장입니다. 첨단 테크놀로지로도 따라올 수 없는 놀라운 생체 바이러스입니다. 진정한 대량 살상무기죠."

장군 역시 가지런한 이빨을 드러내며 뿌듯한 미소로 화답했다.

"파파는 곧 찾아낼 겁니다. 파파가 사라진 이후 좀비의 소행으로 보이는 몇몇 사건들이 우리 정보망에 속속 걸리고 있습니다. 진행 방향이나 속도로 봐서 이미 서울에 숨어든 것 같습니다."

"아니, 자꾸 그런 일들이 발생하면 이게 그냥 뜬소문으로 치부되겠습니까? 그러다 일 그르친다고요. 소문이 사실이 되고, 사실이 진리가 되는 겁니다. 모르십니까?"

뚱보 회장은 여전히 안달이 나 똥줄이 타오르고 있었다. 그가 생각하기에 막후 영향력을 행사하는 의원이나 군사연구시설을 무단으로 제공한 장군이나, 잃어봤자 그저 틀어진 계획일 뿐이겠지만, 자신은 막대한 자금을 날리게 될 공산이 컸다. 계산에 익숙한 사업가답게 회장의 머릿속에는 오직 손익대차표로 가득 차있었다.

"걱정 마십시오. 뒷수습은 제 부하들이 잘하고 있으니까."

"이 친구들은 어떻게 됐소?"

의원이 캠코더 영상 속의 남녀 좀비들을 가리키며 물었다.

"연구실에서 수거했습니다. 위험천만하게도 연구실 지척에서 일을 벌였더군요. 수풀 속을 배회하던 걸 재빨리 수거했죠. 병원의 여자는 확실히 물리지 않아서 그런지 변형 속도가 좀 느리더군요. 어쨌든 가둬두고 먹이를 주지 않았더니 서서히 기운을 잃고는 죽어버렸습니다. 그 여자의 남자친구는 피시방에 나갔다가 돌아오지 않았고요. 조사한 바에 따르면 피시방 아르바이트생이 살해하고 암매장해버린 것 같습니다. 아르바이트생의 주머니에서 남자의 짝퉁 롤렉스시계가 나왔거든요. 그 남자도 참 지지리 운이 없었던 거죠. 좀비를 만나고도 살아 돌아왔는데, 강도를 만나 목숨을 잃다니. 허허, 참.”

“이들을 기습한 이 좀비는?”

“그놈은 파파의 군대입니다. 일을 벌여놓고 우리가 수습하는 동안 파파가 데리고 탈출한 것 같습니다. 놈이 섭취한 영양의 일부를 마리아가 삼켰을 거고. 박사의 수제자가 도움을 준 모양입니다. 아마 연구 결과를 물려받는 조건이었겠지요. 살아 있었다면 우리에게 도움이 됐겠지만, 그 친구 얼마 전에 좀비가 되어버렸더군요. 문을 잠그고 실험하는 걸 깜박해서 들이닥친 좀비에게 물려버렸답니다.”

“이젠 어쩝니까?”

회장이 아기 손처럼 자그마하게 오그라든 주먹을 흔들며 물었다.

“어쩌면 잘된 일일지도 모르지.”

의원이 혼잣말을 하듯 대답했다. 그는 처음의 심각한 표정을 거두고 한결 평온한 모습을 하고 있었다. 회장이 그의 혼잣말에 대꾸했다.

“예? 뭐가 말입니까?”

“파파가 왜 떠났는지는 모르겠지만 마리아와 좀비 군단의 능력을 실험해볼 좋은 기회일 수도 있지. 단, 때가 될 때까진 너무 티 나지 않게 이루어져야겠지만."

"맞습니다. 마리아만 제때 수거할 수 있다면 꼭 나쁜 일이라고만 볼 건 아니죠."

장군이 의원의 말을 조건부로 수긍했다.

"장군, 당신 부하들이 그렇게 할 수 있겠지요?"

"물론입니다. 파파를 추적하는 건 이미 시간문제입니다. 실종 초반엔 좀 난항을 겪었지만 지금은 속속 정보가 들어오고 있으니까요. 좀비를 끌고 다니면서 종적을 남기지 않기란 거의 불가능하죠. 다만 그를 너무 적대시하고 싶지 않을 뿐입니다. 우린 아직 여러 명의 마리아가 필요하니까."

"장군, 말은 바로 하시오. 여러 명이 아니라 여러 개요. 좀비를 인간 취급하기엔 무리가 있으니까."

"듣고 보니 그렇군요. 하하하."

의원과 장군이 서로 주거니 받거니 말 토스를 하다 웃음꽃을 터트리자, 뚱보 회장도 미심쩍은 표정으로, 허, 허허, 허허허, 하고 순차적으로 음절을 늘려가며 따라 웃었다.

"아, 그런데, 경찰 쪽에서 좀비 건을 수사하고 있는 모양입니다. 미친 놈들. 쓸데없는 데 돈을 쓰니까, 국민들의 지탄을 받는 거지. 좀비 수사라니, 경찰도 막 나가는 모양입니다. 경찰 쪽 일을 군 인사가 나서서 뭐라 하기도 그렇고……."

"걱정 말게. 그 건은 내가 처리하지. 경찰청장이 내 고등학교 후배야. 아끼는 후배지."

의원이 금방 장군의 의중을 알아채고는 받아쳤다. 올스타전 홈런더비에 출전한 투수와 타자처럼 쉽게 던져주고 화끈하게 받아넘기는 꼴이었다.

"이 각박한 세상에 선후배간의 의리라도 없으면 정말 인간미 떨어지죠, 안 그렇습니까, 장군님."

회장이 떨어진 볼을 다급히 달려가 주워왔다.

"근데, 도대체 파파는 왜 그렇게 도망친 걸까요? 겁이 났을까요?"

"아닐 겁니다. 파파는 생각보다 훨씬 지독한 사람입니다. 복수를 위해 이십여 년을 버틴 것도 그렇고, 좀비에게 먹이사냥을 보낸 것도 그렇습니다. 애초에 윤리적인 인물이 아니지요. 이건…… 순전히 제 생각입니다만……."

"아, 뭐요, 뭐. 뜸 좀 들이지 말고 속 시원하게 얘기 좀 해보세요."

회장의 독촉이 이어졌다. 의원도 그의 추론이 궁금한지 귀를 기울였다. 장군이 말했다.

"뭐, 전적으로 제 생각입니다만, 돈이나 공포, 양심의 문제 따위는 아닐 겁니다. 돈은 충분히 제공되었고, 공포나 양심과도 거리가 먼 사람이니까. 파파는 심지어 죽음에 대해서도 꽤나 초연한 사람이거든요. 그렇담, 남자가 도망을 가는 데는 하나의 이유만 남는군요. 어쩌면 여자 문제가 아닐까요?"

"하, 참. 그 사람은 노인입니다. 아니, 그걸 떠나서, 파파는 연구실 밖을 벗어나지도 않는 사람이었습니다. 죄다 남자 연구원들 아니면 군인들뿐이지 않았습니까? 거기 여자가 어디 있었습니까, 여자가?"

회장이 잽싸게 원투 펀치를 날리며 반박했다. 그러나 장군은 그런 잔 공격에는 전혀 위축되지 않는 챔피언처럼 담담하게 대꾸했다.

"하나 있었지요, 딱 하나. 마리아 말입니다."

무소의 뿔처럼 혼자서, 아니 둘이서 간다

"아니, 그게 무슨 말입니까? 수사를 종결하라니. 제 보고서 못 보셨습니까? 이건 진짜 사건입니다, 사건."

조 경감이 분통에 차서 웅변을 토했다. 그러나 수사국장은 그런 위협에 지시를 바꿀 만큼 녹록한 사람이 아니었다. 경찰 경력 32년 짬밥, 내후년이면 일선에서 물러나야 할 나이였다. 아랫사람 청을 들어주기보다는 윗사람의 분부를 받들어 모시는 것이 미래를 계획하는 건실한 인생살이라는 것을 몸에 아로새긴 사람이었다.

"아, 조 팀장. 위에서 관두라잖아. 뭔 말이 그렇게 많아. 그냥 관둬. 관두라고. 좀비가 도대체 웬 말이야? 혈세 낭비라잖아, 혈세 낭비. 국민의 경찰이 이래서 되겠어?"

"좋습니다. 좀비는 차치하고, 그 실종된 사람들은 어쩌실 겁니까?"

"실종은 무슨 실종? 실종신고가 들어와야 실종자가 생기는 거야. 강력계에서 조폭이나 패고 다니다 와서, 논리가 안 서지, 논리가. 정신 차려요! 그리고 조 경감이 지금 강력계 형사야? 지금 당신은 내 밑에서 일하는 사이버수사대원이라고. 첨단의 사이버수사대. 이런 첨단의 시대에 자꾸 귀신 씨 나락 까먹는 소리나 하고 있을래?"

노회한 수사국장은 조 경감이 반박할 틈을 주지 않으려고 잽싸게 키폰을 눌러 대기 중이던 전화를 받았다. 보험 가입을 권하는 텔레마케터였지만, 수사국장은 티 내지 않고 심각한 표정을 지으며, 네, 네, 하고 텔레마케터의 질문에 성실히 답했다. 텔레마케터가, 그럼 가입신청을 하시겠습니까, 라고 물었을 때만, 단호하게, 아니오, 라고 잘라 대답했다. 조 경감이 뭐라고 대꾸하려 했지만, 수사국장은 손가락으로 귀에 댄 수화기를 가리키며 심각한 통화라는 제스처를 취했다.

조 경감은 고개를 절레절레 흔들며 사무실로 돌아왔다. 자리에 앉자 부아가 치밀어 수사노트를 문간에다 집어던졌다. 허공을 질주한 노트는 하필이면 바로 그 순간 문을 연 최 경위의 이마에 적중했고, 노트의 스프링 자국이 해리포터의 번개 자국처럼 최 경위의 이마에 새겨졌다. 볼드모트와 떼려야 뗄 수 없을 만큼 깊이 연결된 해리포터처럼, 최 경위는 조 경감과의 벗어날 길 없는 악연에 몸서리를 쳤다.

"아, 쏘리. 뭐, 지금 문을 연 자네 잘못이다, 그거."

그래, 다 내 잘못이지, 뭐. 최 경위는 민족의 고유한 정서인 한을 새롭게 체감하고 있었다. 억눌린 체념에서 오는 뿌리 깊은 한이, 삼일절 만세운동처럼 폭발할 날이 언젠가는 찾아올 것이다. 그래, 지금은 내가 참는다. 게다가 오늘은 좀비에게서 해방되는 감격스런 날이 될 테니, 그래, 참자, 참아. 최 경위는 그런 마음으로 스스로를 다독였다.

"괜찮습니다. 팀장님, 근데 수사국장님께서 이번 좀비 사건 종결하라고 하셨다면서요?"

"뭐? 누가 그래?"

"예?"

아, 이건 또 무슨 반응. 순순한 항복을 기대했던 최 경위는, 어그러진 기대에 적이 당황스러웠다.

"벌써, 소문이 쫙 퍼졌던데요. 솔직히 말이 나왔으니까, 말인데요. 다들 뒤에서 우릴 보고 뭐라 수군대는지 아십니까? 완전 코리안 덤 앤 더머라고요. 좀비 쫓는 경찰 들어보셨습니까?"

최 경위는 홧김에 불쑥 말을 뱉어놓고는, 아차 싶었다. 이거 조직사회에서 너무 대든 거 아냐, 하는 자기검열에 딱 걸려든 것이었다. 그러나 조 경감은 화를 내지 않았다. 아니 오히려 씽긋 웃기까지 했다. 뭐야, 이 사람, 유머감각이 완전 젬병은 아닌가 보네. 최 경위가 때 이른 안도감을 드러내며 함께 실실 웃었다.

"덤 앤 더머라? 하하. 이봐, 최 경위. 나도 그 영화는 봤다고. 그 친구들 어지간히 바보 같았지?"

"짐 캐리의 천재적인 바보 연기 덕분이었죠."

"바로 그거야. 우린 덤 앤 더머야."

"아니, 뭐 그렇게까지 비하할 건 없지 않습니까? 지시가 있어서 수사를 했던 거고, 지시가 있어서 종결하는 거니까요. 하하."

"그 친구들 말이야, 진짜 웃겼어. 그렇게 어리벙벙하긴 했어도 끝까지

갔지?"

"예?"

"자기들 방식으로 말이야. 그래, 바로 그거야. 우린 우리 식대로 끝까지 가는 거야."

"예?"

"좋아, 원한다면, 자네가 짐 캐리 역을 맡아도 돼. 그 친구가 덤이야, 더머야?"

"예?"

"늘 하는 말이지만, 자넨 그렇게 말귀를 못 알아들으면서 도대체 어떻게 경찰이 됐나?"

"하지만…… 국장님께서 사건을 종결시키라고……."

"물론이지. 사건은 종결됐어. 공식적으로는 말이야. 우리 둘에게만 종결되지 않았을 뿐이지."

"그럼……."

"그래, 우린 계속 간다. 무소의 뿔처럼 혼자서, 아니 우리 둘이서 간다. 불만 있나? 자네 혹시 애들처럼 질질 짜면서 당장 달려가서 일러바치거나 하진 않겠지? 그러고 보니 자네 올 가을에 진급심사 들어가잖아, 그치? 자네 1차 근무평정은 내가 하는 거고. 미리 말해두지만, 난 자넬 높이 평가하네. 말귀는 좀 못 알아먹지만. 어쨌든 내 요지는 자네가 승진시험 대상에서 누락되길 바라지 않는단 말이야. 만에 하나라도 그런 일이 벌어진다면, 난 정말 슬플 거 같거든. 자네도 그렇지 않나? 진짜 울고 싶을 거야. 그렇지?"

최 경위는 순간적으로 심장이 신장 아래까지 철퍼덕 내려앉는 소리를 들은 듯했다. 조 경감의 설득법은 가장 치사하면서도 가장 효율적인 방법 가운데 하나였다. 효과는 즉시 나타났다. 최 경위가 울며 겨자 먹기 식으로 '더머'를 맡았다. 아무래도 위계가 있는데, 자신이 '덤'을 맡을 수는 없는 일이었다.

"좋아, 최 경위, 그럼 우리 다시 시작해볼까. 이건 정말 뭔가 있어. 실종 사실까지 보고했는데, 윗선에서 강제로 수사를 종결시킨다, 그게 뭘 의미하겠나? 이게 정말 큰 건이라는 거지. 이 건만 해결하면 자네 진급은 따 놓은 당상이야."

"예. 그럼 뭐부터 시작하죠?"

최 경위가 풀 죽은 목소리로 물었다.

"좀비에 대한 모든 것을 조사해. 인터넷 샅샅이 뒤져서, 좀비에 대한 목격담 같은 거 올라온 거 있으면 무조건 그러모으고. 실종자들 주변의 인간관계나 재정, 치정 문제도 총체적으로 확인하고. 유력용의자들 찾아서 전과 있나 데이터베이스에 돌려봐."

"예."

"어떤 연계 고리라도 좋아, 뭐라도 발견되면 즉각 보고하고. 수사국장이 알면 골치 아파질 수 있으니까, 보안 유지해. 알았나?"

"예."

최 경위가 또 맥 빠진 목소리로 대답했다.

"최 경위, 난 활기찬 목소리를 좋아해. 난 말이야, 진급 여부는 당사자의 활기와 열정을 보고 결정되어야 한다고 믿는다고."

"옛!"

최 경위의 목소리가 이번엔 선배들과 첫 대면식을 치르는 활기찬 새내기 대학생처럼 우렁차게 나왔다. 그는 자신도 모르게 발현된 이 노예 근성에 스스로가 민망할 지경이었지만, 그렇다고 지금 와서 다시 목소리를 깔 수도 없는 노릇이었다.

"첫 번째 실종자들인 커플과 두 번째 실종자들인 방송국 직원들 사이의 유사점이 뭐지?"

"남녀 한 쌍이라는 거, 야밤에 대성리에 갔다는 거, 좀비를 만났다는 거. 뭐 그 정도 아니겠습니까?"

최 경위가 여전히 활기찬 목소리 톤을 유지하며 대답했다. 에잇, 젠장. 이러고 싶지 않은데. 하지만 이미 최 경위의 몸은 마음과는 별개로 생존 지침에 따라 반응하고 있었다.

"그래, 야밤에 좀비를 만났단 말이지……. 역시 현장에서부터 다시 시작해야 하나?"

조 경감이 며칠이나 면도를 하지 않아 삐죽삐죽 자란 턱수염을 박박 긁으며 생각에 잠겼다. 최 경위는 그 옆에서 무슨 일부터 해야 할지 몰라 쭈뼛쭈뼛하게 서 있었다. 그 모습이 〈덤 앤 더머〉의 짐 캐리와 제프 다니엘스 콤비와 꼭 닮은 꼴이었다.

〈모텔 여인숙〉에서 벌어진 일

〈모텔 여인숙〉은 마로니에 공원 정문에서 곧장 대로를 건너 맞은편에 난 보일락 말락 한 샛길로 들어선 다음, 50미터 간격으로 두 번 더 우회전하고 다시 10미터 직진하면 찾을 수 있는 허름한 모텔이었다. 그 이름 또한 찬란하기 짝이 없어, 90년대 포르노 소설 제목과도 같은 '여인숙'이었다. 2000년대식 개명인 모텔과 90년대식 명칭인 여인숙의 절묘한 결합으로 탄생한 〈모텔 여인숙〉은 이름이 풍기는 묘한 뉘앙스와 후미진 골목 중간이라는 위치적 소재에 걸맞게, 혼외정사와 불륜과 간통이 혼재한 성적 무질서의 공간으로 자리 잡고 있었다.

대학로에서 공연 하나 관람하고 커피까지 마신 다음 더 이상 할 일이 없어진 청춘남녀들이 데이트 종착지로 자주 애용하는 곳이기도 했고, 진정한 사랑을 만났으나 이미 서로의 법적인 짝이 존재하는 바람에 비극적 드라마를 연출할 수밖에 없는 중년남녀들의 로맨스가 서린 곳이기도 했다. 레즈비언과 게이들과 트랜스젠더들 같은 성적 소수자들이 맘 놓고 사적 취향을 표출할 수 있는 공간이기도 했고, 원조교제와 불법 성매매가 이루어지는 무법천지의 공간이기도 했다.

그 모든 것은 "No CCTV, 완벽한 무인시스템 도입, 섹스를 위한 최적의 조명과 편안한 침대"라고 적힌 입간판이 있었기 때문에 가능한 일이었다. 당신의 모든 비밀이 보장됩니다, 살인이 일어나도 모른다니까요, 라고 적혀 있는 것이나 마찬가지였다. 그러나 실상은 모텔 주인 하 씨가 살고 있는 101호 객실에서 룸마다 몰래 설치해둔 카메라들이 전송하는 영상이 실시간으로 상영되고 있었다. 하 씨의 일상이라고는, 매일 밤 꽉 들어차는 44개의 룸에서 벌어지는 섹스의 향연을 관람하며 밤새도록 자위를 하고, 다음날 밤을 위해 하루 종일 자빠져 자는 것이 전부였다. 레즈비언과 원조교제와 불륜과 변태 커플과 창녀들의 섹스가 주는 성적 흥분에다 훔쳐보기의 미묘한 우월감까지 더해져 하 씨의 체내에는 단백질이 남아날 날이 없었고, 덕분에 그의 눈 아래 다크서클은 거의 판다의 눈두덩만큼이나 커져 있었다.

오늘도 밤 10시, 하 씨는 여느 날처럼 실시간으로 진행되는 관음의 세계로 빠져들었다. 야, 오늘 물 좋은데. 그는 오늘 출연자들의 면면이 마음에 들었다. 우선 바로 옆 102호 룸에 변태 커플이 들어왔는데, 홀랑 벗은 남자가 반라의 여자 무릎에 엎드려 엉덩이를 맞고 있었다. 한두 번 해본 솜씨가 아닌지, 여자의 손이 남자의 두툼한 엉덩이 살에 착착 감겨 들어갔다. 307호에서는 원조교제가 한창이었다. 여자애가 교복을 벗어 내리더니, 할아버지뻘로 보이는 남자의 무릎에 올라탔다. 늙은 남자나 어린 여자애나, 그 나이에 그런 체위를 할 수 있다는 것이 신기할 정도였다. 오늘도 어김없이 401호에서는 레즈비언 파티가, 303호에서는 게이 파티가 펼쳐지고 있었다. 수많은 청춘남녀들이 이미 침대에 뭉개져서 사람의 고유한 형체를 잃어가고 있었다.

그중에서도 하 씨의 눈을 확 잡아 끈 것은 404호 손님들이었다. 그곳에서는 스트립쇼가 한창이었다. 여자는 전문 콜걸이 분명했다. 콜걸은 손님을 앞에 두고 요염하게 허리를 비틀며 팬티를 끌어내리고 있었다. 팬티 한 장을 벗는 데도 기교가 남달랐다. 침대에 걸터앉은 중년 남성의 입이 헤벌쭉 벌어졌고, 하 씨의 성기도 덩달아 부풀어 올랐다. 여자는 굉장한 미모에다 완벽한 몸매를 가지고 있었다. 됐어, 오늘은 이 여자 하나면 충분하겠는걸. 하 씨가 그녀의 스트립을 지켜보며 자위를 시작했다. 여자는 너무 노련하고 요염해서, 하 씨는 그녀가 본 편을 시작하기도 전에 첫 사정을 하고 말았다. 와우, 좀 쉬었다, 한 판 더해야지. 저 여자가 여기서 밤새 뒹굴어줘야 할 텐데. 여자는 이제 남자와 완전히 엉켜 있었다. 새끼, 좋겠는데. 하 씨의 질투.

화끈한 사정으로 마음이 한결 느긋해진 하 씨가 다른 화면으로 시선을 옮기다 뭔가를 보고 눈살을 찌푸렸다. 모텔 로비로 뚱보가 들어선 것이다. 뚱보는 이 모텔을 주 무대로 삼는 전문털이범이었다. 비대한 덩치 때문에 소매치기라거나 털이범이라고는 좀체 믿기 어려운 사람이었다. 뚱보 스스로도 그 사실을 잘 알고 있었고, 자신의 사업에 적절히 활용하고 있었다. 문을 슬쩍 따고 들어가 쾌락의 절정에 이른 나머지 아무것도 보지 못하는 남녀의 지갑이며 옷가지를 털어 나오는 식이었는데, 눈요기도 하고 돈도 버는 행복한 직업이라며 자부심이 대단했다. 혹 그들이 눈치라도 채면 바로 취중 연기에 들어가 거대한 덩치를 흔들며, 어, 여기가 아니네, 아, 쏘리, 쏘리, 하며 혀 꼬인 소리로 뭐라 씨불씨불 거리며 돌아 나오는 것이었다. 그러면 사람들은 저런 덩치로 설마 털이범이겠어, 하고는 더는 따져 묻지 않았다. 그런 장소에서는 문제가 생기지 않는 것이 누구에게나 최선이었기 때문이다.

오늘도 그가 활동을 재개하려는 모양이었다. 하 씨는 카메라 영상으로 그의 절도를 여러 차례 목격했지만, 눈살을 찌푸리는 정도였지, 딱히 어떤 조치를 취할 생각은 하지 않았다. 어쨌든 공식적으로는 'No CCTV'에다 '무인시스템'인 것이다. 뭐, 좀 털렸다고 해서 신고하는 사람도 거의 없었다. 범인에게 돌을 던질 만큼 죄 없는 자가 없었으니, 경찰이 와서 좋을 일은 없었다. 뚱보도 수준에 맞게 적당히 털어가는 미덕을 발휘했고. 상호간의 묵인과 용납 속에 뚱보의 사업은 제법 짭짤한 수익을 거두고 있었다.

뚱보는 문간에 귀만 대보고도 적절한 대상과 타이밍을 잡을 수 있는 특별한 노하우를 가지고 있었다. 그가 몇 차례 이 문, 저 문에 귀를 대보더니 최종적으로 선택한 곳은, 하필이면, 하 씨에게 '오늘의 커플'로 선정된 콜걸과 중년의 남성이 쾌락의 절정을 달리고 있는 404호실이었다. 그가 모조키로 능숙하게 문을 따고 문고리를 살살 돌려 룸 안으로 소리 없이 몸을 밀어 넣었다.

저걸 어째, 하고 하 씨가 고민하고 있던 찰나, 〈모텔 여인숙〉으로 또 다른 손님들이 들어왔다. 남은 방은 206호 하나, 오늘의 마지막 손님이었다. 206호의 텅 빈 룸을 비추던 화면 속으로 노인이 등장했고, 곧 여자 하나와 남자 둘이 들어섰다. 노인은 백발이 성성했고, 여자는 헐거운 옷을 입고 초점 없는 표정을 짓고 있었는데, 꼭 포르노 배우처럼 보였다. 흠, 뭐, 여기도 괜찮네. 하 씨는 그녀를 통해 오늘의 두 번째 사정을 할 수 있으리라 기대했다. 문제는 남자가 둘 더 있다는 점이었는데, 둘 다 촌스럽고 헤진 옷에 한쪽 바지춤은 찢겨나간 상태였다. 카메라를 등지고 서 있어서 얼굴은 잘 보이지 않았다. 쓰리섬인가, 아니지, 이러면 포섬이 되나. 포르노 촬영팀일지도 모른다. 하 씨에게는 아무래도 상관없는 일이었다. 어서 옷이나 벗기라고, 이 운 좋은 노인네야.

노인이 하 씨의 말을 듣기라도 한 것처럼, 여자의 상의를 끌어내렸다. 바로 그 순간, 기대감에 가득 차 있던 하 씨를 오싹하게 만드는 광경이 펼쳐졌다. 여자의 유방 한쪽이 일그러져 있었다. 마치 화상이라도 입은 듯 울퉁불퉁 일그러진 가슴은 완벽한 반구를 이룬 반대쪽 가슴과 대비되어 더 기형적으로 느껴졌다. 하 씨는 자위를 할 마음이 싹 가셨다. 저것들, 뭐야?

노인이 자신의 배를 몇 차례 두드리더니, 카메라를 등지고 서 있던 두 남자에게 문을 가리키며 손가락질을 해보였다. 그러자 그들이 마치 나사 풀린 로봇처럼 기우뚱기우뚱 하면서 밖으로 사라졌다. 이제 제대로 한번 놀아볼 모양이지, 하고 하 씨는 다시 한 번 기이한 여자의 모습을 주시했다. 여자는 거의 움직임이 없었다. 꼭 마네킹 같았다. 직원의 실수로 왼쪽 가슴만 홀라당 태워먹은 부티크의 고급 마네킹.

하 씨가 불편해진 심기를 전환하기 위해 다시 404호실로 시선을 옮겼다. 404호를 비춘 모니터 속에서는 중년남자에게 절도 현장을 적발당한 뚱보가 소란을 피우고 있었다. 콜걸은 이불보로 몸을 말아 감고 있었고, 남자는 사각 팬티만 간신히 주워 입은 상태였다. 저 돼지 자식, 또 술 취한 연기가 시작되겠구먼. 아니나 다를까, 뚱보가 몸을 좌우로 흔들기 시작했다. 음성시스템도 설치해야 하는 건데. 하 씨는 안타까웠다. 뭐든지 한번 할 때 제대로 투자해야 했어.

바로 그때, 하 씨의 객실 문이 사전의 기미도 없이 강력한 충돌로 깡그리 부서져 나갔다. 헉, 경찰인가. 하 씨가 무르팍에 걸린 팬티를 황급히 끌어올리며 뒷걸음질을 쳤다. 경찰은 아니었다. 사실 경찰보다 더 골때리는 것이었다. 저게 뭐야. 아니, 그게 어디서 왔는지, 하 씨는 알고 있었다. 206호, 마지막 손님의 방에서 나온 두 남자, 아니 괴물이었다. 얼굴은 불에 덴 듯 흉측하게 일그러진 데다, 한 놈은 목뼈가 부러졌는지 고개가 어깨 옆으로 확 꺾인 채로 그를 노려보고 있었다. 그들이 내는 칠판 긁어대는 듯한 음산한 소리는 공포심을 한층 배가시켰다.

뭐, 뭐야, 저리 꺼져! 하지만 놈들은 꺼지기는커녕, 그를 둘러싼 포위망을 좁혀오기 시작했다. 그가 핸드폰 슬라이드를 밀어 올려 1을 두 번, 2를 한 번 찍는 동안에도 계속해서. 전파가 방해를 받는지, 아리따운 목소리가 아득히 먼 곳에서 흐릿하게 "안녕하…… 드릴까요?"라고 인사하는데도 하 씨는 친절하게 대답할 수 없었다. 어느새 다가온 좀비 둘이 양쪽에서 그의 목덜미를 물어뜯었기 때문이었다. 곧장 그의 몸이 수축되고 피부가 일그러지기 시작하더니, 그가 그토록 듣기 싫었던 쇳소리를 제 입으로 내기 시작했다. 그에게 행복의 상징이었던 거대한 성기 역시 그저 군더더기 살점으로 일그러져 찢어진 팬티 밖으로 늘어져 있을 뿐이었다. 이제 셋이 된 좀비 일행은 곧장 스팽킹 행각에 열중한 나머지, 옆방의 문짝이 떨어져나가는 소리조차 듣지 못한 102호의 변태 커플을 덮쳤다.

아래층에선 난리가 났는데도, 404호실에서는 여전히 말싸움이 한창이었다. 정 사장은 뚱보에게 소리를 질러댔다. 아, 이 사람아, 아무리 술을 처먹었대도 그렇지, 어떻게 잠겨 있는 방문을 딸 수가 있냐고. 당신 절도범이거나 관음증 변태지, 그렇지? 뚱보가 이불보로 간신히 몸을 가린 여자를 흘낏흘낏 훔쳐보며 다급하게 항변했다. 아, 꺼이, 이 샤람이, 이꺼, 날로 뭐로다 뽀꼬. 이 덩치에, 음냐, 음냐, 뭐시기냐, 절도범이라니, 세상 사람이 웃겠소. 콜걸이 끼어들었다. 아, 뭐해요, 그냥 취객이니까, 빨리 보내고 하던 거나 마저 해요. 정 사장이 고개를 절레절레 흔들었다. 아니, 아니야. 우리 또 하고 있음, 또 몰래 들어와서 훔쳐볼 놈이야. 이런 놈은 버르장머리를 확실히 고쳐줘야 해. 뚱보가 꽥 소리를 질렀다. 꽥, 허허허, 이런 니미, 아, 음냐, 음냐, 뭐시기냐, 405호실이면 내 방인데, 울 마눌님 어디로 내뺐어! 콜걸이 째지는 목소리로 소리 질렀다. 완전 절었는데, 뭐. 그냥 보내고 우리 시간 보내요, 나 몸값 비싸요, 오빠 이거 땜에 충분히 못해도 다 계산해야 해.

그들이 그렇게 옥신각신하고 있는데, 4층 통로 입구에서 와당탕 문이 부서지는 소리가 들렸다. 뭐지, 경찰 단속인가, 제기랄. 전과 4범의 소매치기 뚱보가 너무 놀라 술 취한 연기 중이라는 사실을 잊고 소리쳤지만, 놀라기는 정 사장과 콜걸도 마찬가지여서 아무도 그 사실을 깨닫지 못했다. 그들 셋은 나란히 문가로 다가가 고개만 쏙 내밀어 바깥의 동정을 살폈다. 오 마이 갓, 저게 뭐야. 콜걸이 또 비명을 내질렀다. 오빠, 저거, 괴, 괴물이야. 정 사장은 얼마 전에 인터넷에서 본 동영상이 떠올랐다. 어떤 놈들이 참 잘도 찍었네, 했었는데, 그게 지금 문밖에 득실거리고 있었다. 야, 저거 좀비야, 좀비. 어떡하죠? 뚱보가 물었다. 애초부터 없었던 취기가 완전히 가셨다.

정 사장이 여자에게 소리쳤다. 야, 빨리 옷 입어. 그러면서 자기도 사정없이 구겨진 양복바지를 끌어올렸다. 뒷주머니에 묵직하던 지갑은 온데간데없었다. 여자가 핫팬츠와 민소매 티셔츠로 몸을 가리는 동안, 뚱보는 역시나 그녀의 몸을 훔쳐보며 군침을 흘렸다. 402호 문이 부서졌다. 비명소리가 들리고, 좀비가 둘 늘었다. 403호 문도 부서졌다. 비명소리가 들리고, 좀비가 셋 늘었다. 403호에는 여자 하나에 남자 둘이 들러붙어 있었던 것이다. 마침내 404호의 문이 벌컥 열렸을 때, 콜걸이 창밖으로 넘어가 좁은 난간에 막 발을 걸쳤다. 먼저 넘어간 정 사장이 여자의 손을 잡아주었다. 뚱보가 마지막으로 창을 비집고 나왔다. 거대한 덩치 때문에 창에 꽉 끼었지만, 그가 할 수 있는 한 최대한 몸을 움츠려 간신히 벗어났다. 좀비 하나가 쫓아와 창밖으로 머리를 내밀었고, 뚱보가 기다렸다는 듯 두툼한 주먹으로 놈의 머리통을 후려갈겼다. 좀비가 균형을 잡지 못하고 그대로 창밖으로 추락했다. 바닥에서 퍼억, 하고 장이 파열하는 소리가 났다.

여기 이 배수관을 타고 미끄러지듯 내려가야 해. 정 사장이 콜걸에게 가르쳤다. 무서워, 오빠. 콜걸이 앙탈을 부렸지만, 별수 없는 일이었다.

내가 먼저 내려가서 받아줄게, 라고 정 사장이 배수관을 타고 미끄러져 내려가면서 소리쳤다. 콜걸이 배수관을 잡고 망설이자, 뚱보가 그럼 내가 먼저 가겠소, 라며 매너 없이 끼어들더니 그녀만 남겨두고 휙 미끄러져 내려갔다. 고소공포증이 있는 콜걸은 무서워 죽을 지경이었지만, 창밖으로 고개를 내밀며 입맛을 다시는 좀비들의 얼굴을 보자 뛰어내리지 않을 수 없었다. 그녀가 배수관을 타고 내려오자 기다리던 정 사장이, 비비안 리를 안아 올린 클라크 게이블처럼 그녀를 번쩍 들어 올렸다. 오빠앙, 하고 여자가 몸에 밴 앙탈을 부렸다.

하지만 그들 모두 탈출의 기쁨을 만끽하고 있을 겨를이 없었다. 아까 바닥으로 추락했던 좀비가 부스럭거리며 다시 일어섰기 때문이었다. 좀비의 얼굴은 워낙에 엉망이어서 추락의 여파를 별도로 분리해내기가 힘겨울 정도였다. 뚱보가 다시 한 번 주먹을 날렸는데, 육중한 무게에서 오는 파워가 고스란히 전달돼 좀비의 몸이 활처럼 뒤로 꺾였다. 하지만 그렇게 몸이 꺾인 상태로도 쫓아오기를 멈추지 않았다. 게다가 그놈뿐이 아니었다. 이미 모텔을 벗어난 수많은 좀비들이 대로변에서 야심한 시각의 데이트를 즐기던 연인들을 마구잡이로 물어놓은 탓에 대학로 곳곳에 좀비가 배회하고 있었고, 그 수는 기하급수적으로 늘어가고 있었던 것이다.

"오 마이 갓, 이제 어쩌죠? 우린 어디로 가야 합니까?"

뚱보가 물었다.

"안전하게 숨을 곳이요. 몸을 감출 수 있고, 탄탄한 잠금 장치가 있는 곳으로요! 근데 그게 어디죠?"

콜걸이 소리쳤다.

"대학로에 내 자그마한 가게가 하나 있어. 테이크아웃 커피점인데, 좁지만 세 사람은 들어갈 수 있을 거야. 저 사람을 끼워줘야 하나 모르겠지만."

정 사장이 당당하게 소리쳤다.

"옷깃만 스쳐도 인연이라는데, 이러지 맙시다. 내 주먹 실력 봤죠? 도움이 될 겁니다."

뚱보가 애걸했다.

"모르겠소. 아마도 내 지갑이 당신 호주머니에 있는 것 같지만. 어쨌든 여기서 이럴 시간 없으니까, 빨리 움직입시다."

좀비들은 곳곳에서 불쑥불쑥 튀어나왔다. 이미 대학로의 야심한 밤길은 공포의 도가니로 변해 있었다. 뚱보는 자신의 호언장담대로 도움이 되었다. 생긴 것과는 다르게 민첩했고, 판단력도 뛰어났다. 길가에 적재된 쓰레기들 틈에서 쇠파이프를 두 개 찾아내 정 사장 손에도 하나 쥐어주었다. 그들은 닥치는 대로 튀어나오는 좀비들의 대가리를 후려치면서 길을 뚫고 달렸는데, 솔직히 그들이 쇠파이프로 내려친 게 전부 좀비였는지는 확신할 수 없었다. 쇠파이프에는 피가 잔뜩 묻어 있었고, 내리쳤을 때 윽, 하는 사람의 비명소리도 들린 것 같았기 때문이다. 하지만 그런 형편을 살필 겨를이 없었다.

수차례의 위기를 간신히 넘기고 쫓아오는 수십 명의 좀비들을 떼어낸 후에야, 온몸이 땀과 튀어 오른 피에 절은 모습으로, 그들은 테이크아웃 커피점 〈아침 이른 향기〉 앞에 섰다. 정 사장이 고풍스러운 열쇠 하나를 꺼내 문을 땄고, 그러는 동안에도 뚱보는 좀비들의 대가리에다 쇠파이프의 육중한 무게를 전달해야 했다. 마침내 문이 드르륵, 열리자 뚱보는 정 사장과 콜걸을 밀치며 가장 먼저 뛰어들었다. 정 사장은 콜걸을 안전하게 밀어 넣은 후 문을 세차게 닫았다. 그 바람에 손을 밀어 넣던 좀비의 손목이 우지끈 부서지며 실내로 툭 떨어졌다. 방금 본체에서 떨어져 나온 손은 잠시 동안 바닥을 기며 움켜잡으려는 시늉을 계속했다. 뚱보가 체중을 실어 밟아 으깨버렸다.

정 사장이 황급히 문을 걸어 잠근 다음, 토스트 기계나 에스프레소 머신 따위를 쌓아 외부로 난 유리창을 탄탄하게 봉쇄했다. 다행스럽게도 셋으로 꽉 들어차버린 좁은 공간은 튼실한 철제 외벽으로 보호받고 있었다. 뚱보만 아니었다면 한 사람 정도는 더 넣어줄 수도 있었을 것이다. 정 사장과 콜걸과 뚱보는 몸이 완전히 밀착된 상태로 땀을 닦으며 한숨을 돌렸다.

"이젠 어떻게 해요?"

콜걸이 신뢰와 애정을 듬뿍 담은 눈길로 정 사장을 바라보며 물었다. 그녀는 매너라고는 눈곱만치도 없는 뚱보 때문에 더욱 부각된 정 사장의 로맨틱한 면모에 급격한 호감을 느꼈다. 정 사장은 당장 핸드폰을 꺼내 떠오르는 대로 아무 번호나 눌러댔지만, 완전 먹통이었다.

"제길, 전화도 안 되잖아. 도대체 뭔 일이 벌어지고 있는 거야!"

정 사장도 이제 뭘 해야 할지 알 수 없었다. 공간은 좁아 터졌고, 화장실도 없었다. 밖에는 좀비들이 득실거리며 철문을 긁어대고 있었고, 당장 먹을 것이라곤 커피뿐이었다. 그나마 관리를 일임해온 종업원이 없

으니 제대로 타먹기도 어려웠다. 그가 휴, 하고 한숨을 쉬며 콜걸에게
말했다.

"젠장, 이게 무슨 일인지, 원. 이봐, 너무 걱정 마. 경찰이 어떻게든 구
해주겠지."

갑자기 뚱보가 가뜩이나 비좁은 공간에서 몸을 꼼지락대더니 주머니
에서 지갑을 꺼내 정 사장에게 불쑥 내밀었다.

"나오다 떨어진 걸 주운 것뿐입니다. 난 분명히 돌려드렸습니다."

폐쇄지역 101

정부는 이른 새벽, 사건의 전모가 세간에 알려지기도 전에 국무총리를 위원장으로 하는 국가특별재난대책위원회를 설치했다. 여당 당수의 신속한 정보 제공 덕분이었다. 국무총리는 여당 당수와 오촌지간이었고, 실제로 총리의 위치까지 오르는 데 오촌 당숙의 덕을 크게 보았다. 그는 지지율이 바닥을 기고 있는 대통령보다 언제나 막후에서 막강한 실력을 행사해온 오촌 당숙의 명에 더 민감하게 반응했다. 대통령 주변에는 대통령의 사람들보다 노회한 여당 당수의 사람들이 더 많았다. 게다가 대통령은 노령으로 인해 잦은 병치레를 하고 있었다.

의원은 총리에게 현장에서의 전권을 장군에게 넘길 것을 건의의 형식을 빌려 명령했다. 그리하여 좀비 프로젝트의 핵심인사인 장군이 현장 지휘권을 행사할 수 있게 되었다. 장군은 마치 미리 써두기라도 한 것처럼 불과 한 시간 만에 다섯 페이지짜리 '생화학 바이러스의 침투에 관한 소견'이라는 보고서를 제출했고, 이 놀랍도록 전염성이 뛰어난 바이러스의 차단을 위해 해당 지역을 전면 폐쇄할 것과 대테러특수부대의 투입을 제안했다.

어린 시절, 폐렴으로 지독하게 고생한 경험이 있는 총리는 바이러스란 말에 몸서리부터 쳤다.

"그래, 그 바이러스라는 것이 무슨 종류이며, 얼마나 파급효과가 큰 거요?"

사건 발생 네 시간만인 새벽 세 시에 총리 관저에서 열린 현장조사 보고회의에서 장군이 답변했다.

"바이러스는 현재 우리가 알고 있는 것과는 전혀 다른 종이라 정확히 뭐라 말씀드리기 어렵습니다만, 인체에 끼치는 영향력은 확실히 대단합니다. 접촉 즉시 피부병이 발진하고 인체가 붕괴되는 현상을 일으키고 있습니다. 이해하시겠습니까? 접촉 즉시 사망이란 말입니다. 게다가 엄청난 전염성을 지니고 있지요."

군사전문가, 생화학박사, 경찰, 국회의원, 고위 공무원이 마구잡이로 섞여 정체성이 혼재된 위원회가 웅성거렸다. 총리가 다시 물었다.

"도대체 이 난데없는 바이러스가 어디서 나타난 거요?"

"보다 정밀한 조사가 필요하겠지만, 이건 명백한 테러 행위입니다. 대한민국 서울에서, 그것도 대학로에서 자연발생적으로 이런 무시무시한 바이러스가 발생할 리 없죠. 사실 대학로는 테러 위협이 높은 곳입니다. 아시다시피 동남아나 이슬람권의 이주민들이 적지 않은 동네니까. 노숙자들도 많아서 위장 침투도 얼마든지 가능합니다."

"장군, 우리가 당장 해야 할 일이 뭡니까?"

"총리님, 이 건에 있어서는 신속한 대응만이 국가적 재난을 막는 유일한 방법입니다. 대학로를 중심으로 반경 5킬로미터 공간을 폐쇄지역으로 지정하고 그 너머 3킬로미터까지는 안전지역으로 설정해 해당 구역에 일체의 유동민이 없도록 해야 합니다. 제 소속부대원들을 긴급 투입해 현장을 차단하고 있으나, 상황을 보다 확실하게 통제하기 위해 대규모의 군사작전이 필요합니다. 제 예하의 훈련된 대테러요원들이 정밀조사와 바이러스 제거를 위해 투입될 것입니다."

"아, 잠깐만요. 그럼 그 폐쇄지역의 생존자들은 어떻게 합니까?"

다소 진보 성향을 지닌 보수당원이 생존자 구호 대책에 대해 물었다.

"생존자는 없을 겁니다. 엄청난 전염성이란 말입니다. 설령 아직 생존자들이 있다 해도 우리가 들어가기 전까지는 그 누구도 폐쇄지역을 벗어날 수 없습니다. 그들 모두 잠재적 바이러스 보균자니까요. 때론 더 큰 대의를 위해 사소한 희생은 불가피한 법입니다. 그리고 지금 이 경우가 딱 그렇습니다."

예약해둔 18라운드 해외 원정 골프 여행을 떠날 수 있도록 빨리 사태가 수습되기를 바라는 총리가 신속한 대응을 거듭 강조했다.

"장군, 이 문제에 관해서는 장군이 최적임자일 것 같소. 필요하다면 유능한 학자나 생화학 연구자들을 붙여주도록 하겠소."

"아닙니다. 총리님. 제 수하에는 이미 이런 상황에 대비해 훈련을 거듭해온 최고의 대테러요원들이 있습니다. 저희가 해결하겠습니다. 총리님께서는 대통령께서 한시라도 빨리 계엄령을 선포하고 폐쇄지역101에 대한 출입을 금한다는 대국민성명을 발표하도록 말씀해주시고, 일체의 통제권을 제게 주시도록 허가만 받아주시면 됩니다.”

“아, 그건 걱정 마시오. 대통령께서는 아시다시피 천식 증세가 도져서, 바이러스 문제에는 전혀 개입하고 싶어 하시지 않을 테고, 또 이 문제에 관한 한 다른 대안이 없다는 걸 잘 아시니까 말이오. 전염병 확산에만 주의해주시오. 그리고⋯⋯.”

“그리고, 뭡니까?”

장군이 절도 있게 딱 잘라 물었다.

“대학로와 청와대는 그렇게 멀다고 볼 순 없지요. 대통령께서 잠시 피신해야 할 필요가 있을까요?”

장군은 속으로 혀를 끌끌 찼다. 이런 놈들이 위정자라니. 역시 이 나라엔 전쟁이 필요해. 전쟁이 나야, 이 바닥의 옥석을 가릴 수 있다고. 전쟁이 나면 바람처럼 사라져버릴 놈들. 그가 단호하게 말했다.

“국민을 동요시키지 마십시오. 바이러스는 확산되지 않도록 군이 해결할 것입니다. 단, 제 상관들이 이 문제에 개입하지 않도록 해주십시오. 참모총장이나 국방부장관 말입니다.”

“아, 그 친구들은 걱정하지 말게. 내 친구들이니까.”

“폐쇄지역101이라고 지칭한 것은 무슨 이유입니까?”

진보성향의 보수당원이 또 질문했다. 회의를 빨리 마무리 짓고 싶어 하는 총리가 눈살을 찌푸렸다.

“제2, 제3의 테러구역이 발생하지 말라는 법이 없으니까요.”

회의는 그렇게 장군의 일방적인 설명과 제안으로 끝났다.

　장군은 곧장 교통이 통제된 서울역 부근에 임시로 설치해둔 현장지휘소로 이동했다. 예하 공병들이 단 두 시간 만에 뚝딱 세워놓은 현장지휘소에는 이미 의원과 회장이 도착해 있었다.

“그래, 위원회는 잘 끝났소?”

찻잔을 입으로 가져가며 의원이 물었다. 그의 목소리가 냉랭했다.

“제가 모든 권한을 위임받을 겁니다.”

“이미 위임되었소. 내가 대통령에게 직접 건의했고, 앞으로 1시간 이내에 계엄령이 선포될 거요.”

“아, 역시.”

“아, 역시, 가 아니란 말이오. 아, 역시, 가. 도대체 어떻게 된 거요, 장군? 파파의 위치를 추적했다고 하질 않았소.”

“맞소, 맞소. 나도 분명 들었단 말이오.”

회장이 얄밉게 맞장구를 쳤다.

“분명 근접했습니다. 파파도 우리의 추적에 압박을 받아 이런 일을 저지른 겁니다. 설마 이렇게 나올 줄이야 알았겠습니까? 박사는 정말 우리의 상상을 초월하는 인물입니다.”

“이제 어쩔 거요? 곧 해외언론들까지 들끓을 거요. 혹시라도 일이 잘못되면…….”

“그런 일은 없을 겁니다. 특수훈련을 받은 대원들이 구역을 철저히 통제하고 차단할 것입니다. 빠른 시간 내에 해결할 수 있습니다. 파파와 마리아도 수거할 테고.”

“생존자들이 있을 거요. 밤이 되면 좀비들이 다시 활개를 쳐댈 거고.

잘 알고 있겠지만, 어느 쪽도 여길 벗어나게 해선 안 되오."

"알고 있습니다. 하지만 벌써 언론의 관심이 폭증하고 있습니다. 인터넷에서도 좀비설이 나돌고 있고."

"바깥의 문제는 내가 알아서 처리하겠소, 장군. 장군은 폐쇄지역 안의 문제에만 집중하시오. 파파와 마리아는 반드시 찾아내고, 이 구역을 완전히 정화하시오. 적당한 타이밍을 놓치면 일을 그르치게 될 거요."

"예." 장군이 기어들어가는 목소리로 대답했다. 대통령도, 참모총장도, 국무총리도 두렵지 않았다. 오직 이 정치 9단의 노회한 의원만이 그에게 두려움을 안겨주었다. 속내를 알 수 없는 지배자. 의원이 회장을 돌아보며 말했다.

"회장, 자금이 더 필요합니다."

의원의 갑작스럽고 단도직입적인 요구에 당황한 회장이 말을 버벅거렸다.

"하지만, 지금까지도…… 충분히 많은 자금을……."

"언론 통제와 사태의 뒷수습을 위해 보다 많은 자금이 필요하오. 걱정마시오. 자금은 회수될 것이오. 전쟁도 일어날 것이고, 이 나라의 나약함도 해소될 거요. 하지만 지금 당장은 파파가 저질러 놓은 골치 아픈 문제를 해결해야 하오. 안 그럼 회장이 지금껏 쌓아온 모든 부가 하루아침에 물거품이 되어버릴 판이란 말이오."

의원이 딱 부러진 말투로 회장의 말을 끊었다.

"아, 알았습니다." 의원의 강한 어조에 안 그래도 부족한 회장의 존재감이 확 쪼그라들었다.

그때 부관이 지휘관실의 문을 요란하게 두드리고 들어왔다.

"장군님, 공원 쪽에서 움직임이 포착되었습니다."

장군이 의원과 회장을 돌아보며 비장하게 말했다.

"의원님, 회장님. 이제 본격적으로 회수 작전을 시작해야겠군요. 너무 심려치 마시고, 저만 믿으십시오."

다시 지휘관실의 문이 열렸고, 이번엔 의원의 보좌관이 들어왔다.

"의원님, 방금 대통령께서 계엄령을 선포하셨고, 장군님께 모든 권한이 위임되었습니다. 장군님께선 대통령령으로 1계급 특진하여 대장이 되셨습니다. 그것도 즉각 효력을 발휘한다고……."

장군이 예상치 못한 진급에 감격해 의원을 바라보았다.

"장군, 미리 주는 선물이오. 아시겠지만, 완벽하게 임무를 완수하지 못하면 대장 계급장 따위는 아무 쓸모도 없게 될 거요."

"충, 충성을 다하겠습니다."

장군은 의원이 군통수권 상의 상급자가 아니라는 사실도 잊고 그만 충성을 다짐했다. 순전히 무의식적으로 나온 발언이었고, 그래서 장군은 조금 부끄러워졌다.

"장군, 당신이 직접 발 벗고 매달려야 할 거요."

의원은 냉정하고 딱딱한 어조로 재차 다그쳤다.

"무, 물론입니다." 장군이 대답했다.

의원과 회장을 태운 차가 군용 바리케이드에서 장병들의 거수경례를 받으며 무사히 빠져나가자마자, 그는 부관을 호출했다.

"지금 당장 대테러부대에 출동 대기를 명하고, 폐쇄지역101 구간의 바리케이드 설치 작업을 보다 신속하게 진행하라고 연락해. 폐쇄지역엔 일체의 출입을 통제해야 해. 나가는 것이든, 들어오는 것이든, 모조리. 단 한 군데도 구멍이 있어선 안 돼. 참모진들은 대기하고 있니?"

"옛. 작전회의실에 다들 모여 있습니다."

"좋아! 아, 그리고, 계급장에 별이 하나 더 필요한데 말이야, 당장 준비할 수 있겠지?"

제군들에게 고함

폐쇄지역101로 지정된 지역은 빠른 속도로 폐쇄되어, 말 그대로 폐쇄지역이 되었다. 장군은 현재 좀비가 분포하고 있을 것으로 파악된 구간보다 훨씬 광범위한 지역을 폐쇄했다. 박사의 동향을 수색하느라 촉각을 곤두세우고 있었던 덕분에 사건 발생 직후 곧장 통제에 들어가 그나마 범위가 줄어든 것이었다. 밤이 짧은 시기라는 점도 한몫 거들었다. 폐쇄 과정은 그다지 어렵지 않았다. 전염성 바이러스라는 단어만으로도 충분히 사람들에게 공포심을 심어줄 수 있었기 때문이다.

계엄군사령관 명의로 발표된 담화문에는 정체를 알 수 없는 바이러스의 놀라운 살상력에 대한 과장된 표현들이 수두룩했다. 특종거리에 대해서라면 가족도 팔아치운다는 기자들조차 청와대와 계엄군사령부의 브리핑 룸에 틀어박혀 기삿거리가 터져 나오기만 기다릴 뿐, 현장까지 접근할 엄두는 내지 못했다. 기껏해야 몇몇 용기 있는 기자들이 안전지역 외곽을 찾는 정도였다.

폐쇄지역101은 마로니에 공원을 중심으로 남쪽으로는 서울역, 서쪽으로는 무악재, 동쪽으로는 청량리, 그리고 북쪽으로는 미아동까지를 담는 반경 5킬로미터의 거대한 원을 그리고 있었다. 종로와 대학가를 모두 담는 면적이었다. 그리고 그 거대한 원형의 바깥 3킬로미터의 테두리 구간도 안전지역이라 하여 접근금지 구역으로 지정되었다. 폐쇄지역101은 그야말로 완전히 폐쇄되었다고 장군은 믿었고, 일반 대중들도 그렇게 받아들였다. 아무렴, 국가에서 계엄령까지 내려놓고 시행하는 작업인데, 뭐 허점이야 있으려고, 하는 식이었다. 아무튼 대다수가 그렇게 생각했다.

우선적으로 논란이 된 것은, 혹시나 남아 있을 폐쇄지역 안의 생존자들에 대한 정부의 대처였다. 계엄군사령부는 즉각 바이러스의 놀라운 살상력을 언급하며 지금쯤 미감염자가 존재할 가능성은 제로라고 밝혔다. 설령 아직 살아 있다 하더라도 바이러스 보균자의 외부 유출은 극도의 사회적 위험 비용을 수반하게 될 것이라고 경고했다. 대다수 국민들은 자신에게도 치명적인 바이러스의 공격이 이루어질 수 있다는 말에 계엄군의 방침에 찬성을 표했다.

하지만 하필이면 그날 공짜 뮤지컬 티켓에 당첨되는 바람에 여자 친구와 대학로에 공연을 보러간 아들들의 어머니들과 하필이면 그날 패션몰은 역시 밤에 가야 제 맛, 이라며 동대문 쇼핑몰 순례에 오른 딸들의 아버지들, 그리고 하필이면 그날 문득 젊은 날의 추억이 떠올라 아이들을 떼놓고 심야 영화나 공연을 보러 나온 노부부들의 아들과 딸들은 무턱대고 계엄 상황을 반길 수는 없었다. 폐쇄지역101에 가족이 갇혔음을 확인한 남편과 아내, 부모와 자녀, 연인과 친구들은 곧 '폐쇄지역 잔류자 가족 연대'를 결성, 군의 진상 은폐 의혹을 제기하며 바이러스와 사망자들에 관한 정확한 정보를 요구했다.

그러나 그들의 이유 있는 항변은 그다지 큰 효과를 거두진 못했다. 계엄령이라는 군사적 조치가 의미하는 최고 수준의 공권력과 바이러스에 대한 일반 대중의 공포가 치밀하게 결탁한 탓에, 가족들의 항변은 그저 따뜻한 봄날 교통사고를 당한 불운한 가족의 안타까운 사연처럼, 애처롭지만 이제는 돌이킬 수 없는 것으로 받아들여졌기 때문이었다. 또 다른 이유는 '폐쇄지역 잔류자 가족 연대'에 장군이나 의원이나 회장처럼 막강한 사회적 영향력이나 언로를 가진 이들이 거의 없었기 때문이었다. 사람들은 그들의 애타는 울부짖음을 애처롭게 바라보며 동정심을 보여주긴 했지만, 실제로 폐쇄지역에서 생존자들이 귀환하기를 바라지는 않았다. 그런 잠재적 위협에 대한 대중적 공포야말로 장군이 비밀리에 폐쇄지역 내의 문제들을 처리하는 데 결정적인 도움이 되었다.

장군은 수색 첫날, 특수수색을 담당할 충성스러운 장교들에게 일장 연설을 했다. 장군 스스로 '제군들에게 고함'이라는 제목을 붙인 군국주의적인 연설이었다. 내용은 대단할 것 없었지만, 장군의 태도에는 더 이상 그러려야 그럴 수 없을 만큼 비장미가 흘러넘쳤다.

"잘 들어라, 제군들. 본인은 폐쇄지역101의 계엄군사령관으로서 여러분에게 아래와 같은 내용을 당부하고자 한다. 이미 주지한 바와 같이, 이곳에 바이러스가 침투했다. 바이러스의 출처는 현재 명확하지 않으나, 우리는 그것이 테러분자들의 비열한 수법임을 확신하고 있다. 그러므로 이 일은 모든 위험을 감수하고서라도 우리 군이 해결할 수밖에 없는 일이다. 무슨 말인지 알겠는가.

제군들. 우리가 수색을 시작하면, 곧 바이러스에 감염되어 더 이상 인간이라 부를 수 없을 만큼 끔찍하고 지저분한 몰골을 한 감염자들을 만나게 될 것이다. 제군들은 생물학전에 대비한 방호 장비를 갖추고 있겠지만, 이 비참한 존재들은 다양한 신체적 접촉을 통해 바이러스 전염을 시도할 것이다. 따라서 여러분은 그들을 보는 즉시 일말의 망설임도 없이 사살해야 한다. 분명히 기억하라. 그들은 인간이 아니다. 이미 바이러스로 똘똘 뭉친 세균 덩어리일 뿐이다. 실제로 그들을 목격한다면, 내가 하는 말을 충분히 실감하게 될 것이다.

제군들. 폐쇄지역101 내에 아직 인간의 형체를 갖춘 감염자들이 있을지도 모른다. 나는 제군들이 그들 앞에서 무기력해지거나 나약해지기를 바라지 않는다. 이곳은 테러의 현장이다. 제군들과 제군들이 지휘할 부하들의 목숨이 한순간의 머뭇거림으로 끝장날 수 있는 곳, 현실과 지옥이 공존하는 환각의 도시임을 명심해야 한다. 비록 아직까지 바이러스 발병이 더뎌 인간의 형체를 갖추고 있다 할지라도 그들이 바이러스 지역에서 무방비 상태로 머물렀다는 사실 하나로도 극도의 위험요소가 된다. 그러니 그들 역시 즉각 사살해야 한다. 이해하겠나.

제군들. 그러므로 여러분에게 주어진 1차적 임무는 폐쇄지역101의 모든 생명 반응을 소멸시키는 것이다. 바이러스 박멸은 그 다음 문제이며, 바이러스 추출과 연구는 또 그 차후의 문제다. 여러분은 물론, 지금 폐쇄지역 밖에서 두려움에 떨며 사태를 지켜보고 있을 여러분의 가족과 애인, 친구들의 목숨이 여러분에게 달려 있다. 망설임 없는 단호한 태도야말로, 지금 여러분에게 필요한 유일한 입장이다.

제군들. 만약 여러분의 부하들 중에 그게 누구라도 감염자와 접촉하거나 물리는 일이 발생하면, 기억하라, 그는 더 이상 여러분의 부하도, 동료도 아니라는 사실을. 다른 모든 전우들을 살리기 위해 즉시 사살해야 한다. 그것이 자신의 목숨을 보호하는 길이다. 어쭙잖은 전우애는 폐쇄지역101 안에서는 불필요한 것이다. 기억하라, 오로지 감염자와 비감염자만 있을 뿐이라는 것을.

제군들. 그러나 수색 과정에서 꼭 염두에 두어야 할 것이 하나 있다. 여기 모니터를 주목하라!"

장군은 그 대목에서 잠시 연설을 끊고, 프로젝트 빔이 벽에다 쏘아올린 푸른색 화면을 가리켰다. 곧 화면 위로 노 과학자의 사진이 떠올랐다. 아인슈타인 풍의 머리를 하고 있었지만, 얼굴은 친근하다기보다는 위협적인 인상이었고, 몸은 나이에 걸맞지 않게 우락부락한 근육질이었다. 그리고 그 옆으로 여자의 사진이 떴다. 창백하다 못해 시체처럼 푸르뎅뎅한 안색의 여자였는데, 군인들을 자극하기에 딱 좋을 만큼 백치미와 섹시미를 겸비하고 있었다. 장군이 사진을 찬찬히 살핀 다음, 다시 연설을 이었다.

"잘 들어라, 제군들. 모니터에 보이는 노인과 여자는 이 사건과 관련된 매우 중요한 인물들이다. 자세히 알려고 하지 마라. 군인이란 명령에 복종할 뿐이다. 저들은 반드시 구출해야만 한다. 혹 피치 못할 상황이 생긴다면, 적어도 여자만이라도 반드시 회수해야 한다."

장군이 여자에 대해 '회수'라는 비인격적인 단어를 사용한 점에 몇몇 위관장교들이 의문을 가졌지만, 복종의 미덕을 강조하는 장군에게 감히 질문을 던질 용기는 없었다. 계엄군이란 과묵해야 한다는 역할 모델도 한몫 거들었다.

"당연히 이들 주변 상황은 굉장히 위험할 것이다. 여러분의 뛰어난 부하들이라도 쉽게 처리할 수 있는 부분이 아니다. 따라서 대응 요령은 이렇다. 발견 즉시 본부로 송신한다. 본부에서 이들을 구출하기 위해 특수 요원들을 투입할 것이다. 그들을 추적하며 계속 송신하라. 섣불리 덤벼들어 위기를 자초하지 않는다. 이해하겠나.

제군들. 이상이 여러분이 기억해야 할 핵심 사항이다. 이제 여러분이 지휘할 대원들에게 이 사실을 확실히 주지시켜라. 문제가 생길 경우 병사는 물론 그 지휘관까지도 처벌을 면키 어려울 것이다. 이건 연습 상황이 아니다. 여러분에게 익숙한 일은 아니겠지만, 이것이 바로 실전이다. 그리고 이런 실전 경험이야말로 바로 군을 강하게 만드는 진정한 힘이다. 한국전쟁과 월남전을 거친 이전 세대의 우리 군은 실로 강했다. 그래서 이 나라를 통치할 수 있었던 거다. 평화가 너무 오래 지속된 나머지 지금의 군은 너무 나약해졌다. 지금부터 겪게 될 이 새로운 경험은 우리 군에게 새로운 강성을 가져다줄 것이다. 이해하겠나.

잘 들어라, 제군들. 감염자들은 해가 떨어지면 다시 바이러스를 품고 이동을 시작할 것이다. 우리는 바이러스 사냥을 하러 간다. 대한민국 군의 강력함을 맘껏 드러내라. 닥치는 대로 죽여라. 적이란 자비가 허용되지 않는 대상이다. 오늘의 일몰 예상 시간은 19시 15분. 19시 20분, 첫 번째 수색을 시작한다. 알겠나?"

"넷, 알겠습니다!"

이번 일에 공을 세우면 앞으로 군내에서 탄탄대로를 걷게 되리라는 희망에 부푼 패기 왕성한 젊은 장교들이 앞장서서 복명복창했다. 장군이 자신의 튼실한 수족이 되어주길 마다하지 않는 그들을 바라보며 흐뭇한 미소를 지었다. 부관이 잽싸게 수급해 온 별 네 개짜리 계급장이 장군의 어깨에서 예리한 섬광을 발하고 있었고, 젊은 장교들은 바로 그 예리한 섬광이 자신의 미래가 되기를 희망하며 전의를 불태웠다.

커피로만 살 순 없다

연지는 텅 빈 공연장 소품실에 갇힌 채 오들오들 떨고 있었다. 급체와 몸살과 편두선 통증과 두통이 동시에 발현한 것처럼 한기가 느껴졌다. 하지만 실제로는 예민해진 신경과 공포로 마비된 신체의 상호작용으로 발생한 현상일 뿐이었다. 연지는 어쩌다 자신이 이렇게 좁은 소품실에 갇혀 그야말로 하나의 소품처럼, 옆에 놓인 국자와 빗자루와 가발과 모형 권총 따위와 동급으로 처박혀 있는지 이해할 수 없었지만, 그렇다고 그런 상태에서 과감히 탈피하고픈 용기도 생기지 않았다. 당장 눈앞을 가로막고 있는 녹슨 철문을 미는 것조차 두려웠으니까.

모든 것은 지난밤에 시작되었다. 그녀는 그녀의 누추한 보금자리에서 편지를 쓰고 있었다. 처음엔 장에게 써볼까 했지만, 괜히 멋쩍은 맘이 들어 엄마로 수신인을 바꾸었다. 문득 엄마가 보고 싶었던 것이다. 전화를 할 수도 있었지만, 창을 타고 들어오는 실바람의 향긋한 향기와 여유에 취해 그녀는 편지지를 꺼냈다. 편지지는 사실 장을 위해 구매한 것이었지만, 이런저런 복합적인 이유로 그녀는 엄마에게 편지를 쓰기로 작정한 것이었다. 라디오에서는 감미로운 팝이 흘러나오고 있었고, 편지지는 재질이 좋았으며, 봄바람은 그녀의 시심을 일깨웠다.

시심 이야기가 나왔으니 말이지만, 사실 그녀는 대학에서 시를 배우고 싶었다. 대학을 다닐 수 있었다면 말이다. 환갑을 목전에 둔 그녀의 엄마는 아직도 농사를 짓고 있었다. 오빠 뒤치다꺼리를 하느라 한평생 그랬다. 난봉꾼에 사고뭉치인 오빠는 흡혈귀 같은 존재였다. 피 대신 부모 등골을 빨아먹는 악질 흡혈귀. 안 그래도 찌들어지게 가난했던 그녀의 집안은 오빠가 쪽쪽 빨아가는 자잘한 돈들로 풍족할 틈이 없었다. 지금도 그녀가 버는 돈의 절반은 엄마 명의로 된 빚을 갚는 데 쓰고 있었다. 대학은 언감생심 꿈도 못 꿀 일이었다.

요즘처럼 대학이 범람하는 시대에도, 취업시장에서 고졸은 구경하기도 어렵다는 시대에도, 요즘 대학이 뭐 다 대학이라고 할 수 있나, 라고 말하는 시대에도, 대학을 가고 싶어도 갈 수 없는 사람들이 있다는 걸 사람들은 잘 모른다. 직장을 구하려고 이력서를 넣고 면접을 보는 동안, 요즘 대학 안 나온 사람도 있나, 하는 대꾸를 한두 번 들은 게 아니었다. 가난을 모르는 사람들은, 활자화된 가난과 실제의 가난 사이에 놓인 그 엄청난 심연을 정말 눈곱만치도 몰랐다. 어쩌면 그래서 그녀의 마음에 빌어먹고 살면서도 항상 당당하고 쾌활하게 꿈을 안고 살아가는 장의 모습이 깊이 각인된 것인지도 모른다.

그렇게 쉽지 않은 인생을 살아온 그녀가, 그래도 순수한 시심과 희망을 잃지 않을 수 있었던 것은, 엄마 덕분이었다. 한평생 농사만 짓고 살아오면서 무식하다고 무시당하고, 가난하다고 천대받고, 월남한 실향민이라고 의심받으면서, 게다가 엎친 데 덮친 격으로 읍내 미스 리와 바람난 남편에게 배신당하고, 그 아버지의 피를 고스란히 이어받은 난봉꾼 아들에게 거듭 배신당하면서도 타고난 순박함을 잃지 않았던 엄마의 천성을 물려받았기 때문이었다. 연지는, 대학을 못 보내줘서 미안하다며, 틈만 나면 눈물을 보이는 엄마를 앞에 두고 원망이니 체념이니 하는 감정을 주워 새길 수는 없었다. 그런 엄마 생각이 나서 그녀는 편지지에 글을 풀기 시작했다. 그나마 엄마가 까막눈이 아니라서 딸 편지를 보며 웃을 수 있으리라 생각하니 맘이 좋아졌다.

그때 창밖에서 왁자지껄한 고함소리가 들렸다. 그녀는 처음엔 그저 대학로의 전형적인 청년문화, 즉 거리의 취향과 자유분방함과 취기로 인해 발생한 자연스러운 소음으로 여겼다. 그러나 곧 뭉툭하고 투박해야 할 고함소리의 끝이 예리한 칼날처럼 다듬어지고 깎여나가더니 바늘로 귀를 찔러대듯 신경을 곤두세우는 비명소리로 변했다.

그녀가 창으로 몸을 내밀어 바라본 골목 풍경은 가관이었다. 대학로 중심가에서 이미 한참을 벗어난 그녀의 허름한 빌라 앞까지, 마치 마라톤 대회라도 열린 듯, 한 무리의 사람들이 달음박질치고 있었고, 그 뒤로 또 그만큼 많은 무언가가 쫓고 있었다. 그녀로서는 무언가, 라고 밖에는 달리 그것을 표현할 길이 없었다. 추적자들은 팔과 다리를 가지고 있었지만, 그것은 불쾌감을 불러일으키는 파충류의 피부껍질 같았고 침을 질질 흘려대는 입에는 날카로운 이빨들이 날을 세우고 있었던 것이다.

그녀는 즉시 핸드폰을 열어 112를 연결했지만, 통화불능지역이라는 소리만 흘러나왔다. 핸드폰은 완전히 먹통이었다. 도대체 이게 무슨 일이람!

힘에 부친 도망자 몇몇이 그녀의 빌라 입구로 뛰어들어, 이집 저집 닥치는 대로 문을 두드려댔다. 하지만 누구도 선뜻 문을 열어주지 않았다. 그들의 유입이 가져올 불확실한 결말에 대해 모두들 두려웠던 것이다. 마음 여린 그녀는 어찌해야 할지 몰라 애태우고 있었다. 제발, 우리 집까지 올라오지 마. 하지만 그녀의 그런 바람에도 불구하고, 무겁고 힘겨운 발자국 소리가 계단을 타고 오르더니 그녀의 현관문을 두드리기 시작했다.

그녀는 잠시 망설였지만, 끔찍한 살상과 난동 속에서 구조를 요청하는 사람들을 외면할 수 없어 문을 열었다. 걸쇠 고리를 푸는 걸 깜빡해서 문이 열리다, 쾅 하고 걸렸다. 그새를 못 참고 밖에 있는 사람의 피 묻은 손이 비집고 들어왔다. 두 사람이었고, 커플로 보였다. 잠시만요, 다시 닫았다 열어야 해요. 그러나 이미 수차례나 외면을 당해온 커플은 그녀의 말을 믿지 못했다. 그들이 미친 사람처럼 문을 흔들어댔고, 그 놀라운 괴력에 걸쇠가 튕겨나갔다.

여자와 남자가 뛰어 들어오자마자, 마치 제집 단속하듯 황급히 문을 잠갔다. 걸쇠 고리는 부서져서 쓸모가 없어졌는데, 자신들이 그렇게 만들어놓았다는 걸 깜박했는지 연지에게 원망 섞인 눈길을 보냈다. 괜찮아요? 여자의 팔에 피가 흐르고 있었다. 남자가 대답했다. 아, 긁혔어요. 놈들에게 거의 잡힐 뻔했었거든요. 여기 어디에 약이 있을 거예요.

붕대는 없을 텐데. 연지가 황급히 서랍을 뒤지기 시작했다. 여자가 연지에게, 고마워요, 라고 감사인사를 했다. 문을 열어준 건 당신이 유일해요오오, 아아, 이게 뭐, 으, 이익, 이이기기긱. 여자의 목소리 끝이 기이하게 꼬이더니, 쇳소리를 내기 시작했다. 오 마이 갓, 야, 너 왜 그래? 남자가 여자의 어깨에 감고 있던 팔을 황급히 풀며 멀찌감치 물러섰다.

여자는 변신하고 있었다. 추적자들의 하나처럼, 살이 부풀어 올라 옷이 찢어지고, 얼굴이 일그러져 예쁘장한 얼굴이 완전히 자취를 감추었다. 이빨에서 광이 났다. 오, 마이 갓, 물려서 그래? 남자가 애인에게 소리쳤다. 하지만 이미 여자는 인간의 언어를 상실한 후였다. 악. 남자와 연지의 비명이 동시에 터져 나왔다. 여자가 희번덕거리는 눈알을 굴리며 그들을 향해 다가왔기 때문이었다. 남자가 연지의 낡은 스탠드를 들어 올려 그대로 여자의 머리통을 갈겼다. 한때 미래와 비전과 사랑을 공유했던 여자의 머리통이 남자의 노골적인 구타로 모로 꺾였다. 그 모습에 남자가 또 한 번 비명을 질렀다. 머리가 꺾였는데도 여자는 계속 몸을 움직이며 죄책감과 공포에 휩싸여 몸을 가누지 못하는 남자를 덮쳤고, 그의 목덜미를 정확하게 물어뜯었다. 연지는 남자의 얼굴이 여자의 얼굴처럼 변하는 것을 보았다. 그들은 방금 전의 다툼을 깡그리 잊고 다시 친밀한 커플의 모습으로 돌아가 있었다.

연지는 망설임 없이 문을 열고 나가, 좀비 커플이 쫓아오는 속도에 맞춰 현관문을 냅다 닫아버렸다. 문에 부딪는 둔탁한 충격음이 계단에 울려 퍼졌다.

연지는 계단을 한달음에 뛰어내려와 거리의 난동 속으로 빨려 들어갔다. 좀비와 사람을 구분할 수 없었다. 이제 연지도 좀비와의 접촉이 가져다주는 위험을 확실히 알게 되었다. 그녀는 달리기에 능하진 않았지만, 다행히도 대부분의 도망자들과는 달리 이곳 거주민이어서 남들은 모르는 이른바 개구멍들을 많이 알고 있었다. 그녀는 쉴 새 없이 기고 넘고 달려 용케 그 난동을 피해 나갔다.

하지만 빌라 앞의 대학살극을 모면했다고 해서 상황이 나아진 것은 아니었다. 이미 대학로는 좀비 천지였다. 그녀는 한 무리의 도망자들과 얽혀 이리저리 본능적으로 움직였다. 숨이 가쁘고 머리가 터질 것 같았지만, 뜀박질을 멈추진 않았다. 아니, 멈출 수가 없었다. 마치 다리가 신체 독립을 선언해서 뇌의 명령을 거부하는 것 같았다.

도대체 여기가 어디지, 하는 생각이 들었을 때, 공연장으로 보이는 건물이 그녀의 눈에 들어왔다. 안전성 검사에서 최고 등급을 받은 건물이라서가 아니었다. 사실 그 건물은 입구가 좁아 화재라도 나면 대형 참사로 이어질 듯한 부실함이 역력했다. 그녀를 멈춰 세운 건 건물 입구에 세워진 안내 팻말이었다. 그 팻말에 커다랗게 쓰인 "국내 최초의 19세 미만 관람 불가 심야 본격 성인극! 〈미란다〉는 저리 가라, 이것이 진짜 플레이다!"라는 문구가 그녀의 숨겨진 성욕에 불을 지펴서도 아니었다.

그 문구 바로 아래 장의 사진이 있었기 때문이었다. 아무래도 민망했던 탓인지 장과 여배우의 사진은 정말 거기 사진이 있나 싶을 정도로 자그마하게 박혀 있었다. 그리고 장의 사진 위에는 '장'이라는 이름 대신 '민'이라고 소개되어 있었다. 팻말을 비추는 불빛이라고는 필라멘트가 다 된 전구가 흐릿하게 내뿜는 백열뿐이었지만, 그 찰나의 순간, 연지는 장의 사진에 정확하게 시선이 꽂혔다.

　연지는 반가움인지 놀라움인지 혼란인지 모를 복합적인 감정을 느끼며 지하공연장으로 뛰어들었다. 공연의 성격 탓인지 건물 계단은 좁고 가파르고 음침했다. 뚱뚱한 남자 하나가 지하 로비 입구에 앉아 꾸벅꾸벅 졸고 있었다. 그녀의 다급한 발걸음 소리도 그를 깨우진 못했다. 그녀가 공연장 문을 벌컥 열고 들어섰다.

　갑작스런 빛의 유입으로 수십 명의 중년남녀로 이루어진 관객들이 일제히 뒤를 돌아보았다. 심지어는 배우들도 연기를 하다 말고 문간을 바라보았다. 새어 들어오는 빛 때문에 연지의 얼굴은 보이지 않았다. 그들이 본 것은 밝은 빛을 등진 젊은 여자의 제법 잘빠진 몸매 라인이었을 뿐이었다. 뭐지, 이것도 쇼의 일종인가? 저 여자도 배우야? 관객들 사이에 수군거림이 일었다.

　무대에서는 장이 무릎에 여배우를 태우고 있었다. 실제로 이 연극의 출연진은 장과 여배우가 전부였다. 장은 호피무늬가 들어간 삼각팬티만 걸치고 있었다. 극의 시작부터 끝까지, 검정 가운과 삼각팬티가 공연의 상의 전부였다. 여배우도 붉은 색 브래지어와 팬티 차림이었다. 그들은 다음 신에서 침대로 자리를 옮겨 그나마 남은 의상까지 모조리 벗고 엉키며 열연할 계획이었다. 갑작스런 뉴 페이스의 출연은 배우들의 감정선을 심각하게 위협했다. 여배우가 놀라서 소리쳤다. 경찰인가?

　연지가 소리쳤다. 장! 저예요, 연지. 장이 소스라치게 놀랐다. 아니 저 여자가 여긴 어떻게? 그가 베테랑 배우답지 않게 부끄럼을 타며 손으로 몸을 가렸다. 아니, 뭐야, 저거 뭐에요? 여배우가 앙칼지게 따져 물었다. 관객들은 이게 극의 일종인지, 실제상황인지 헷갈렸다. 삼각관계까지 설정되어 있었던 거야, 이거 제법인데, 하고 감탄하는 관객들도 있었다. 몇몇은 뉴 페이스가, 성형 부작용을 겪고 있는 무대 위의 여배우보다 더 미인이라는 점에서 흥분을 감추지 못했고, 어서 무대로 달려가 옷을 벗어제끼기만을 기다렸다.

"장! 밖에 좀비들이 나타났어요. 어서 달아나야 해요!"

관객들 몇이 웃음을 터트렸다. 아, 역시 쓰레기 공연이었어. 뭐 특별한 걸 기대한 건 아니지만, 뜬금없이 좀비라니, 이거 너무 막장이잖아, 킥킥. 그러나 웃음은 곧 사라졌다. 계단을 타고 내려오는 우악스러운 발자국 소리가 들리더니 실제로 좀비들이 들이닥치기 시작한 것이었다. 방금 좀비로 재탄생한 로비의 뚱뚱한 직원이 선봉에 서 있었다. 모두들 혼비백산했지만, 그 와중에도 여전히 쇼의 일환으로 여기며 스스로의 대범함을 자랑하던 관객들이 가장 먼저 희생되었다.

그제야 장이 무릎에 앉혀 두었던 여배우를 밀어내고 객석으로 뛰어내려 연지에게 달려왔다.

"이리 와요, 이리로!"

장이 연지의 손목을 낚아채서는 무대 뒤로 끌고 들어갔다. 싸구려 여관의 객실 같은 의상실을 지나 소품실의 철문을 열더니 그녀를 밀어 넣고 자신도 따라 들어가 문을 딸깍 잠갔다. 밖에서는 사람들의 비명소리와 좀비들의 가래 끓는 소리가 마구잡이로 섞이고 있었고, 그 소리들의 비례는 현격히 변하고 있었다.

"저것들은 다 뭐요? 당신은 어떻게 여기 나타난 거요?"

"저 괴물들을 피해 무작정 달아나다 공연장 안내팻말에서 당신 사진을 봤어요."

역시 사진은 넣지 말았어야 해. 그는 공연홍보정책에 대한 불만이 일었다. 연지가 말을 이었다.

"물리면 안 돼요. 물리면 놈들처럼 괴물로 변해요. 징그럽고 추하게."

"아, 물리면 안 된단 말이군."

그가 다시 연극 대사의 톤을 회복했다.

"그나저나, 장 당신의 공연이……."

그제야 연지와 장은 동시에 장의 호피무늬 팬티를 의식했다. 연지의 얼굴이 붉게 달아올랐고, 장도 민망함에 잠시 말을 잇지 못했다. 그러나 장은 간신히 회복한 연극 톤의 우수를 포기하고 싶지 않았다.

"신경 쓰지 마시오. 진정한 꿈을 위해선 바닥까지도 치고 올라와야 하는 법이오. 멀지 않은 미래에 이것은 하나의 소중한 추억이자, 내 연극 인생의 귀한 자산이 될 거요."

"분명히 그럴 거예요. 장이라면."

마음 씀씀이가 천성적으로 착한 연지가 진심으로 대답했다.

"어쨌거나 이 좁은 소품실에서 죽치고 있을 순 없소."

장이 확고한 신념에 차서 단언했다.

"하지만, 어디로 가죠?"

"경찰이나 군대 같은 게 들어올 거요. 그러라고 세금을 내는 거니까. 놈들은 빠르오?"

"느리진 않은 것 같아요."

흠, 하고 장이 잠시 생각에 잠기더니 다시 물었다.

"잘 달리시오?"

"아니오. 그다지 잘은……. 왜요?"

설령 잘 달린다고 해도 여자를 데리고 다니다간 당하기 십상이라고, 장은 생각했다.

"그럼, 여기서 기다리오. 내 구조대를 이끌고 돌아오리다."

"예? 저 혼자…… 있으라고요?"

"그렇소."

"오, 장. 날 혼자 내버려두지 마세요."

"오해요, 오해. 난 당신을 혼자 내버려두는 게 아니오. 모두 당신을 위해서요. 당신의 무사를!"

그렇게 말하면서도 장은 좁은 소품실에서 팬티만 입은 채 죽게 될까 봐 마음이 조급해지기 시작했다. 이렇게 말 많은 여잔 줄은 몰랐군. 그의 조급함이 높아진 목소리 톤으로 드러났다.

"자, 가봐야겠소. 한시라도 빨리 구조대를 데리고 와야 하니까."

"커피라도 타드릴 수 있었으면 좋았을 텐데……"

연지는 장이 끝내 자신을 이 좁은 소품실에 내버려두리라는 것을 깨닫고도 미련이 남아 한마디를 덧붙였다. 그러나 장은 이미 문을 살짝 열어 바깥의 동태를 살피며 건성으로 대꾸했다.

"괜찮소. 다음에 마시죠. 당신의 커피는 언제나 최고지만, 지금 당장은 커피가 날 구원해주진 않을 것 같소. 곧 돌아올 테니, 문이나 잘 잠그고 계시오."

장이 팬티 차림 그대로 소품실의 녹슨 철문을 밀고 나갔다. 장이 나가자마자 그녀가 문을 잠그고는 가발과 지팡이와 꽃바구니와 음식물 모형 따위가 마구잡이로 쌓여 있는 소품실 구석에 가서 그녀 역시 하나의 소품처럼 웅크리고 앉았다. 그녀는 장이 '우리'라고 하지 않고 '나'라고 말한 것을 알아챘다. 그는 돌아오지 않을 거야. 그녀의 눈에 눈물이 고였다.

연지의 예상대로 장은 돌아올 생각이 없었다. 그녀가 공짜로 타준 커피는 최고였다. 하지만 사람이 커피로만 살 순 없지, 하고 장은 혼잣말을 했다.

공연장은 엉망이었지만, 좀비 떼들은 더 이상 먹잇감을 찾지 못하자 다시 몰려나가 버린 모양이었다. 몇몇 부상자들만이 피를 흘리며 객석과 무대 위에 널브러져 있었다. 장은 무대와 객석 사이의 좁은 틈에 끼인 여배우를 보았다. 그녀의 드러난 가슴에 피가 흐르고 있었다. 여배우가 장을 보고 숨을 헐떡이며 소리쳤다.

"오, 민. 하악, 하악, 날 구해줘요. 오, 하악, 하악. 그게 힘들다면 날 좀, 하악, 하악, 안아줘요. 추워, 하악, 하악, 죽겠어요."

장은 물리면 안 된다는 사실을 먼저 떠올렸고, 설령 그걸 몰랐더라도 몸에 피를 묻히고 싶진 않았다. 팬티 한 장에 맨살 차림인데 피까지 처바르면 이건 완전히 석기시대 원시인 꼴일 테니까.

"미안하오, 제시. 당신의 풍만한 가슴을 나도 사랑했소. 하지만 역시 사람은 풍만한 젖가슴만으로 살 순 없는 거요. 날 용서하시오."

"무슨, 하악, 하악, 소리, 하악, 하악, 하는, 하악, 하악, 거예요? 하악, 하악, 연극은, 하악, 하악, 끝났, 하악, 하악, 다구."

여배우는 힘겹게 말을 맺자마자, 장이 사랑했던 풍만한 D컵 가슴부터 찌그러들더니 곧 좀비의 일원으로 돌변했다. 그 모습이 너무 역겨워서, 장이 구역질을 했다. 곧 다른 부상자들도 좀비로 변할 것이고 그 전에 빨리 달아나야 했다. 장은 연지가 여기서 살아나갈 가능성은 희박하다고 결론지으며, 정말 구조대를 데려와야 하는 걸까, 하는 미세한 책임감마저 완전히 벗어던졌다. 여배우 좀비가 몸을 일으키기 전에 달아나기 위해 그는 전력으로 질주했다. 그의 호피무늬 팬티가 마치 살아 움직이는 짐승의 뒤태처럼 탄력 있게 씰룩였다.

장의 예단과는 달리 사실 대학로에서 탄탄한 철문으로 봉쇄된 지하공연장의 소품실만큼 안전한 곳도 없었다. 좀비들은 손이 잘 곱지 않아서 손잡이를 돌리기가 어려웠고, 평소보다 힘이 세졌다 해도 맨몸으로 철문을 부술 만큼 강력하진 않았기 때문이다. 게다가 지혜를 발휘할 뇌 따위는 없는 거나 마찬가지였다. 그런 점에서 실의에 찬 연지의 생각과는 달리, 그녀는 행운아라 할 수 있었다. 그런 사소한 행운조차 누리지 못한 이들이 훨씬 많았다.

좀비 부대원

　진아(21세)와 송연(21세)은 단짝 친구였다. 성격, 습관, 식성, 기호까지 닮은꼴이라곤 찾아보기 힘들었지만, 오직 하나, 광적인 쇼핑 마니아들이라는 점에서 의기투합했다. 오전에 몰아놓은 수업만 끝나면 그들은 매일같이 쇼핑 순례에 올랐다. 특별히 뭔가가 필요해서라기보다는, 매일같이 새롭게 쏟아지는 신상품이 제공하는 신선한 감동을 맛보기 위해 백화점이나 쇼핑몰을 정처 없이 배회했다. 좀비가 출몰한 그날은 원래 강남의 백화점을 순방할 계획이었으나 송연이 우연찮게 40% 할인 쿠폰에 당첨되는 바람에 동대문 쇼핑몰을 최종 목적지로 정한 것이었다. 결과적으로 그 40% 할인권 때문에 그녀의 인생 전체가 디스카운트되고 말았다.

　쇼핑몰에 좀비들이 들이닥친 것은, 이미 대학로 일대가 온통 좀비 판으로 바뀐 후였다. 사람 냄새를 쫓아 좀비들이 무리지어 영역 이동을 하기 시작했고, 몇 채의 고층 빌딩 속에 가득 들어찬 심야의 쇼핑객들은 유혹적인 먹잇감이었다. 아래층에서 옷가지들을 사고팔던 사람들이 좀 비에게 목을 물린 다음 새로운 좀비의 일원으로 재탄생하고 있을 때, 진 아와 송연은 7층 매장에서 액세서리를 구경하고 있었다. 송연은 40% 할인권을 가장 유효적절하게 사용하기 위해 목에 장신구를 열네 번이나 바꿔 걸어보고 있었다. 언제나 그렇듯 마음에 드는 것이 너무 많아서, 그녀는 자신의 가난을 탓하고 있었고, 40% 할인권조차 없는 진아의 경 우에는 더 심했다.

마침내 좀비들이 에스컬레이터를 타고 밀어닥치자, 액세서리점이 밀 집한 7층도 아수라장이 되었다. 찾기 힘든 출구를 찾아 좁은 통로를 서 로 밀치며 달리다 보니 압사하는 사람들도 속출했다. 진아와 송연도 곧 상황에 휩쓸리게 되었는데, 그녀들보다 매장 주인이 더 극한 공포에 휩 싸인 나머지 장사 밑천을 몽땅 내버려둔 채 뛰어나가 압사 현장에 합류 했다.

바로 그 순간 진아와 송연의 눈앞에 40% 할인권과는 비교할 수 없는 놀라운 혜택, 버려진 액세서리 매장이라는 환상적인 세계가 펼쳐졌다. 그녀들이 보기에 목걸이와 반지와 브로치와 장신구들이 반짝거리는 눈 빛으로 함께 데려가주기를 간구하는 것 같았다. 상품들의 유혹에 저항 력이 제로 상태인 그녀들은 그 애절한 간구를 차마 외면할 수 없었다. 먼저 송연이 닥치는 대로 목걸이를 목에 걸기 시작했고, 진아도 열 손가 락에 골고루 반지를 두세 개씩 끼워 넣었다. 하나만 더, 하나만 더. 하지 만 하나를 더 하면, 그보다 더 좋은 또 다른 하나가 눈에 띄었고, 그들은 끊임없이 그 과정을 반복하며 매장을 벗어나지 못했다. 마침내 목과 손가락이 더 이상 배겨내질 못할 지경이 되어서야 그들은 매장을 돌아 나오려 했지만, 매장 입구에는 이미 좀비들이 득실거리고 있었다. 그녀들은 끝내 매장을 벗어나지 못했다.

폐쇄지역101 정화작업에 동원되었다 구사일생으로 살아남은 군인 하나는, 90도로 꺾인 목에 열다섯 개 남짓의 찬란하고 화려한 목걸이를 걸친 '목걸이 좀비'와 심하게 뒤틀린 손가락에 반지가 포도송이처럼 주렁주렁 매달린 '반지 좀비'의 기이한 형상에 대한 목격담을 손자들에게 들려주곤 했다.

노숙자 최 씨(58세)는 여느 때처럼 사랑티켓 예매소 입구에 돗자리를 폈다. 지난달 우연히 쓰레기통에서 건진 낡은 돗자리는 잠자리를 한결 편하게 해주었다. 먹을거리와 잠자리에 대한 욕구가 강한 노숙자들의 레이더망에서 용케 살아남아 그의 손길을 기다려준 것이 고맙기까지 했다.

거리로 나온 지 이태가 다 되었는데도, 그는 여전히 돌아갈 수 없는 집이 그리웠다. IMF 한파에 딱 걸려든 바람에 잘나가던 사업 하루아침에 부도나고, 때마침 병역을 치르고 있던 아들은 고무신 거꾸로 신은 여자 친구에게 다 네 탓이라고 호소하는 치졸한 편지만 남기고 자살했다. 생을 떠나는 마지막 길인데, 부모에게는 한마디도 남기지 않았다. 아들의 죽음과 남편의 무능에 분개한 아내의 이혼 요구에 변변찮은 저항 한 번 못해보고 응할 수밖에 없었던 최 씨는 결국 모든 것을 잃고 거리로 나앉게 되었다.

노숙 생활을 오래 지속하다 보니 성격마저 노숙에 최적한 상태로 변해갔다. 추위에 강해졌고, 물 한 방울 묻히지 않고도 몇날 며칠을 버틸 수 있었다. 한 데서 자는 것도 익숙했고, 다른 노숙자들과 적당한 간격을 유지하며 유화하는 법도 배웠다. 음식의 소중함을 배웠고, 그가 사업을 할 때 종종 요청받곤 했던 기부와 자원봉사의 필요성도 절감했다. 있을 때 좀 나눴어야 했는데, 하고. 들고 다닐 짐이 적어야 편했기 때문에 잉여물품에 욕심을 부리지 않게 되었고, 대신 지금 그가 자리를 펴고 있는 돗자리처럼 생필품에 대한 집착은 훨씬 강해졌다. 솔직히 지금 현재 그에게 가장 소중한 것은 낡은 돗자리와 아내가 데려가 버린 딸의 사진이었다. 현재로선 둘 사이의 우열을 가리기 어려웠다.

그가 곱사등을 하고 돗자리 반에 몸을 눕힌 다음, 나머지 반으로 몸을 덮었다. 가로로 사용해야 했기 때문에, 발이 돗자리 밖으로 삐져나왔다. 돗자리 색깔이 누리끼리해 꼭 멍석말이를 당해 죽은 시체처럼 보였다.

그가 단잠에 취해 있는데, 누군가 그의 발을 사정없이 밟고 지나갔다. 으악, 하고 그가 소리를 질렀다. 발목이 욱신거렸다. 이 새끼들, 노숙자는 사람으로도 안 보이나! 그가 분개하여 돗자리 밖으로 머리를 내밀었다. 그런데 이번엔 누군가가 그의 머리통을 발로 차고 지나갔다. 아악, 강돈가? 가진 게 어디 있다고, 내게 강도질이냐. 갑자기 최 씨에게 두려움이 엄습했다. 곰곰 생각해보니 그에겐 돗자리가 있었던 것이다. 잠에서 덜 깨 상황 파악이 안 된 상태에서도, 최 씨는 돗자리를 지킬 생각이 앞섰다. 그가 노끈으로 돗자리를 허리에 감았다. 급한 나머지 반만 접은 돗자리가 치마처럼 그의 허리에 둘렸고, 그 모습이 꼭 일본의 사무라이

복색 같았다.

그리하여 '사무라이 좀비'가 탄생하게 되었다.

모란 양(2세)에게는 아빠가 없었다. 그것은 모란 양의 엄마 정연(18세)이 반 친구 셋에게 윤간을 당해 모란 양을 낳았기 때문이었다. 정연의 몸에 정자를 심어준 양아치들의 부모들은 이사회에 막강한 권력을 행사하는 상류층 인사들이었다. 학교 측은 학교의 평판을 의식해 정연의 행실을 문제 삼으며 유야무야하기를 권했다. 정연의 부모도 딸의 상처에 분개하긴 했지만 집안의 위신과 아이의 미래를 위해 타협안에 찬성할 수밖에 없었다. 그들 모두 합심 단결하여 사건을 없던 일로 묻으려고 무던히도 애를 썼다. 가장 큰 걸림돌은 정연의 뱃속에 있는 모란 양이었다.

다행히도 정연은 자신이 당한 비극적인 상황을 아이의 목숨을 담보로 분풀이하고 싶지 않았다. 이미 깊게 파여 버린 상처를 억지로 봉합하고 살아가는 것이 무의미하다고 판단한 정연은 낙태 요구를 거부했다. 아기에게 아빠 따윈 필요 없어요, 제가 훌륭한 엄마가 될 거예요. 부모들이 설득했다. 네 미래가 달린 일이야. 그녀가 대답했다. 그 아이들이 내 몸에 올라탔을 때 내 미래는 이미 끝났어요. 이제 내게는 이 아이 밖에 없어요. 온갖 회유와 협박에도 굴하지 않는 심지 군고 용감한 엄마를 둔 덕에 모란 양이 세상을 볼 수 있었다.

학교마저 중퇴한 정연은 딸을 키우는 데 자신의 모든 것을 쏟아 부었다. 집안은 그럭저럭 풍족했고, 그녀는 외동딸이었다. 그녀는 자신이 가진 모든 걸 아이에게 투자했다. 최고급 기저귀를 입히고, 최고급 포대기를 사고, 아직 먹지도 못할 최고급 이유식을 구매했다. 반면 자신의 미래에 대해서는 체념했기 때문에 일체 투자하지 않았다. 그리하여 그녀는 열여덟 살 밖에 안 되었는데도, 두 살배기 딸을 안고 다녀도 전혀 어색하지 않을 만큼 노숙해보였다. 아이를 위해서라면 부끄러움도 없어서, 아이가 배고프다고 칭얼대면 아무데서고 가슴을 풀어 젖을 먹일 정도였다.

문제의 그날, 정연은 모란 양을 데리고 밤 산책을 나섰다. 따뜻한 봄 날씨였지만, 혹이라도 아이가 감기에 걸릴까봐 최고급 모자와 옷가지로 완전무장을 시켰다. 마로니에 공원은 조용했다. 아기가 젖을 달라고 칭얼댔다. 그녀는 자신의 젖을 아이의 입에 물렸다. 아이가 행복한 표정으로 모유를 꼴깍꼴깍 삼켰다.

그때 뭔가가 비척비척 모녀를 향해 다가왔다. 그녀는 아이의 해맑은 표정에 빠져 미처 경계심을 갖추지 못했다. 그것이 불쑥 아이의 허리통을 감았을 때에야, 그녀가 비명을 지르며 놈을 발로 걸어찼다. 놈의 날카로운 손톱에 아이의 고운 살결이 긁혀 피가 흘렀다. 곧 놈과 닮은꼴인 좀비들이 몰려들기 시작했다. 그녀가 아이의 입을 젖에서 떼어놓지도 못한 채 '민중을 이끄는 자유의 여신'처럼 가슴을 풀어헤치고 질주했다.

놈들을 피해 정신없이 달아나다 말고 그녀는 갑자기 멈춰 섰다. 그녀의 가슴에 안긴 것은 모란 양이 아니었다. 흉측하게 일그러진 살덩어리가 그녀의 가슴을 물고 있었다. 내 딸, 내 예쁜 딸은 어디 간 거야! 그녀가 비명을 지르며 품에 안은 것을 떨어트렸다. 좀비로 변한 모란 양은 바닥에 추락했지만, 이 경우 좀비라는 사실이 도움이 돼 몸통이 박살나

거나 뇌진탕을 일으키지는 않았다. 모란 양은 곧 흉측한 입을 쩝쩝거리며 기어 다니기 시작했다.

모란 양이 물었던 젖가슴을 시작으로 정연도 몸이 뒤틀리더니 곧 좀비로 변해버렸다. 정연이 인간으로서 느낀 마지막 감정은 딸을 바닥에 내팽개쳤다는 자책감이었다. '아기 좀비'는 보이지 않는 곳에서 엉금엉금 기어와 기습적으로 발목을 물곤 했기 때문에 폐쇄지역101에 투입된 군인들에게 가장 두려운 존재였다.

손(29세)은 두 달 전 복역을 마치고 출소했다. 장장 6년이었다. 노상에서 행인을 대상으로 퍽치기를 했는데, 네 번 만에 위장수사에 걸려들고만 것이다. 네 번 동안 빼앗은 돈이라 봐야 오백만 원도 채 되지 않는 데다가 겁만 줬지 크게 다친 사람도 없었는데, 화려한 전과기록이 거들어준 덕분에 6년의 실형을 선고받았다. 개선의 여지가 없다는 것이 판사가 내린 실형 선고의 변이었다.

6년이었다. 장장 6년. 대학에 입학해 군대까지 갔다 오고도 졸업할 수 있는 시간이었다. 그건 담당교도관이 늘 지껄이곤 하던 말이었다. 야, 6년이면 올해 대학 들어간 우리 아들, 군대까지 갔다 오고도 졸업할 때다, 야, 그게 언제 가냐? 그는 틈만 나면 그런 식의 조롱을 일삼았다. 처음에 손은, 오냐, 내 출소하면 네놈 아들 졸업식에 찾아가서 얼굴에 칼자국 하나 새겨주마, 하고 별렀다. 하지만 그런 복수극의 짜릿함만 기대하며 지내기에는 6년은 너무 긴 시간이었다.

그래서 그는 검정고시를 보았다. 중학교 자퇴가 그의 학력의 전부였다. 폭력의 화신 그 자체였던 아버지로부터 기질과 취향과 기술을 모조리 물려받은 그로서는 별다른 선택 사항이 없었다. 중학교 시절부터 소년원을 들락거리다 퇴학당한 다음, 그의 폭력성은 극에 달했고, 결국 강도짓을 일삼게 되었던 것이다.

어쨌든 그는 수감생활의 지루함을 이겨보려고 공부를 시작했는데, 공부해라, 해라, 할 때는 그토록 하기 싫었던 공부가 재미삼아 붙드니까 여간 재미있는 것이 아니었다. 사실 폭력 성향이 두드러져 그렇지, 그는 매우 영리한 사람이었던 것이다. 공부를 시작한 지 1년 만에 검정고시에 합격했다. 검정고시 합격으로 대학에 갈 자격이 주어지자, 대학이 가고 싶었다. 그 간수의 아들놈을 한번 앞질러 보고 싶었다. 졸업식에 가서 그 녀석의 얼굴에 칼자국을 새기는 것보다 훨씬 고상하고 효과적인 복수가 될 것 같았다. 그는 열심히 공부했다. 감방 동료들의 비웃음과 일부 간수들의 조롱, 도무지 생겨나기 힘든 면학 분위기 때문에 고전했지만, 죄수를 건전한 사회인으로 배양했다는 홍보 효과를 목적으로 한 교도당국의 배려로 결국 그는 수학능력시험을 치를 수 있었고, 대학에 갈 수 있는 성적을 거두었다.

문제는 등록금이었다. 가족들은 그를 없는 자식으로 치고 있었고, 설령 그렇지 않았더라도 등록금을 내줄 형편도 되지 못했다. 기껏 공부해서 건전한 사회인으로 돌아갈 준비를 마쳤는데, 돈이 없어서 아무것도 할 수 없게 된 것이었다. 결국 그는 출소해서 1년간 돈을 모을 수밖에 없었다.

그러나 출소 두 달이 지나도록 그는 여태 일자리를 구하지 못했다. 직장은커녕 제대로 된 아르바이트 자리 하나 얻지 못했다. 범죄자 풍의 우락부락한 인상에다 역사에 길이 남을 전과기록이 더해지니 헤어 나올 길이 없었다. 그는 답답했다. 당장 있을 곳도 마뜩찮았고, 먹고살기 위한 막노동 일은 고되기만 했다. 주경야독은 전혀 현실적인 해법이 될 수 없었다.

그날도 그는 답답한 마음으로 마로니에 공원 벤치에 걸터앉았다. 이 순환 고리를 어떻게 깰 수 있단 말인가. 대학생 커플이 그의 맞은편 벤치에서 연애행각을 벌이고 있었다. 여자의 무릎에 〈현대미학입문〉이라는 두툼한 전공서적이 놓여 있었다. 남자가 꽃을 들고 프러포즈를 하는 듯했다. 그 여유와 행복이 마냥 부러웠다. 부러움은 곧 불공평한 세상에 대한 원망으로, 원망은 곧 노골적인 분노로 바뀌었다. 그의 폭력 성향이 꿈틀거렸다. 퍽치기 네 번이면 최소한 500만원은 모을 수 있고, 그 돈이면 한 학기 등록금과 생활비를 충당할 수 있는데. 건전한 목적을 위해 떠올린 불건전한 방법. 그러나 그에게는 그것이 거의 유일한 해법처럼 보였다. 손은 스스로 제어할 수 없는 충동에 휩싸여 그들을 향해 걸어갔다.

하지만 손은 그 대학생 커플의 돈을 빼앗지 못했다. 난데없이 불쑥 튀어나온 좀비에게 목을 물렸기 때문이었다. 그는 이후 군용화기에 의해 불태워질 때까지 폐쇄지역101에서 가장 난폭한 '폭력배 좀비'로 활약했다.

대학생 민우(23세)는 혜연(22세)에게 프러포즈를 하고 있었다. 민우는 장미꽃 스물두 송이에 거금 십이만 원을 들인 반지까지 내밀며 사랑한다고 고백했다. 그의 손에서 장미꽃이 파르르 떨렸다. 그의 떨리는 심정이 반영된 것, 은 아니고 그냥 봄바람이 불었기 때문이었다.

그녀의 깔깔거리던 웃음이 딱 멎었다. 혜연에게 민우는 연애의 상대가 아니었다. 충성스러운 심복이라고나 할까. 전공서적들은 너무 무거웠고, 신작 영화나 유명 스타가 출연하는 공연은 끊임없이 쏟아져 나왔으며, 요즘 술값은 너무 비쌌다. 민우는 그 모든 문제들의 손쉬운 해결책이었다. 혜연은 민우가 자신에게 바치는 순정과 열정을 교묘히 이용하며 그걸 즐기고 있었다. 친구들 사이에선 늘 어울려 다니는 그들을 보며 이미 캠퍼스 커플로 단정 짓고 있었지만, 솔직히 혜연은 민우가 남자 친구로는 부적격이라고 생각하고 있었다. 학점도 별로고, 얼굴은 보통 수준이고, 키도 요즘 기준에서는 작은 편인 데다, 집안도 그저 그렇고, 비싼 음식이라도 시키면 낯빛이 티 나게 어두워지는 것이 성에 차지 않았던 것이다. 그런데 프러포즈라니. 주제를 알아야지, 주제를. 그러나 그녀는 되바라지게 쏘아붙이진 않았다. 아직 졸업까지는 2년이나 남았고, 그처럼 충성스러운 남자를 만나기란 쉽지 않았으니까. 적당히 받아 줘야 하나, 그녀가 망설였다.

민우는 짜증스러웠다. 아, 좋으면 좋다, 싫으면 싫다, 딱 부러지게 이야기하면 그냥 편할 걸, 뭘 꾸물대는 거야, 하고. 혜연에 대한 민우의 감정은 조금 복합적인 것이었다. 그녀는 예뻤다. 그게 전부였다. 예쁜 거 말고는 마음에 드는 구석이 하나도 없었다. 허영심에다 공주병까지, 아주 골고루 그를 미치게 만들었다. 성격은 까탈하고 기분은 종잡을 수가 없어 아주 비위 맞춰주다 기분 상할 때가 한두 번이 아니었다.

그럼에도 민우는 늘 참았다. 예쁜 여자와 다니면서 누리는 특권을 포기할 수 없었기 때문이었다. 그녀와 함께 다닐 때마다 낯모르는 사람이 돌아보는 느낌, 친구들의 부러운 시선, 어딜 가나 능력 있는 남자로 대우받는 기분이 좋았다. 그러므로 민우가 그녀와 다니면서 가장 만족스러운 순간은 그를 부러워할 관중들이 많을 때였고, 가장 고통스러운 순간은 단둘이 남겨졌을 때였다. 유머감각은 또 얼마나 형편없는지 그녀의 썰렁한 유머에 억지로 웃어주느라 데이트가 끝나면 입 주변에 경련이 일 정도였다.

그런데도 그가 프러포즈를 한 데는 친구들의 부추김이 한몫했다. 야, 저렇게 예쁜 애랑 사귀니까 졸라 좋겠다. 친구들의 부러움에 민우는 겸양을 떨며, 야, 우리 그런 사이 아니야, 그냥 친구야, 친구, 라고 대답했다. 아, 새끼, 만날 붙어 다니면서. 야, 그건 해봤냐? 민우가 되물었다. 뭐? 친구들이 이구동성으로 외쳤다. 섹스! 야, 우린 그런 사이 아니라니까. 친구가 비웃었다. 아, 멍청한 새끼, 그렇게 예쁜 애는 먼저 데리고 자는 게 임자야, 임자. 걔 몸매도 죽이잖아.

그러고 보니 혜연의 몸매가 죽이긴 했다. 그래, 지금껏 고생한 게 있는데 보상이라도 받아야지. 그런 마음으로 그는 프러포즈를 했다. 그는 혜연이 이 프러포즈에 완전히 감동받아 몸까지 내어주는 데 오랜 시간이 걸리지 않을 거라 생각했다. 앤 나한테 완전 빽 가 있다니까.

장미꽃은 여전히 민우의 손에 들린 채 봄바람에 바들바들 떨고 있었고, 혜연과 민우는 말없이 서로의 생각을 조율하고 있었다. 벤치 반대편에서는 건달같이 생긴 우락부락한 남자가 그들을 향해 분노에 가득 찬 눈길로 걸어오고 있었다.

혜연은 끝내 민우가 내민 장미꽃을 받지 않았다. 아니 받을 수가 없었다. 둘 다 좀비가 되어 버렸으니까. 가뜩이나 애정 없던 그들의 관계가 깔끔하게 정리된 셈이었다. 마지막 순간 좀비의 습격에 어설프게 저항하느라 장미 줄기가 손에 대롱대롱 매달려 떨어지지 않은 탓에 민우는 '꽃을 든 좀비'가 되었다.

호피무늬 팬티 차림의 장은 밤새 좀비들을 피해 대학로 이곳저곳을 내달렸다. 좀비들은 곳곳에서 출몰했다. 쓰레기통 옆에서, 가로등 아래에서, 후미진 골목길에서, 빌라에서, 음식점에서, 공연장에서, 벤치 아래서 마구 쏟아져 나왔다. 도대체 경찰은 어디 있는 거야, 라고 그가 소리치자, 경찰복 차림의 좀비가 튀어나왔다. 오우, 쉣. 그는 그냥 내달릴 뿐이었다. 바람처럼 내달리는 그의 주변에서 피가 튀고, 살점이 날아가고, 비명과 쉿소리가 연달아 울려 퍼졌다. 그 즈음엔 이미 연지에 대한 기억은 조금도 남아있지 않았다.

이른 아침이 되어서야 그는 간신히 숨을 돌릴 수 있었다. 해가 찬란하게 떠오르자, 좀비들이 모조리 어딘가로 숨어들었던 것이다. 휴, 하는 안도의 한숨과 더불어 또다시 찾아올 고통스러운 밤에 대해 생각이 미쳤다. 팬티 차림이었지만, 옷을 찾아 입을 마음은 생기지 않았다. 온몸이 땀에 절어 있었고, 거리는 텅 비어 있어 보는 사람도 없었다. 온몸에 긴장이 풀린 그는 텅 빈 마로니에 공원 벤치에 털썩 주저앉아 있을 수밖에 없었다. 밤새 뛰어다니느라 어찌나 고단했던지 벤치에 머리를 기대자마자 그만 아주 깊은 잠에 빠져들고 말았다.

그가 잠에서 깨어난 것은 다시 어스름이 지기 시작했을 때였다. 아까운 시간을 잠으로 허망하게 보낸 자신에게 기가 찰 노릇이었다. 하지만 얼마 지나지 않아, 마로니에 공원 정문으로 1개 대대 규모의 군인들이 진입하는 것이 보였다. 아, 살았다, 군대가 왔어! 하지만 그는 겁에 질린 군인들의 표정을 보고 심상치 않은 기운을 느꼈다. 그의 등 뒤로 낮 동안 어둠을 찾아 숨어들었던 좀비들이 다시 슬금슬금 기어 나오고 있었다. 그가 두려움에 질려 두 팔을 높이 쳐들고 군인들을 향해 달려갔다. 이봐요, 날 구해줘요! 저 괴물들 좀 어떻게 해달라고요!

그러나 군인들은 장을 도와주지 않았다. 계엄군 1연대 1대대 소속 병사들에게 내려진 지시는 '바이러스 보균자와 모든 병원균체'를 몰살하라는 것이었다. 장은 아직 인간의 모습을 하고 있었지만, 병사들이 보기에 잠재적 바이러스 덩어리에 불과했다. 게다가 호피무늬 팬티라니, 가뜩이나 생소한 적들을 상대하느라 잔뜩 긴장한 병사들에게 이건 발병의 징후나 마찬가지였다. 그런 장이 두 팔을 벌리고 덮치듯 달려들자, 병사들은 기겁을 했다.

대대장이 소리쳤다. 바이러스의 공격이 시작되었다, 사격준비! 장은 깜짝 놀랐다. 아무리 좀비들이 쫓아온다지만 그런 식으로 나오면 사이에 낀 자기도 꼼짝없이 죽게 생긴 형국이었다. 그가 군인들의 사격을 피하기 위해 몸을 틀었지만, 그곳에는 이미 좀비들이 우글거리고 있었다. 좀비들은 이미 새로 유입된 사람들의 냄새를 맡고 대규모 집회라도 열린 것처럼 군집해 있었다. 군인들의 일제 사격이 시작되기 직전 장은 좀비에게 목을 물어 뜯겼고, 다행인지 불행인지 좀비 무리 깊숙한 곳에 내던져져 군인들의 사격을 피할 수 있었다. 그의 호피무늬 팬티는 라텍스 소재로 굉장히 신축성이 좋아서 그의 몸이 오그라들고 일그러져도 좀처럼 흘러내리지 않았다.

기세 좋게 사격을 가한 1대대 병사들은 곧 낙담하고 말았다. 좀비들이 너무 많았다. 좀비들은 정확하게 머리를 관통당하는 경우가 아니라면 총상쯤에는 아랑곳하지 않았다. 두려움을 생각할 능력이 없어서 흩어지지도 않았다. 그저 병사들의 신선한 피를 뽑아먹으려고 끊임없이 전진할 뿐이었다. 그간 북한군을 상대로 한 대테러 훈련에만 똥 빠지게 임했던 부대원들은 전혀 새로운 스타일로 전투를 치르는 좀비 부대를 당해낼 수 없었다.

꽃을 들고 다가오는 놈이 있는가 하면, 엄청나게 폭력적인 좀비도 있었다. 가장 고역은 병사들 다리 사이를 헤집으며 엉금엉금 기어와 발목을 여지없이 물어버리는 아기 좀비의 존재였다. 아기 좀비를 죽이려고 총을 쐈다가 동료의 발가락을 날려버리는 일이 반복되었다. 먼저 좀비로 변해버린 병사들이 동료 병사들을 물었다. 아직 인간으로 남아 있는 병사들은 동료가 조금만 들러붙어도 총을 갈겨버렸다. 동료들의 총에 죽은 병사들은 좀비조차도 될 수 없어 살점에까지 맛을 들인 좀비들에게 뼈째로 발라졌다.

한 시간여 총성이 울린 다음, 1대대 병사들은 전원 좀비가 되어 버렸다. 대부분은 손이 곱아 총을 떨어트렸지만, 일부 병사들은 자동연사 상태의 총을 든 채로 좀비가 되는 바람에 탄환이 다 떨어질 때까지 마구잡이로 총질을 해댔다.

　장군은 좀비 몰살 작전에 투입된 1대대가 외려 몰살당해 버렸다는 보고를 들으며 일이 쉽게 끝나지 않을 것임을 깨달았다. 장기전으로 가면, 의원과 회장이 좋아하지 않을 거야. 강도를 높여야겠군. 하지만 한편으로는 좀비들의 놀라운 전투력에 만족스럽기도 했다. 역시 투자한 보람이 있어. 이건 정말 완벽한 살상무기로군. 이걸 북쪽에 보냈어야 하는데 말이야. 그는 틀어진 계획이 아쉬웠다. 하지만 아직 끝난 건 아니라고 중얼거렸다. 마리아만 회수하면 모든 걸 원래대로 되돌려 놓을 수 있을 거라고 그는 확신하고 있었다. 그 전에 좀비들을 몰살시키고, 역시나 파파가 개발해놓은 가벼운 생화학 바이러스를 살포한 다음 정화시키는 시늉을 하면 된다. 투입된 군인들이야, 오랜 세월 그가 키워온 장교들의 지휘를 받고 있으니 뒤탈이 날 우려는 없을 터였다. 뭐, 정 안 되면 폐쇄 지역을 날려버릴 심산이었다. 전염성 바이러스의 공포가 그 모든 것을 용납 가능하도록 만들어줄 것이었다.

　"부관!" 그가 부관을 소리쳐 불렀다. 대위가 총구에서 튀어나온 총알처럼 신속하게 뛰어 들어왔다.

　"작전참모에게 연대 단위로 투입시키라고 해! 화기도 중화기로 무장시키고. 박사와 여자를 찾는 일을 전담할 특수수색대도 작전 지역으로 보내고!"

　"옛, 장군님!" 부관이 단련된 종아리 힘으로 용수철 튕기듯 뛰어나갔

다. 그가 나가자 장군이 수화기를 들었다. 아무래도 의원에게 보고해야
할 것 같았다. 욕은 좀 먹겠지만, 하고 혼잣말을 하면서 장군은 버튼을
꾹 눌렀다.

반역의 기치

호준은 총알택배라는 날림글씨가 컨테이너 박스 옆면에 크게 새겨진 트럭에 기름을 가득 채우고 있었다. 그의 차량 조수석에는 조 경감이 타고 있었고, 환기 구멍 하나 없는 화물칸에는 최 경위와 유력 일간지 취재기자 장형준과 신입 사진기자 최영호가 타고 있었다. 트럭의 컨테이너 박스에 짐짝처럼 탑승한 그들은 벌써부터 맑은 공기에 대한 갈증을 느끼고 있었고, 흘러내리는 땀방울로 고통당하고 있었다. 특히 장 기자는 체지방 과중이라는 현대적 질환으로 더위에 극도로 취약한 상태였다. 그의 와이셔츠가 방금 빨래를 마친 옷가지처럼 흠뻑 젖어 있었다.

이들이 호준의 택배트럭에 운집하게 된 것은, 무엇보다도 그들의 목표가 일치했기 때문이었다. 그들의 동일한 목표는 폐쇄지역101에 잠입하는 것이었다. 신이 맺어주었다고 밖에는 달리 표현할 길 없는 우연한 만남으로 팀이 급조되었다.

방송을 통해 폐쇄지역101에 대한 계엄령이 선포되던 이른 시각, 호준은 집하 물류창고에서 그날 분량의 물품들을 싣고 있었다. 이른 아침의 선선한 공기를 마시며 건전한 노동이 주는 만족감을 만끽하려 애쓰고 있는데, 창고 부장이 뛰어나오며 소리쳤다.

"야, 아서라. 지금 대학로에 아주 난리가 났다, 야. 너 오늘 공쳤어. 싣던 짐 그냥 부려라."

"예?"

"거기 바이러스 테러 일어났대. 지금 뉴스에서 계엄령 선포하고 난리가 났다. 폐쇄지역101이래나 뭐래나. 하여튼 접근 금지 구역이니까 얼씬도 하지 말라고 겁주고 있구먼. 니미럴, 이 물품들 누가 다 배상해줘야 하는 겨?"

애사심이 충만한 부장이 회사에 불어 닥칠 위기 상황을 걱정하며 불만을 주저리주저리 늘어놓을 때도, 호준의 머릿속에는 연지 생각밖에 없었다. 그는 다급히 부장을 밀치고 들어가 TV를 보며 다시 한 번 엄습하는 절망감과 싸워야 했다. 전날 밤에도 그는 연지를 집에 태워다주었고, 그 음산한 빌라에서 그녀의 몫으로 할당된 자그마한 창으로 불빛이 새어나오는 것을 지켜보았다. 어젯밤 요행히도 그녀가 다른 곳에 있을 확률은 제로였다. 오 마이 갓, 그가 잘하지도 못하는 영어로 소리를 질렀다.

뒤따라 들어온 창고 부장이 이 새끼, 왜 그래, 하더니, 야, 괜찮아, 니 구역 없어졌다고 당장 자르진 않아, 자식, 내가 잘 말해줄게, 하며 위로랍시고 씨부렁댔다. 호준은 창고 부장에게 대꾸도 없이 달려 나가 대학로로 차를 몰았다. 계엄령 발표와 테러 위협이 사회적인 위축 심리를 불러일으킨 탓인지, 출근 시간인데도 차들이 거의 없었다.

목적지 인근에 다다르기도 전에 방호복을 입은 군인들이 차량을 통제하고 있었다. 기자들이 마치 교황청의 근위대를 촬영하려고 용쓰는 여행객들처럼 바리케이드에서 멀찍이 떨어져 군인들을 찍어대고 있었다. 곧이어 계엄군사령관이 등장했고, 폐쇄지역101에 대한 공식담화문을 발표했다. 호준은 멍하니 듣고 있다, 대책을 마련해야겠다는 생각이 들었다. 연지를 이대로 포기할 순 없었다. 여러 번 차로 바래다주며, 그는 그녀와 좋은 관계로 발전해가고 있다고 믿고 있었다. 갓 사랑에 빠진 남자는 원래 물불을 가리지 않는 법이었고, 지금이 바로 그런 무모한 용기가 필요한 시점이었다.

그는 기자들에게 물어 폐쇄지역 잔류자들의 가족들이 시위하고 있는 곳을 찾아갔다. 대학로를 두고 완전히 반대쪽이었다. 혜화를 가로지르면 10분도 안 걸릴 거리였지만, 거대한 구형의 통제구역을 에둘러 가야 했기 때문에 40분이나 걸렸다.

가족들은 의외로 침착했다. 자식들의 이름을 부르며 통곡하는 부모들 몇몇과 지루한 문구를 반복하며 선동하는 남자 두엇이 보였지만, 대부분은 다른 구경꾼들과 마찬가지로 불구경 나온 것 마냥 팔짱을 끼고 사태를 관망하고 있었다. 머리에 '정부는 피해자를 구제하라!'라고 붉은 글씨로 쓰여 있는 띠를 두르지 않았다면 가족들인지 알 수도 없었을 것이다. 사실 가족들 중 일부는, 설령 동생이나 오빠나 형이나 누이가 바이러스 지역에서 구출되더라도 달려가 덥석 끌어안을 수 있을지 자신할 수 없었다. 머리에 띠는 둘렀지만, 그들은 폐쇄지역101 근처에 와 있다는 것만으로도 불안감을 느끼고 있었다.

호준이 가족들 중 가장 적극적으로 구호를 외치고 있는 남자에게 다가가 물었다.

"저, 혹시 정부에서 무슨 기별이 있었습니까? 구출 작전은 진행되는 겁니까?"

그가 고개를 돌려 호준을 빤히 쳐다보다 되물었다.

"뭐요? 당신도 가족이요?"

"아니오. 가족은 아니지만, 소중한 사람이 저기 안에 있어서요."

"가족도 아닌데 왜 여기서 기웃거리는 거요?"

"예?" 호준이 영문을 몰라 엉겁결에 반문을 했다.

"당신 같은 사람들 수작 모를까봐. 여기 가족들 옆에서 행세 좀 하다가 나중에 피해자 보상금이라도 떨어지면 한몫 챙기려는 거잖아!"

"아니, 지금 이 마당에, 그게 무슨……." 호준은 어이가 없어 화가 치밀었다. 그러나 사내는 호준의 분개에는 아랑곳하지 않고, 정의의 수호자마냥 강경하게 나왔다.

"당장 여기서 꺼지지 않으면, 경찰을 부르겠소!"

호준은 여기서 싸움질이나 하고 있어봐야 득 될 게 없다는 생각에 순순히 물러났다. 사내가 거 보란 듯이 우쭐대며 옆 사람에게 사기협잡꾼을 물리친 자신의 공과를 설명하고 있었다. 호준은 화가 났지만, 지금은 연지 구출이 우선이었다. 이제 좀 포르노로 점철된 밤을 벗어나보나 했건만, 지금 여기서 이렇게 끝낼 순 없는 일이었다. 그녀에 대한 그의 연정은 이미 쉽게 떨쳐낼 수 있는 단계를 넘어선 상태였다.

호준이 보기에 정부도, 군도, 가족단도 믿을 구석이 하나도 없었다. 그는 결심했다. 직접 구하러 가야겠어. 호준에게 폐쇄지역101 일대는 제 손바닥 보듯 훤했다. 이 지역에서만 택배 기사 생활 3년이었다. 이미 그의 머릿속에는 군인들이 놓친 개구멍들에 대한 탐색도가 훤하게 펼쳐져 있었다.

비슷한 시각, 조 경감도 폐쇄지역101 진입에 대한 구상을 하고 있었다. 상부로부터 좀비 수사를 종결하라는 지시를 받은 후에도 조 경감은 최 경위에게 은밀하게 지시를 내려가며 탐문을 계속해왔다. 그는 이제 모종의 음모가 실재한다는 사실을 확신하고 있었다. 그리고 이번 바이러스 사건과도 연관성이 있다는 걸 본능적으로 직감하고 있었다.

최 경위가 조 경감의 지시를 받아 지겹기 짝이 없는 재탐문 과정을 진행하고 있을 때, 조 경감은 사건에서 유일하게 검증된 장소라 할 수 있는 병원을 다시 찾아갔다. 그는 21세기 민주적 사법질서에 대한 이해가 전무한 멍청한 행정과장을 80년대 수사 스타일로 윽박질러, 최초 좀비 발견자들이 투숙한 날의 병실 복도가 촬영된 CCTV 테이프를 확보했다. 최초 수사 때는 없다고 딱 잘라 뗐던 자료였다. 간호사가 바로 용의선상에 올랐다. 담당 의사에게는 알리지 않았다. 그래봐야 듣는 건 거짓말뿐일 테고, 수사가 종결된 상태라 조 경감에게 딱히 권한도 없었다.

조 경감은 80년대 초반 운동권 학생들을 찾아낼 때 사용했던 협박과 잠입의 과정을 통해 거둔 수사 결과에 나름 만족했다. 이런 게 바로 진짜 수사라고. 이런 걸 최 경위에게 보여줘야 하는 건데, 워낙에 말귀를 못 알아 처먹는 녀석이라서 말이야.

CCTV 녹화 테이프에 담긴 영상은 결정적 자료였다. 사라진 여자에 대해 잘 모른다던 간호사가 검정슈트를 걸친 일단의 사내들을 병실로 안내하고 있었다. 그들이 병실로 들어갔다 다시 돌아 나올 때까지 간호사는 초조하게 문간에 서서 망을 보고 있었다. 10분쯤 흐른 후 남자들이 뭔가가 담긴 포대 자루를 이고 나왔고, 간호사에게 간단한 수신호를 보내더니 황급히 사라졌다.

흠, 이제 수사의 실마리를 잡았군. 그는 결정적 증거를 확보했음에도 병원장에게 알리는 수고를 하지 않았다. 상부로부터 수사 종결 지시가 내려올 정도면 자신의 비밀스런 추적에 대해 인지할 가능성이 있는 인사는 누구라도 주의해야 했다. 80년대 스타일로 가는 거야. 그는 간호사가 퇴근하기를 기다렸다가 그녀를 미행했다. 그녀가 병원 근처에 있는 오피스텔 문을 따자마자, 그가 그녀를 밀고 안으로 들어가 문을 딸깍 잠갔다.

"악, 누구세요. 살려주세요! 목숨만 살려주시면 뭐든 다 할 게요."

그가 강력반에 갓 입문해서 범죄자들과 운동권 학생들을 취조할 때도 이런 말을 많이 들었다. 하지만 그때처럼 우악스럽게 폭력을 쓸 수는 없었다. 21세기 경찰은 시민에게 친절해야 하니까.

"이봐, 아가씨. 당신을 해칠 마음은 없어. 나 기억하지?"

그녀가 그를 가만히 들여다보더니, 이전보다 더 경악스러운 표정을 지었다.

"아, 아저씨, 겨, 경찰이, 경찰이, 이, 이러심 안 되죠. 제, 제발 살려주
세요."

"허허, 경찰이 뭘 그러면 안 돼?"

조 경감이 일부러 음흉한 웃음을 흘리며 되물었다.

으아앙, 하고 간호사가 참던 울음을 터트렸다. 마치 자기가 엉덩이에
주사 놓아준 아이들처럼 천진난만하게 울어댔다.

"이봐, 아가씨. 묻는 말에 잘 대답해."

간호사는 여전히 으아앙, 울음소리만 길게 뽑아내고 있었다.

"그날 그 여자 환자를 빼돌린 게 누구지?"

그제야 그녀가 울음을 멈추고 그를 빤히 쳐다보았다.

"이봐, 아가씨. 이 방엔 당신과 나 둘뿐이고, 우리 대화는 비밀로 묻어
둘 수 있어. 하지만 묻는 말에 순순히 대답하지 않으면, 당신에게 몇 가
지 문제들이 생길 거야. 우선 이 방에서 성한 몸으로 못 나갈 거고,
CCTV 증거자료가 있으니 병원에서도 잘릴 거고, 심할 경우엔 살인공모
죄로 감방에서 청춘을 다 바쳐가며 썩을 수도 있어."

그의 협박에 간호사가 겁에 질려 또 으아앙, 할 기색이었다. 하지만
그러기 전에 조 경감이 뚝, 하고 소리쳤다. 간호사가 정말 겁에 질려 터
져 나오려는 울음소리를 가까스로 틀어막았다.

"누구야, 그놈들?"

"흑흑, 몰라요, 흑흑."

"당신이 복도에서 망까지 봤으면서, 이거 왜 이래?"

"돈을 줬어요. 늘 야근에다 고된 일의 반복인데, 월급은 쥐꼬리만 했

다고요."

"이봐, 당신의 근무 태만과 월권 행위에 대해서는 묻지 않겠어. 돈을 받고 말고도 관심 없어. 그 여자를 누가 왜 어디로 빼돌렸나 하는 것만 알면 돼. 그럼 약속대로 이 대화는 이 방안에서 영원히 묻히는 거야."

"정부 비밀요원이라고 했어요. 여자는 중요한 인물이라서 데려가야 한다고."

"맙소사, 그걸 믿은 거야?" 그는 어느새 반말로 다그치고 있었다.

"아니오. 하지만 총을 보여줬고, 돈도 줬어요. 아!"

"아, 라니 뭐?"

"이야기하면 죽을 거랬는데……."

그녀가 이제 새로운 종류의 공포에 젖어들었다. 곧 죽음이 닥친 듯한 절망감이 느껴졌다.

"이봐! 끝까지 이야기하지 않으면 그놈들과 마주치기도 전에 오늘 이 방에서 나한테 죽게 될 거야."

그녀가 울상을 짓더니 체념한 듯 말을 이었다.

"뭘요, 이미 다 이야기했는데요, 뭐. 그들이 누군지는 몰라요. 중요한 인물이라는 것 말고는 이유도 모르고, 당연히 어디로 갔는지도 이야기 하지 않았어요. CCTV도 반드시 처리하랬는데, 그걸 까먹다니, 흑흑."

"그들을 증명할 게 아무것도 없나? 뭐든지 기억해보라고!"

"나도 죽게 생겼는데, 화내지 말라고요. 가만, 그 남자들이 총을 보여 줄 때 양복 안쪽에서 수첩을 잠시 꺼냈는데, 단체의 문양 같은 것이 있 더라고요. 정확하지는 않지만 대충 이런 거였어요."

그러더니 그녀가 벤츠 마크 비슷한 기호를 그려보였다. 날카로운 삼각형이 둥근 원 안에 담겨 있었다. 이게 뭐지?

"저, 이제 전 어떻게 되나요?"

"당신? 아무 문제도 없을 거야. 약속했잖아. 수사 협조에 감사하는 의미로 이 방에서의 대화 내용은 깡그리 잊겠어. 당신의 의료 불법 행위에 대해서도 나는 모르는 거고. 단, 당신도 나와 만난 것에 대해서는 완전히 잊어. 나와 당신이 입을 다물면, 당신이 비밀을 밝힌 것에 대해서도 아무도 모를 테고, 그럼 당신도 그놈들에게 추궁당할 일은 없는 거지. 알고 있겠지만, 경찰은 국민의 생명과 안전을 지키는 사람들이니까. 하지만 내 전화를 받지 않으면 죽을 수도 있다는 거, 명심하고."

"예, 예. 살려주셔서 고맙습니다."

간호사가 사정없이 머리를 조아렸다.

경찰서에 돌아오자, 아무 소득 없이 돌아온 최 경위가 피로한 기색으로 수사 종결을 어필하고 있었다. 하지만 언제나 그랬듯 조 경감의 말은 그를 완전히 낙담시켰다.

"최 경위, 드디어 슬슬 사건의 면모가 드러나고 있어. 이건 진짜 큰 건이라고. 자네가 지금까지는 물론, 앞으로의 경찰 생활에서도 더 이상 만나보기 힘들 만큼 큰 사건!"

최 경위는 당연히 그래야 한다고 생각했다. 앞으로의 경찰 생활에 또 이런 사건을 만난다면, 생각할 필요도 없다, 당장 옷을 벗으리라. 조 경감은 간호사가 그려준 문양의 정체에 대한 조사에 착수했다. 벤츠 기업과 연관된 건가? 하지만 엄밀히 말해 벤츠 문양과는 각이나 뉘앙스가 담지 않았다. 게다가 자동차 회사에서 좀비를 만들 리는 없으니까.

해답은 전혀 엉뚱한 곳에서 쉽게 풀렸다. 계엄령이 선포된 날 아침, 계엄군사령관이 공식 담화문을 발표하는 방송 화면이 그의 시야에 들어왔을 때, 그는 마치 전기에 감전이라도 된 것처럼 전율이 일었다. 계엄군사령관의 군복 왼쪽 가슴에 줄줄이 달린 휘장들 가운데, 그가 그토록 찾던 바로 그 문양이 자리 잡고 있었던 것이다. 와우, 이건 정말 대박이로군. 폐쇄지역에 존재하는 건…… 그 문제의 좀비다! 그의 동물적 직감이 다시 꿈틀거렸다.

그는 잠시 선택을 망설였다. 이건 정말 목숨을 걸어야 할지도 모르는 일이었다. 상대가 계엄군사령관이라면 절대로 쉬운 싸움이 아닐 터였다. 하지만 형사 조재영에게 답은 하나뿐이었다. 내가 맡은 일은 내가 끝을 보는 거야. 그가 최 경위를 불렀다.

"야, 방독면이랑 방호복 챙겨. 불량 많으니까, 여벌도 몇 개 챙겨놓고. 권총도 밑에 애들 거로 몇 개 더 챙겨. 지금 당장 폐쇄지역101로 가보자고. 어서 서둘러!"

최 경위의 얼굴에, 이젠 완전 미쳤구먼, 미쳤어, 하는 표정이 노골적으로 드러났다. 하지만 조 경감은 개의치 않았고, 십 분도 채 지나지 않아 조 경감과 최 경위는 경찰차에 나란히 앉아 폐쇄지역101을 향하고 있었다. 진입 방법에 대해서는 현장에서 생각해보기로 했다. 최 경위는 운전하는 내내 바이러스에 대한 두려움을 떨쳐내지 못해 안색이 어두웠다. 뭔가 조짐이 안 좋아, 조짐이. 그가 혼자 구시렁댔다.

　오랜 종군기자 생활과 몇 차례의 특종보도로 취재기자들 사이에서 한때는 최고로 통했던 장형준 기자는 요 며칠간 사는 게 사는 게 아니었다. 난데없는 불시 내부감사로 그에게 공금횡령 의혹이 제기되고 있었다. 사실 의혹 제기의 수준은 이미 넘어선 단계였다. 물증이 확보되었고, 곧 그의 불명예 퇴진이 결정되리라는 것이 사내외의 일반적인 예측이었다. 심지어는 사측에서 검찰 고발까지 고려하고 있다는 소문이 돌았다. 신임 사주와의 마찰에다, 요 몇 년간 뚜렷한 실적이 없어 한물갔다는 평가, 그리고 도를 지나친 공금횡령의 물증들까지 그에게 유리한 정황은 하나도 없었다.

　정말 살맛 안 나. 걸프전에서 모래사막에 이는 거센 바람을 이겨내며 군 이동 루트를 추적 취재하고, 바그다드 폭격 현장에서 종아리에 총알을 하나 박아가면서까지 현장의 생생한 긴박감을 전해 '올해의 기자상'까지 수상했던 그가, 고작 눈먼 돈 몇 푼 해먹었다고 해고와 불명예의 위기에 내몰리다니. 아내와 딸들은 그를 어떻게 생각할까. 그는 정말 살맛이 안 나, 밥 대신 담배로 끼니를 연명하고 있었다.

　폐쇄지역101에 대한 계엄령 발표는 그에게 기사회생의 기회였다. 데스크는 이 전대미문의 바이러스 사건을 취재할 특별취재팀을 구성하면서, 그래도 구관이 명관이라며 종군기자 경험이 풍부한 그를 포함시켰다. 편집국장이 그를 불렀다.

　"장 기자, 이건 자네를 위한 절호의 기회야. 요즘 자네 힘든 거 알아. 이번에 제대로 한 건 해서 다들 입 다물게 만들어보자고, 어때?"

　장 기자는 이를 악다물었다. 그래, 이건 정말 다시없는 기회다. 이거 제대로 한 건 해서 개가를 올리면 그에 대한 모든 공론들이 쏙 사라져버릴 것이었다. 신문은 특종을 먹고 사는 거지. 그가 마지막 지푸라기라도 잡는 심정으로 열혈신입으로 통하는 사진기자 최영호를 데리고 발 빠르게 현장을 찾았다. 하지만 현장에는 이미 군인들이 바리케이드로 봉쇄하고 있었고, 생뚱하게 가족들만이 자그마한 소란을 피우고 있을 뿐이었다. 바이러스에 대한 두려움 때문인지 이런 일에는 으레 들러붙게 마련인 구경꾼들조차 거의 없었다. 잠시 후에 기자들 몇몇이 몰려왔고, 또 얼마 후에는 계엄군사령관이 나와 담화문을 발표했다. 그가 발견한 것이라고는 고작 전직 수도방위사령관이었던 장군이 계엄군사령관이 되면서 별을 하나 더 달았다는 것뿐이었다. 특종이랄 것도 없었다. 정보는 제한되어 있었고, 바리케이드는 시시각각 닫히고 있었다. 마지막 지푸라기가 물가에서 저만치 멀어지는 기분이었다.

특종을 잡으려면 남들보다 더 큰 위험을 감수해야만 해, 때론 그게 목숨이나 가족의 희생을 요구할지라도. 처음 종군기자를 지원했을 때 한창 날리던 선배 종군기자가 해준 말이었다. 그 철칙을 새겨둔 덕분에 그는 걸프전 당시 외신들도 인정한 최고의 종군기자로 활약할 수 있었던 것이다. 아, 근데 저길 어떻게 들어가지? 바이러스에 대한 위험과 두려움은 장 기자에게도도 물론 있었다. 하지만 폐쇄지역101 내부의 위협이나, 명예와 가족의 신뢰를 몽땅 잃게 생긴 바깥의 위협이나 그에게 두렵기는 매한가지였다. 게다가 그의 종군기자 생활을 돌이켜보면 결국 위험에 대한 두려움을 이겨냈을 때 항상 성과가 좋았다. 그리고 지금 이 순간 그에게 간절한 것이 바로 그 성과였다. 아무것도 모르는 최영호 기자만이 연신 플래시를 터트려대며 주변 환경을 찍고 있었다.

"아, 최 기자, 고만해. 그런 거 백날 찍어봐야 국장한테 욕이나 먹어. 이봐, 자네 진짜를 한번 경험해보고 싶지 않나?"

별칭이 열혈신입일 만큼 기자의식으로 충만한 최영호는 잠시의 망설임도 없이 고개를 끄덕였다.

"내가 선배로서 자네에게 조언 하나 해주지. 특종을 잡으려면 남들보다 더 큰 위험을 감수해야만 해. 때론 그게 목숨이나 가족의 희생을 요구할지라도."

"예. 선배님, 근데 여기서 남들보다 더 위험한 데가 어디 있을까요? 위험을 감수할 만한 곳이 안 보이는데요?"

"당연하지. 여기 뭐가 특별한 게 있겠어? 특별한 건, 저 안에 있다고."

장 기자가 손가락을 뻗어 군용 바리케이드 너머를 가리켰다. 타고난 강심장인 최 기자도 침을 꼴깍 삼키지 않을 수 없었다.

다섯 남자는 저마다의 이유로, 동일한 문제에 대한 해법을 찾고 있었다. 어떻게 하면 군사 바리케이드를 뚫고 폐쇄지역101에 들어갈 수 있을까, 그리고 진입했을 때의 안전은 어떻게 보장받을 것인가. 그들의 그런 국가 반역적 사고는 그들이 동일한 시각, 동일한 장소에서 해답을 모색하고 있었다는 우연과 결합하여 극적인 해답을 낳았다.

호준이 유가족 대표와 한바탕 설전을 벌이고, 뭔가를 결심한 듯 결연한 표정으로 택배트럭으로 돌아가기까지의 그 모든 과정을 조 경감이 목격한 것이었다. 호준의 심상치 않은 태도와 표정 변화가 조 경감의 수사관으로서의 직감을 자극했다. 조 경감은 방금 호준과 다툰 남자에게 다가가 물었다.

"저 친구 무슨 일로 그럽니까?"

"아니, 그러는 당신은 또 뭐요?"

우악스러운 인상의 남자가, 안 그래도 할 일 많은데 귀찮게 들러붙는 놈들이 뭐 이리 많아, 하는 표정으로 인상만큼이나 우악스럽게 대꾸했다. 하지만 베테랑 강력계 형사였던 조 경감이 그 정도의 우악스러움에 위축될 사람이 아니었다. 그는 보란 듯이 경찰 신분증을 내보였다. 우악스러운 남자의 우악스러움이 일시에 사그라졌다. 시국이 시국이니만큼, 공권력과 마찰을 일으킬 필요는 없다고 여긴 것이다.

"아, 경찰이시군요. 잘 됐습니다. 아, 글쎄, 저기 저 젊은 친구가, 피해자 가족들의 슬픔과 고통을 이용해 한몫 챙기려고 수작을 걸지 뭡니까. 지금 경찰 분이 계시니까, 제가 직접 고발하고 싶습니다."

"그가 뭐라든가요?"

"아, 저 안에 구출대를 보낼 것을 요구하자고 하더군요. 국가가 해주지 않는다면 민간 차원에서라도 들어가야 하는 거 아니냐고. 저런 치들 논리 빤하죠, 뭐. 과격하게 주장하면 더 그럴 듯해 보이니까요."

"왜 그런 요구는 하지 않는 겁니까?"

"예?" 남자가 되물었다.

"왜 구조대를 보내자고 공식적으로 요구하지 않는 겁니까? 가족을 구하려면 민간 차원에서라도 구조대를 투입해야 하는 거 아닙니까?"

"아, 아니, 경찰 양반, 지금 제정신이요? 계엄령이요, 계엄령. 게다가 국가 존립을 위협하는 바이러스의 출몰이라고요. 무작정 구해온다고 될 문제가 아니란 말입니다."

흥, 하고 조 경감이 콧방귀를 꼈다. 남자가 눈치를 실실 살피더니, 슬그머니 조 경감을 피해 무리 속으로 스며들어가 버렸다.

이번에는 장 기자가 바로 곁에서, 조 경감과 남자의 대화를 묵묵히 듣고 있었다. 그는 조 경감이 경찰 신분증을 드러냈을 때부터 호기심이 발동한 상태였다. 이거 흥미롭군, 계엄령 지역에 경찰이라. 조금 부패했을망정, 탁월한 취재 능력만큼은 누구에게도 뒤처지지 않는 장 기자는 곧장 이 경찰이 뭔가 남다르다는 걸 눈치챘다. 그들의 대화 내용으로 유추해보건대, 저 경찰의 부하가 달려가 실랑이를 벌이고 있는 택배 기사는 그들의 첫 번째 문제, 폐쇄지역101로 진입하도록 도와줄 적임자였으며, 눈앞의 형사는 그들의 두 번째 문제, 최소한의 안전 보장에 미력일지라도 도움이 될 것 같았다. 장 기자도 내놓을 협상의 카드를 가지고 있었다. 그는 그들의 계엄령 위반에 대한 합리적 근거, 즉 면죄부를 줄 수 있었다. 취재를 통해 모종의 음모라도 발견된다면, 더할 나위 없을 터였다.

그리하여 조 경감과 최 경위가 호준을 불러 세웠고, 세 사람이 모종의 거래를 하고 있을 때 장 기자와 최 기자가 카메라 플래시를 터트리며 끼어들어 모두에게 만족스러운 원만하고 폭넓은 타협을 이루어냈다. 조 경감이, 굳이 방독면을 쓸 필요는 없을 거요, 지금까지 사건을 조사해본 바에 따르면 좀비들에게 물리지만 않으면 돼요, 그리고 물리지 않으려면 몸이 가벼운 게 더 낫겠지, 라고 주장했음에도 불구하고, 기자들은 경찰용 방호복과 방독면을 챙겨 입었다. 조 경감은 끝내 아무것도 착용하지 않았다. 또 그래서 최 경위 역시 챙겨온 방호복을 건드려보지도 못했다.

호준은 골목과 샛길, 그리고 재건축과 리모델링 붐으로 지역 경계가 허물어지며 생긴 틈을 수색했다. 차 하나가 지날만한 빈틈은 많지 않았기 때문에 호준은 폐쇄지역 외곽을 몇 차례나 빙빙 돌아야 했다. 의외로 군인들의 대처가 민첩해 빈틈을 찾아내는 데 꼬박 하루가 걸렸다. 하지만 결국 학생들의 등록금을 과도하게 인상하면서까지 재벌 총수의 이름을 딴 기념관 설립을 강행하느라 교정을 마구 뭉개놓은 인근대학 후미에서, 군인들이 미처 봉쇄하지 못한 진입로를 찾아냈다.

종합대학의 뭉개진 구획을 가로지르는 것으로, 그들이 본격적으로 계엄령 위배라는 국가 반역의 기치를 올렸을 때는 다음날 정오 무렵이었다.

잔다르크의 검

연지는 오들오들 떠는 일에도 진절머리가 나서 관두었다. 막상 더 이상 떨지 말아야지, 하고 마음먹자, 온몸을 울려대던 경련도 싹 가셨다. 진작 그럴 걸, 그럼 배도 덜 고팠을 텐데, 하는 생각이 들었다. 생사가 오락가락하는 와중에도 한 끼 식사에 대한 열망이 피어올랐다. 장에 대한 배신감보다도 훨씬 대단한 원초적 욕구였다. 주변에 널려 있는 무대 소품용 음식 모형들이 너무 리얼하게 제조되어 있어, 허기진 그녀의 식욕을 끊임없이 부추겼다. 플라스틱이나 고무 따위로 제작되어 있어 전혀 먹을 수 없는 것들이었지만, 그녀는 혹시나 해서 입에 물어보기까지 했다.

마침내 연지는 몸을 일으켰다. 가만히 생각해보니, 이러고 있다 굶어 죽으나 나가서 좀비에게 물어뜯기나 죽기는 매한가지라는 결론에 도달했던 것이다. 생각만 골똘히 한다고 해서 언제나 합리적인 결론에 도달한다고는 볼 수 없지만, 적어도 이 경우, 연지는 소품실에서의 장고 끝에 나름대로 합리적인 결론에 도달한 셈이었다.

그녀는 소품실 문에 가만히 귀를 대보았다. 인기척은 없었다. 혹시 모를 기습에 속수무책 당할 수만은 없다는 생각에 그녀는 소품 더미를 뒤졌다. 청동으로 제작된 장식용 검이 보였다. 이런 성인 연극에 도대체 어떻게 쓰이는지 알 길 없는 그 장식용 검은 그래도 단단하고 끝이 제법 날카로워 무기 구실을 할 수 있을 것 같았다. 장식용이라 그런지 손잡이는 연지의 작은 손에 딱 맞는 크기였다. 남자의 투박한 손이 쥐기에는 좀 작았을 것이다. 내 손에 딱 맞는 검이라, 이건 정말 긍정적인 징후야. 그녀는 용기를 내서 문을 밀었다.

소품실의 철제문은 낡은 쇳소리를 내며 슬 열렸다. 아무도, 아무것도 없었다. 기습적인 공격도, 좀비 떼도, 장의 흔적도 없었다. 바스러진 의자들만 어두침침한 극장 이곳저곳에 나동그라져 있었다. 그녀가 어둠 속을 헤집어 공연장 출구로 슬금슬금 다가갔다. 소품실 문이 저절로 삐걱거리며 왔다 갔다 했다. 어둠 속의 공연장을 울리는 그 쇳소리의 반복은 소름끼치는 것이었다.

곧 무슨 일이 벌어질 것만 같아, 라고 그녀가 혼잣말을 내뱉는 순간, 정말 마법처럼 무슨 일이 벌어지기 시작했다. 모서리의 어둠 속에서 기기긱, 하는 쇳소리를 내며 피에 굶주린 좀비들 서넛이 스멀스멀 기어 나오기 시작한 것이다. 팔이 하나 떨어져 나갔거나 다리가 곱은 기형 좀비들이었다. 오, 마이 갓. 그녀가 공연장 출구를 향해 달리다, 나동그라진 의자에 걸려 넘어졌다. 무릎이 까졌지만, 아픔을 느낄 새가 없었다. 그녀는 재빨리 일어나 다시 달렸다. 미닫이 출구에 가까스로 손이 닿았는데, 바로 옆에서 좀비가 얼굴을 디밀었다. 그녀가 본능적으로 검을 들어 엑스 자를 그었다. 덜커덕하고 단두대 내리찍는 소리가 들리더니 좀비의 머리통이 그녀의 발치로 또르르 굴러왔다. 아악, 내가 사람 목을 자른 거야, 아아악. 그녀가 사형집행인이 되어버린 자기 모습에 더 놀라 출구를 밀치고 뛰어나갔다. 로비를 가로지르는 동안에도 그녀의 칼질은 계속 반복되었고, 그녀의 상대가 된 좀비들은 각종 신체 부위들을 바닥에 너저분하게 뿌려댔다. 마침내 그녀가 좁은 계단에 올라서자 좀비들의 추격이 멎었다. 그녀의 옷 이곳저곳에 좀비의 살점과 피가 튀어 생긴 흔적들이 남아 있었다.

빛이 들어와 좁은 계단을 비추고 있었다. 바깥은 이미 한낮이었다. 빛이다! 그녀가 불현듯 깨달았다. 빛 때문에 더 이상 쫓아오지 못하는 거로구나. 빛이 곧게 내리꽂히는 계단에 피 묻은 검을 들고 선 그녀의 모습은 마치 전장의 잔다르크 같았다. 잔다르크처럼, 좀비를 제거하라는 신의 음성을 듣진 못했지만.

한낮의 거리는 완전한 침묵상태였다. 좀비도 사람도 없었다. 하지만 그녀는 주변에 늘어선 건물에 들어가 사람들을 찾을 마음은 생기지 않았다. 어둠 속에 웅크리고 있을 좀비들을 생각하면 당연한 일이었다. 그렇다고 밤이 늦도록 기다렸다 기어 나오는 좀비들을 상대할 마음은 더욱 없었다. 좀비 서넛의 목을 치는 것만으로도 그녀는 이미 진이 빠질 대로 빠져 있었다. 대낮이었기에 망정이지, 밤이 되면 좀비들도 힘을 되찾을 것 같았다.

그 전에 뭔가 대책을 세워야 해. 그러나 그녀는 당장 뭘 해야 할지 도무지 알 수 없었다. 누군가 곁에 있어주었으면, 하는 마음이 간절했다. 먼저 장이 떠올랐다가 이내 사그라졌다. 그리고 장의 잔상이 흩어지는 틈을 타서, 잽싸게 호준의 얼굴이 들어섰다. 아, 호준 씨. 그가 그리웠다. 조금은 계면쩍어 했던 그의 택배트럭 조수석이 그리웠다. 하지만 그가 여기 있을 리 없잖아. 그녀가 고개를 도리도리 흔들어 잔상을 몰아냈다.

배가 고팠다. 그녀는 벽면이 투명 유리로 되어 있는 24시간 편의점에 들어갔다. 빛이 있으면 좀비는 없어. 그녀는 유통기한 따위를 살피는 호사는 접어두고, 닥치는 대로 배를 채웠다. 배가 얼추 부르자, 살 것 같았다. 하지만 식욕이 해결되자 곧 다가올 밤이 걱정되기 시작했다. 그녀는 뚜렷한 대책도 없이 검을 질질 끌며 텅 빈 거리를 배회했다.

이제 그녀는 평안한 죽음에 대해 생각하고 있었다. 밤이 맞도록 답을 찾아내지 못하면 차라리 죽어버리겠어. 좀비가 되느니, 죽는 게 나을 거야. 죽음에 대해 생각하기 시작하자, 오만가지 것들이 그녀의 작은 머릿속을 비집고 들어왔다. 아침 이른 향기, 커피, 사장, 장, 호준, 대학, 꿈, 그러다 그녀는 엄마가 떠올랐고, 엄마에게 쓰다 만 편지가 생각났다.

어느새 그녀는 음산한 빌라 앞으로 돌아와 있었다. 모든 공포가 시작되었던 곳, 엄마에게 쓰다만 편지가 놓여 있는 곳. 아직도 집에 좀비들이 남아 있을까? 그래봤자, 두 놈. 지금 시각이면 창을 통해 빛이 양껏 스며들고 있을 테니, 있다 해도 힘을 잃었거나 침대 바닥에 숨어들어 옴짝달싹못하고 있을 거야. 그녀는 용기를 내서 집으로 들어가 보기로 했다. 운 좋게 집을 되찾는다면, 밤새 문을 단단히 걸어 잠그고 버틸 수도 있으리란 생각이 들었다. 라디오나 TV를 통해 생존지침 비슷한 걸 듣게 될지도 모를 일이었다. 좋아, 긍정적으로 생각하는 거야.

좀비들의 난동으로 빌라 입구가 사정없이 파괴되어 있었다. 가뜩이나 음산한 빌라가 기이한 공포심을 불러일으키는 고성으로 변해 있었다. 그녀는 난간이 다 헐려버린 계단을 올라가 그녀의 현관문 앞에 섰다. 선뜻 문을 열지 못하고 그녀는 문에 주춤주춤 얼굴을 갖다 댔다. 안에 누군가가 움직이는 느낌은 없었다. 흡, 하고 그녀가 크게 숨을 들이쉬고 칼을 추켜든 다음 문고리를 잡았다. 하지만 문고리를 돌리기도 전에 등 뒤에서 소름끼치는 존재감이 느껴졌다. 무언가가 어두침침한 계단을 타고 소리 없이 다가와 있었다. 보지 않아도 그게 뭔지, 연지는 이미 알고 있었다. 다음 순간, 연지가 젖 먹던 힘까지 다 짜내 검을 크게 휘둘러 등 뒤의 적을 내리쳤다.

정확한 가격은 아니었지만, 좁고 가파른 계단의 불안정한 위치 때문에 어깨를 빗겨 맞은 좀비가 휘청거리며 뒤로 굴렀다. 가격당한 좀비 바로 뒤에 서서 차례를 기다리던 좀비들도 함께 엉켜 우르르 굴러 떨어졌다. 엉킨 좀비들의 신체가 계단 모서리에 찢겨 나갔다. 하지만 다른 하나가 쓰러지는 좀비들을 밟고 뛰어올라 순식간에 그녀 앞으로 다가왔다. 그녀가 다시 칼을 휘두르려 했지만, 이번 좀비는 다른 놈들과 달리 동작이 섬세하고 정교했으며, 다섯 개의 손가락을 모두 움직여 그녀의 팔을 낚아챘다. 놀랍게도 온기가 느껴졌다. 그녀는 맥없이 검을 떨어트리고 그의 억센 팔 안에 안기는 꼴이 되었다. 상대가 그녀의 입술에 손수건 같은 것을 갖다 댔고, 곧 그녀의 의식이 파도 물결처럼 일렁이며 가물가물해졌다.

의식을 잃기 전 그녀는 그 특수한 좀비가 온전한 사람의 형체를, 그것도 반백의 구레나룻이 야성적으로 자리 잡은 남자의 모습을 하고 있음을 깨달았다.

하오의 몰살

고작 이틀 새 3개 대대를 통째로 잃어버린 장군은 화가 잔뜩 났다. 중무장을 하고 야간에 투입된 3개 대대 병력이 죄다 전멸한 것이다. 게다가 이 경우, 3개 대대 병력 손실은 곧 적진에 3개 대대를 창설해준 꼴이나 마찬가지였으니 상황은 더 심각했다. 이게 다 실전 경험 없는 무능한 군인들 때문이야. 이래서 전쟁이 한 번씩 터져줘야 하는 거라고. 그가 분을 삭이지 못해 벌겋게 들떠 올랐다.

생각 외로 강력한 좀비 군단의 위력에 장군도 이젠 마냥 여유 부릴 형편이 아니었다. 명색이 계엄군사령관인데, 노회한 의원은 그렇다 쳐도, 둔하기로는 돼지 새끼만도 못할 회장까지도 하루 이틀 새 상황이 마무리되지 않는 것에 초조함을 드러내며 연일 전화질을 해대고 있었다.

혹여나 박사와 마리아를 죽여 버리는 불상사가 발생할까 싶어 지금껏 망설여왔던 대대적인 살육 작전을 더 이상 미룰 수 없을 것 같았다. 자신의 군내 사조직으로 구성된 특수수색대는 박사를 찾아내기는커녕, 투입되는 족족 좀비가 되어버렸다. 특수훈련의 효과가 남아서인지 오히려 더 악질적인 좀비들이 되어 장군을 괴롭혔다.

이런 식으로 소득 없는 야간 소모전만 계속될 경우, 아무리 계엄령이라 해도 소문이 새어나갈 소지가 다분했다. 박사가 거사 전에 통신망을 온통 엉망진창으로 만들어버린 것이 장군으로서도 다행한 일이었다. 계획이 누설되고 좀비의 존재가 알려지면, 장군은 국가반역죄나 내란죄, 못해도 대학로 살인 사건에 대한 책임자로 처벌받을 게 뻔했다. 시간이 없다, 시간이.

그는 결심을 했다. 그가 결심을 하면 가장 바빠지는 것은 언제나 부관이었다. 수석부관인 중령도 있었지만, 짬밥을 먹을 만큼 먹어 느릿하기 짝이 없는 영관급 장교보다 빠릿빠릿하기가 이등병 못지않은 대위가 장군의 맘에 훨씬 족했다. 덕분에 대위만 죽어라 고생하고 있었다.

"부관!"

대위가 이번에도 곧 죽을 사람처럼 헐떡이며 사무실 하나를 가로질러 들어왔다.

"지금 즉시 작전참모 들어오라고 해!"

"옛."

대위는 속으로, 지가 전화하면 간단히 해결될 것을 오라 가라야, 젠장, 하고 툴툴거렸다. 조금만 더 인격적이고 합리적인 상관을 모실 수 있었더라면, 하는 이루어질 수 없는 소원이 그의 가슴속에 잠시 깃들었다 이내 흩어졌다.

대위가 수화기를 들어 작전참모와 연결하자, 역시 장군의 급한 성미를 잘 아는 작전참모가 헐떡이며 사무실 문을 박차고 들어와 장군에게 거수경례를 했다. 아무리 급한 상황에서도 경례를 받는 거수 동작만큼은 생명처럼 소중하게 여기는 장군이 멋들어지게 손을 이마에 붙였다 내렸다.

"이봐, 박 대령. 안 되겠어, 이 방법으로는. 플랜 2를 개시해."

"플랜 2라면, '하오의 몰살' 작전 말씀이십니까?"

"그래. 하지만 부하들에게 박사와 여자의 인상착의를 거듭 잘 설명해서 어리석은 짓은 하지 못 하도록 해."

좀비 배양 단계에서부터 장군의 수석 참모로서 비밀 작업을 추진해 온 대령은 장군의 지시를 확실히 인지했다. 이번 건이 잘 끝나면 마침내 바라던 별을 달 수 있으리라는 희망에 장군에 대한 그의 맹목적 충성심은 이미 정도를 벗어난 상태였다.

"예, 알겠습니다." 그가 부관 못지않게 이등병 같은 군기를 보여주고는 물러갔다. 대령이 나가자 곧 부관이 들어와 보고했다.

"장군님, 의원님 전화입니다."

"에이, 제기랄."

장군이 저도 모르게 성마른 욕설을 내질렀다. 하지만 금방 체신머리를 되찾은 장군은 과격한 욕설 다음에 이어지기에는 어색하기 짝이 없는 조신한 목소리로 말했다.

"연결해."

계엄군들은 무엇보다도 대낮에 출동하게 된 것이 무진장 기뻤다. 오늘밤에는 또 어느 대대가 뽑혀서 지옥행 열차에 올라타나 두려웠던 군인들은 대낮에 토벌 작전을 실시한다는 지시에 안도의 한숨을 내쉬었다. 전우들의 몰살 소식은 군인정신이 가장 투철한 군인들에게조차 자신이 군인이라는 사실에 대한 회의감을 안겨주었던 것이다.

출동 직후 그들의 안도감은 한결 커졌다. 거리에서 좀비 비스무리한 것도 찾아볼 수 없었던 것이다. 문자 그대로 거리는 텅 비어 있었다. 이렇게 적막한 대학로를 본 적이 있었던가. 처음의 긴장감은 차차 옅어졌고, 날도 좋겠다, 꼭 야유회 나온 기분이 되어 장병들은 유쾌함마저 일었다. 뭔가 공을 올려야 한다는 생각에 혈안이 된 고급장교들만이 초조해졌다. 명색이 작전명이 '하오의 몰살'인데 몰살은커녕, 쥐새끼 한 마리 보이질 않으니 미칠 지경이었다. 마침내 작전참모의 구체적인 지시가 송신되었다. 그것은 곧 연대장의 입을 통해 대대장에게, 각 대대장들의 입을 통해 중대장과 소대장들에게 전파되었고, 바로 그 시점부터 본격적인 건물 수색이 시작되었다.

연극티켓을 팔던 동굴 모양의 부스를 박살내자, 안에 웅크리고 있던 좀비들이 모습을 드러냈다. 새어 들어오는 빛 때문에 좀비들은 더 깊숙한 곳으로 슬금슬금 물러났다. 그 모습이 장병들의 용기를 북돋웠다. 뭐야, 이거 별거 아니잖아. 너나 할 것 없이 장병들의 총기가 불을 뿜었고, 고통을 느끼는지 못 느끼는지도 모를 좀비들이 사정없이 절단 났다. 혐오감을 불러일으키는 좀비의 외모는 생명체를 총으로 쏘아 죽인다는 장병들의 죄책감을 깔끔하게 걷어내 주었다. 그 죄책감 없는 살육과 파괴에 장병들은 마치 오락게임에서 괴수들을 물리치고 점수를 딸 때와 같은 환희를 느꼈다. 게다가 군중심리와 대대 간 경쟁의식까지 더해져, 토벌 작전은 한 판의 화끈한 게임처럼 몰아지경의 경지로 치닫고 있었다.

장병 다섯이 마로니에 공원에 면해 있는 문화예술위원회 본관의 문을 부수고 들어가 난사를 가했다. 어둠 속에서 똬리를 틀고 있던 좀비들이 우게객, 하는 소리를 내며 터져나갔다. 신이 난 장병들은 이층으로 치고 올라갔다. 이층에는 자물쇠로 굳게 잠긴 문이 있었다. 문을 쾅쾅 두드리자, 안에서 목소리가 새어나왔다.

"누, 누구요?"

장병들은 예상치 못한 사람 목소리에 소스라치게 놀랐다. 곧 문이 해체되고, 남녀가 고르게 배분된 네댓 명의 무리들이 얼굴을 내밀었다. 그들은 군인들을 보자, 오, 살았다, 살았소, 군인이요, 만세, 됐다, 하는 소리들을 내질렀다. 하지만 그들의 그런 과도한 감격이 오히려 장병들을 불안하게 만들었다. 장병들에게 바이러스 보균자에 대한 두려움이 차올랐다. 머뭇거리면 게임에서 지는 거야. 장병 하나가 소리쳤다. 다음 순간 총구들이 일제히 불을 뿜었고, 이번엔 기기긱, 하는 소리 대신 으악, 이런 개새끼들, 악, 하는 단말마 소리가 울려 퍼지면서 피가 튀었다. 장병 중 하나는 되돌아 내려가다 계단 아래 쭈그리고 있던 좀비에게 발목을 물렸는데, 그 즉시 동료들에게 사살되었다.

이런 난잡한 살육이 마로니에 공원을 중심으로 점점 확산되기 시작했다. 좀비들이 끌려나와 절단되었고, 그 사이사이 은닉해 있던 사람들이 살려주세요, 라고 외치는 중에 살해당했다. 동료 군인이 동료 군인의 머리에 총구를 겨누는 광경이 거듭 연출되었다. 해가 뉘엿뉘엿 지고 저녁

어스름이 깔릴 무렵에는 대학로 일대가 도살장을 방불케 할 만큼 피비린내가 진동했다.

〈아침 이른 향기〉에 갇힌 세 남녀는 커피 분말 가루와 설탕과 시럽과 자그마한 쿠키들로 이틀을 연명했다. 너무 호되게 당했던 터라, 날이 밝아도 선뜻 나설 용기가 생기지 않았다. 이미 실내는 산소 부족에다, 아무렇게나 싸질러 놓은 세 사람의 소변으로 인해 지린내가 진동하고 있어 사람이 거처할만한 공간이 못 됐다. 하지만 좀비에 대한 두려움이 인간 조건 이하의 열악한 환경을 감내할만한 능력을 주고 있었다.

콜걸은 장 사장의 어깨에 머리를 묻고 잠이 들어 있었다. 졸려서 잠이 들었다기보다는 진이 빠져서 쓰러졌다고 보는 것이 사실에 가까웠다.

"우리 나갑시다."

턱에 고인 땀을 쓰윽 닦아내며 뚱보가 말했다.

"여기 있다간 떠 죽겠소."

"그러시든가." 장 사장은 대답할 기력도 없어 대충 대답했다.

"아, 그러지 말고, 우리 나갑시다. 솔직히 우리 둘이 쇠파이프를 휘둘러대니 놈들도 어쩌질 못하지 않았소."

"어느 때까지가 될지도 모를 일인데, 우리에게 힘이나 남아나겠소?"

"어딘가 구조대가 있을 거요. 구조대를 찾을 때까지만 달리면 되는 거요. 설마 전 지구가 이렇게 되진 않았겠지."

"보시오, 이 여자는 완전히 지쳤소. 당신이 업고 뛸 거요?"

정 사장이 자신의 어깨에 머리를 기댄 콜걸을 가리켰다.

"무슨 소리요. 우리 둘만 가자는 말입니다."

뚱보가 고개를 도리도리 흔들며 말했다. 비대한 덩치에 보이지도 않는 목을 흔드는 모습이 꼭 못난이 인형 같았다.

"당신이야말로 무슨 소리요? 여자를 죽게 내버려두잔 말이오?"

"아, 목소릴 좀 낮추세요. 깨겠소. 생각해보시오. 지금 낭만이니, 폼이니 하는 걸 따질 게재요? 살고 봅시다. 우리야 달릴 힘도 있고 쇠파이프를 휘두를 힘도 있으니, 둘이 합심하면 그럭저럭 살아나갈 수 있을 겁니다. 하지만 우리가 여기까지 오는 동안 저 여자가 한 게 뭡니까? 그저 비명이나 질러대고 있질 않소. 느려 터지긴 얼마나 느려 터져서, 우리까지 위험천만했던 적이 어디 한두 번이오? 어차피 하룻밤 섹스를 위한 상대 아니었소. 그 하루는 지났고, 당신에게 그녀에 대한 책임은 어디에도 없는 거요. 씨발 정말 창녀 하나 때문에 뒈질 거요?"

"하지만, 나, 난…… 아무래도……."

정 사장이 '생존'과 '남성성에 대한 신념' 사이에서 확고한 선택을 내리지 못하고 망설였다. 바로 그때, 총성이 울렸다. 탕탕, 타타타타타탕탕. 여자가 화들짝 잠에서 깨어나 정 사장에게 물었다. 뭐죠, 뭐죠? 총소리야. 그래, 군대가 온 거야. 정 사장이 더 이상 선택지 사이에서 고민하지 않아도 된다는 사실에 안도하며 소리쳤다. 나갈까요? 뚱보가 의견을 구했다.

"섣불리 움직이지 맙시다. 마지막 순간에 일을 그르치지 말고, 여기서 얌전히 기다리자고요. 총소리를 듣자니 금방 우리를 구하러 올 것 같은데."

정 사장이 주장했다. 들어보니 그럴듯해, 뚱보와 여자도 고개를 주억
거렸다. 정 사장의 말대로 총성은 큰 발을 가진 괴수처럼 성큼성큼 다가
오고 있었다.

긴 하루의 시작

호준은 거칠게 차를 몰았다. 불과 이틀 전만 해도 학생들이 바글거렸던 교정은 방금 비워낸 쓰레기통처럼 텅 비어 있었다. 그렇게 생각했다가 호준은 곧 그런 생각이 우스워졌다. 사실 빈 교정은 완전 난장판이었다. 공사를 하다 만 채 방치된 탓에 온갖 건축 자재들이 나뒹굴고 있었고, 실어다 놓은 흙더미들은 붕괴되어 뿌연 먼지를 피어올리고 있었다. 연인들이 앉았다 갔을 벤치에는 스타벅스 로고가 박힌 종이컵에서부터 색색의 비닐봉지며 학보지 따위가 너저분하게 널려 있었다. 그렇게 혼란스러운 교정이었지만, 사람이 썰물처럼 빠져나간 공간은 외려 더러운 분비물을 비워낸 것처럼 깨끗하고 정갈한 느낌이었다.

호준은 텅 빈 교정을 가로지르며 홀로 운전을 하고 있자니, 마치 오즈의 나라에 온 듯한 기시감이 일었다. 조수석에 앉은 조 경감도 서울에서 텅 빈 거리를 걸어본 적이 있었던가, 하는 생각을 잠시 했다. 하지만 그에게는 텅 빈 교정보다 호준의 운전실력이 더 신기했다. 조 경감은 마치 길이 끊긴 것 같은 곳에서 곡예처럼 길을 찾아내 차를 요리조리 움직이는 호준에게 내심 탄복하고 있었다.

"도대체 이런 길은 어떻게 아는 거지?"

"택배일이라는 게 스피드가 생명이죠. 스피드를 키우려면 지도에도 없는 길들까지 싹 파악해야 하죠. 이곳에서만 3년입니다. 3년 동안 여길 다람쥐 쳇바퀴 돌듯 돌았으니까, 이 정도는 기본이죠."

조 경감이 립서비스라도 하나 해주려고 입을 떼려는데, 호준이 먼저 소리쳤다.

"이젠 꽉 잡아야겠는데요!"

저만치 앞에 진짜 폐쇄지역101의 바리케이드가 세워져 있었다. 방호복을 입은 군인 넷이 실탄이 장전된 총을 어깨에 올린 채 다리를 시옷자로 벌리고 서 있었다. 그들도 갑자기 어디선가 튀어나온 택배트럭에 적이 놀란 상태였다. 안전지역에서는 인기척이 없어야 했고, 그럴 것으로 알고 있었다. 그들은 그저 구색만 갖추고 있으면서 혹시나 폐쇄지역을 벗어나려는 좀비들만 갈겨대면 될 줄 알았다. 그런데 난데없이 안전지역에서 택배트럭이 나타난 것이다. 그것도 총알택배라는, 전투적인 냄새를 물씬 풍기는 이름이 새겨진 차량이었다.

양쪽은 잠시 멈춰 서서 대치 상태를 유지했다. 팽팽하게 당겨놓은 활시위 같은 대치 상태는, 호준이 다짜고짜 액셀을 밟으면서 깨졌다. 차가 주인의 성미에 익숙한 듯 매끄럽게 튀어나갔다. 바리케이드의 노란 차단봉에 닿을 때까지 호준은 액셀에서 발을 떼지 않았고 속도계의 바늘은 완전히 꺾여 돌아갈 지경이었다. 군인들이 정지 신호를 보내며 소리를 질렀지만 엔진이 과열하며 내는 굉음 때문에 차량 안까지 소리가 닿지도 않았다. 조 경감은 반사적으로 머리를 숙였다. 곧 군인들이 차체를 향해 난사를 가했다. 트럭 사방에 피폭의 흔적이 새겨졌다. 하지만 차량의 속도가 너무 빠른 데다, 호준이 머리를 숙인 채 액셀만 밟아댄 통에 군인들도 자기 생명부터 지켜야 할 판국이었다. 병사 둘이 차체에 충돌하지 않기 위해 옆으로 몸을 굴렸다. 뒤에 서 있던 상사는 어느새 상부에 연락해야 한다는 핑계로 컨테이너 박스로 뛰어들어 몸을 피했다. 오직 이등병 하나만이 끊임없이 총질을 해댔는데, 투철한 사명감에 비해 사격 실력이 형편없었던 통에 바퀴를 맞히는 대신 컨테이너 박스에 구멍만 몇 개 뚫어놓았다.

혼비백산한 것은 영문도 모른 채 컨테이너 박스 안에서 이리저리 굴러야 했던 일행들이었다. 바깥 사정을 살필 수도 없고, 운전석의 이야기를 들을 수도 없었던 그들은 예고 없는 급출발로 택배 물품처럼 컨테이너 박스 안에서 나동그는 신세가 되더니, 곧 총성과 함께 컨테이너 박스 곳곳이 움푹 패는 통에 완전히 기겁을 했다. 으흐흐, 하고 최 경위가 신음소리를 흘렸다. 장 기자는 종군기자 생활을 통해 익숙한 소리였지만, 좁은 컨테이너 박스 안에서 듣고 있자니 저도 모르게 오줌을 지렸다. 그래도 체면은 지킨 셈이었다. 최 기자는 아예 조금 싸버리고 말았으니까.

그러던 중에 마침내 총알 하나가 조금 전까지 최 경위가 머리를 기대고 있던 부근을 관통했다. 덕분에 바깥으로 통하는, 사람 눈동자 하나만한 구멍이 생겼다. 최 경위의 울부짖음이 극에 달했다. 아, 상관 하나 잘 못 만난 통에 국가 반역자로 총살을 당하는구나!

하지만 최 경위의 예상과는 달리 총성은 곧 멀어졌다. 트럭이 폐쇄지역101에 진입하는 데 성공한 것이다. 이젠 정말 돌이킬 수 없게 되었다. 군인들의 사격을 피해 한참을 더 달리고서야 호준이 액셀에서 브레이크로 발을 옮겼다. 조 경감이 피폭의 잔해들을 털어내며 슬며시 고개를 들었을 때, 그의 시야에 텅 빈 대학로 일대가 들어왔다. 조 경감이 호준의 어깨에 손을 올리며 말했다.

"와우, 자네 정말 터프하군."

장군은 연락을 받고 복장이 터져나갈 것 같아 배를 움켜쥐었다. 이건 또 뭐야. 안에 있는 것도 다 쓸어버려야 할 판국에 밖에서 기어들어와? 장군이 수화기에다 대고 바리케이드 책임자에게 소리쳤다. 당장 찾아내서 없애버려. 계엄령 위반은 국가 반역이야. 바주카포로 차를 통째로 날려버려! 장군은 수화기를 집어던졌다. 도대체 뭐지? 어떤 미친놈이, 도대체 뭐에 미쳐서, 바이러스가 바글댄다는 곳에 제 발로 걸어 들어오는 거야. 예상치 못한 상황이 가뜩이나 심란한 그의 마음을 더욱 불안하게 만들었다. 그는 부관을 불러 소리쳤다.

"특수수색대는 도대체 뭐하는 거야? 개새끼들, 훈련을 그만큼 시켜놨으면 뭔가 성과를 보여야 할 거 아냐? 박사는 아직도 못 찾았어?"

박사만 찾으면 모조리 날려버리면 되는데, 그럼 끝나는데, 그 망할 놈의 영감탱이, 젠장. 그가 혼잣말로 구시렁댔다.

“자, 이제 어디로 가야 하지?”

조 경감이 리더로서의 면을 세우기 위해 운을 뗐지만, 호준은 대꾸도 없이 어딘가로 곧장 차를 몰았다.

“어이, 이봐, 어디로 가는 거지?” 조 경감이 당황하며 물었다.

“찾아야 할 사람이 있어요. 그게 제일 먼접니다.”

이런 상황에선 운전대를 잡은 게 권력이었다. 조 경감은 명실 공히 자신이 급조된 팀의 리더라고 믿고 있었지만, 핸들의 방향조차 조정할 수 없었다. 그래도 그는 마치 자비로운 아버지처럼, 좋아, 하고 말함으로써 추락하는 자존심을 지키려 애썼다.

차는 마로니에 공원 뒤로 넘어가 쉿대 박물관 사이의 좁은 골목을 타고 올라가더니, 금방 연지의 잿빛 빌라 앞에 도착했다. 막다른 골목에 차를 대자마자 호준이 특별한 경계심도 드러내지 않고 뛰어내렸다. 조 경감이 다급하게 불렀다.

“어이, 이봐, 여긴 좀비 천지라고.”

하지만 호준은 들은 체도 않고 빌라의 좁은 입구를 향해 달려들었다. 이래서 젊은 것들이란, 하고 투덜대면서도, 조 경감은 뒤따라 내렸다. 그는 권총을 장전해 허리춤에 꼽고 데모진압봉을 손에 든 채 호준을 뒤쫓았다. 무기를 쥐자, 이제야 진짜 경찰 행세를 하는 것 같아, 그는 가슴 뿌듯함을 느꼈다. 컨테이너 박스 안에서 게워낸 토사물과 지린 오줌으로 악취에 시달리던 세 남자는 총알이 내놓은 구멍에 번갈아 눈을 갖다 대며 운전석이라는 특권을 부여받은 두 남자의 돌출 행동을 그저 지켜볼 뿐이었다. 장 기자가 최 기자에게 말했다.

“이거 좀 열어주고 갈 것이지. 저들이 뭔가 할 때 쫓아가서 사진을 찍어놔야 특종이 되는 건데.”

이미 특종에 대한 관심이 싹 가셔버린 최 기자가 맥없이 대꾸했다.

“특종이고 뭐고, 바지나 좀 갈아입었으면 소원이 없겠네요.”

호준은 연지네 현관문을 쾅쾅 두드렸다. 아무런 인기척이 없었다. 마음이 다급해진 호준이 문고리를 내쳐 당겼다. 호준의 뒤에 바싹 따라온 조 경감이 다급히 소리쳤다.

“이봐, 이봐, 그렇게 서두르지 말라고. 문 안에서 뭐가 튀어나올지 모르잖나?”

하지만 이미 문은 활짝 열리고 있었다. 다행히 갑작스런 습격은 없었지만, 조 경감은 또다시 자신의 지시가 먹히지 않은 것에 맘이 상했다. 하지만 이번에도 나름대로 권위를 되찾기 위해 먼저 한마디 했다.

“아무도 없군. 하지만 난장판이 된 걸 보니 뭔가 일이 있었던 게 분명해.”

갑자기 호준이 흐흑, 하고 흐느끼기 시작했다. 조 경감이 당황했다. 정말 종잡을 수 없는 친구로군.

“이봐, 이봐, 침착하라고. 지금 여기 무슨 시체라도 있나? 없잖아. 아직 무슨 일이 생겼는지 우린 모른다고.”

그의 말은 여전히 효력이 없었다. 효력을 발휘한 것은 좀비의 갑작스런 기습이었다. 한쪽이 폭삭 내려앉은 침대 아래에서 불쑥 팔 하나가 튀어나와 호준의 발목을 움켜쥐려 들었다. 조 경감이 본능적으로 밀쳐낸 덕에 그 손아귀에 걸려들진 않았지만, 호준은 너무 놀라 울음을 뚝 그쳤다. 어느새 조 경감은 데모진압봉으로 침대 아래에 무기력하게 웅크리고 있던 좀비들의 대가리를 후려치고 있었다. 조 경감은 좀비들을 사정 없이 내려치면서 손으로 전달되는 폭력의 쾌감에 전율을 느꼈다. 그래, 바로 이 맛이야!

"멈춰요! 그녀일지도 몰라요. 연지 씨일지도 모른다고요!"

놀랐던 가슴이 진정되자, 다음 순간 걱정이 앞선 호준이 다급하게 소리쳤다. 그제야 폭력의 향취에 몰아지경 상태로 빠져들었던 조 경감도 정신을 차렸다. 이미 두 좀비는 곤죽이 되어 있었다.

"이봐, 그럴 리 없어. 이놈들은 모두 남자야. 여기 이게 그거 같은데."

조 경감이 진압봉으로 축 늘어진 덩어리 하나를 가리키며 말했다.

"저건 없잖아요?" 호준이 다른 좀비를 가리키며 말했다.

"내 눈엔 이게 그거 같은데. 이놈들 뭐 원체 으깨져서 제대로 알아볼 수가 있나, 원."

조 경감이 대충 튀어나온 살점 하나를 가리키며 우겼다. 딱히 설득력 은 없었지만, 호준은 그렇게 믿고 싶다는 의미로 고개를 끄덕였다.

이제 좀 말이 먹혀 들어가는군. 조 경감이 흐뭇해하며, 이참에 리더로 서의 확고한 주도권을 잡으리라는 생각으로 목청을 높였다.

"그리고 분명히 기억해둬. 자네가 찾는 여자가 누구든 간에, 이미 좀 비로 변해버렸다면 자비는 없어."

호준은 조 경감의 말을 귓등으로 흘리며, 그저 널브러진 두 좀비들 가 운데 연지가 없기만을 빌었다. 조 경감이 그런 호준의 어깨를 감아 일으 켜 세웠다.

"이봐, 정신 차리라고. 여긴 정말 좀비 천지야. 빨리 이 빌라를 벗어나

자고. 그리고 이 진압봉은 이제 자네가 들게. 난 총을 들 테니. 여잘 찾
으려면 자네부터 정신 바싹 차려야 해."

마침내 호준이 몸을 일으켰다. 별다른 선택의 여지가 없었기 때문에
취한 행동이었지만, 조 경감은 자신의 지시가 연이어 먹혀들었다는 생
각에 흡족했다. 트럭으로 돌아오자, 조 경감이 뭔가 생각난 듯, 뒤로 달
려가 컨테이너 박스의 문을 열었다. 문을 열자 악취가 밀려나왔다.

"당신들, 도대체 여기서 뭔 짓들을 한 거야?"

조 경감이 코를 움켜쥐며 소리쳤다.

"당신들이야말로 저 빌라에서 뭔 짓을 한 거요?" 장 기자가 대꾸했다.

"따라오시오. 취재를 해야 할 거 아니오. 역시 좀비들은 실재했단 말
이오. 사진도 좀 찍어주쇼. 내가 좀비들을 박살내놓았으니까."

장 기자는 최 기자를 데리고 냉큼 따라 올라가 사진을 찍어댔다. 주로
조 경감이 완전히 초토화된 좀비 앞에서 포즈를 취한 그로테스크한 장
면들이었다. 기자들도 좀비와 맞닥뜨린 조 경감이 여느 때보다 팔팔한
것을 보고 마침내 거치적대는 방호복을 벗어던졌다.

"그러니까, 바이러스가 아니라 좀비란 말이죠? 전염성도 없고?"

"물리지만 않으면 될 거요." 조 경감이 전문가처럼 답변했다.

"그런데 전염성 바이러스라고 발표하고, 재빨리 지역을 폐쇄했다?"

장 기자가 거듭 의문을 제기했다.

"이건 음모요. 이미 좀비는 대성리에서 최초로 발견되었소. 최초 발견
자, 최초 발견자의 애인, 그 다음 발견자 모두 실종되었지. 누군가가 개
입한 거요. 최소한 현 계엄군사령관은 확실히 이 건과 관련이 있소."

"계엄군사령관은 계엄령 선포와 동시에 별을 하나 더 달았죠. 확실히 냄새가 나는군요. 이건 정말 대단한 특종인데요."

"그럼 가서 제대로 한 건 합시다." 조 경감이 쾌활하게 소리쳤다.

그들은 다시 우르르 몰려 내려와 차에 올라탔다. 호준은 여전히 운전석에 의기소침한 상태로 앉아 있었다. 여유가 생긴 조 경감이 호준에게 선심 쓰듯 물었다.

"그 여자가 여기 말고 갈만한 곳이 또 어디 없나?"

"아!" 호준의 머릿속에 〈아침 이른 향기〉가 떠올랐다. 그녀가 좀비의 침입을 피해 그리로 달아났을 수도 있었다. 희망이 피어오르자 호준의 아드레날린이 급박하게 치솟으면서 다시 레이서의 모습으로 돌아갔다. 이번에도 호준은 조 경감의 질문에 대답 없이 곧장 차를 몰았다. 컨테이너 박스의 문을 잠가주는 것을 깜빡해, 트럭의 출발과 동시에 문이 활짝 개봉되었다.

맑은 공기가 들어와 악취를 해소해준다는 점에서는 좋았지만, 컨테이너 박스의 세 남자는 이제 차량 밖으로 튕겨나가는 참변을 당하지 않기 위해 바닥에 바싹 들러붙어 연신 비명을 질러대야 했다.

〈아침 이른 향기〉까지는 5분 남짓 걸렸다. 호준이 차 속력을 풀로 올린 탓에 주파가능한 시간대였다. 어딘가에서 총성이 들려오고 있었다. 하지만 호준은 이번에도 망설임 없이 뛰어내려 〈아침 이른 향기〉의 문을 쾅쾅 두들겼다. 제발, 여기 있어요, 제발. 호준은 간절히 빌며 문을 부술 듯 내려쳤다.

마침내 안에서 인기척이 일었다. 조 경감이 진압봉을 높이 치켜 올렸다. 다행히도 사람의 목소리가 흘러나왔다.

"누, 누구요?"

"연지 씨 거기 있어요?"

사람 목소리에 반색을 표한 건 문 안에 갇혀 있던 사람들도 마찬가지였다. 정 사장과 콜걸과 뚱보가 몸을 일으켜 문을 활짝 열었다. 문을 열고 정 사장은 조금 놀랐다. 군인이 있을 거란 예상과 달리 젊은 청년 하나와 덥수룩한 인상의 중년의 사내가 서 있었던 탓이다. 정 사장이 뭔가 미적지근한 목소리로 물었다.

"댁들은 누구요?"

하지만 질문에 대한 답 대신 호준의 외침이 울려 퍼졌다.

"연지 씨는? 연지 씨는 어디 있어요?"

"연지? 우리 종업원? 걘 여기 없는데, 그러는 댁은 우리 종업원과 무슨 관계요?"

호준은 연지가 없다는 말에 망연자실했다. 대신 조 경감이 대답했다.

"난 경찰이오. 일단 저 트럭에 올라타시오."

"아, 경찰! 잘 됐소, 이 사람을 체포하시오."

정 사장이 뚱보를 손가락질하며 소리쳤다.

"소매치기요, 이 사람. 아주 악질 소매치기!"

조 경감이 경찰이라고 소개할 때부터 움찔했던 뚱보는 정 사장의 난데없는 신고정신에 놀라 두 손을 저으며 항변했다.

"아니, 이보시오, 무슨 소리요? 지갑은 주은 거라니까. 내가 돌려줬지 않소. 생사의 기로를 함께한 사람끼리, 정말 이러기요?"

조 경감이 다급히 제지했다.

"그 건은 나중에 처리하기로 하고, 지금은 빨리 트럭에 올라타시오. 총소리가 안 들립니까?"

"아, 저건 구원의 총소리 아니겠소? 군대가 괴물들을 소탕하는 거라고 생각했는데."

"모르겠소. 내 생각엔 좀비고 뭐고 간에 무조건 죽일 것 같은데."

"설마! 아, 마침 저기 군인들이 보이네. 직접 물어보면 되겠군요."

정 사장이 말을 맺자마자 어이, 하고 소리를 질러 골목으로 막 모습을 드러낸 군인들의 주의를 끌었다. 군인들은 핏발 선 눈으로 그들을 잠시 쳐다보다, 차다, 차다, 하고 소리를 질러댔다. 이미 택배트럭에 대한 지시가 하달된 것이었다. 군인들이 총을 장전하더니 차체를 향해 사격을 가하기 시작했다. 정 사장 일행은 혼비백산해 다급하게 컨테이너 박스에 올라탔다. 정신을 놓고 있던 호준도 총소리에 놀라 본능적으로 운전대를 잡고 액셀을 밟았다.

컨테이너 박스의 문은 또 잠글 틈이 없어, 짐칸의 일행은 또다시 튕겨 나가지 않도록 아등바등해야 했다. 게다가 이번에는 군인들의 총질까지 이어졌다. 호준이 차를 틀어 가까스로 골목을 벗어나 대로로 나오자 더 많은 군인들이 나타났다. 그들은 갑자기 나타난 택배트럭을 보자 미친 듯이 총을 쏴댔다. 장 기자는 그 혼란의 와중에도 좀비가 아닌 사람들을 끌어내 사살하는 군인들의 모습을 보았다.

"최 기자, 저거 찍어, 저거. 군인들이 사람 죽이네."

최 기자가 본능적으로 카메라를 들어 셔터를 찰칵찰칵 눌러대며 말했다.

"군인들이 우리도 죽일 것 같은데요."

다시 차량이 급커브를 틀었고, 최 기자가 사진을 찍느라 자세를 잡지 못해 차량 밖으로 튕겨나갈 뻔했다. 다행히 최 경위가 손을 뻗어 가까스로 최 기자를 잡았다. 최 기자가 장 기자에게 소리쳤다.

"선배님, 지금 우리가 종군기자가 겪는 것과 비슷한 경험을 하고 있는 겁니까?"

"응? 어, 뭐 비슷하네만, 솔직히 군인들의 직접적인 표적이 되기는 나도 처음이야! 어쨌든 자넨 잘하고 있어! 타고난 종군기자 같아!"

장 기자가 선배 종군기자로서 후배의 열정에 아낌없는 찬사를 늘어놓는데, 총알 하나가 허공을 쏜살같이 가르고 날아와 최 기자의 폐를 관통해버렸다. 억, 하는 소리도 내지 못하고 최 기자가 즉사했다. 최 기자, 최 기자. 장 기자의 부르짖음이 막 황천길 떠난 그의 귀에 들릴 리 없었다. 커브 길에서 최 기자의 시신이 맥없이 튕겨나가기 직전, 장 기자가 황급히 달려들어 그의 목에서 카메라를 끌러냈다. 최 기자의 시신은 카메라만 남기고 도로 바닥에 널브러졌다. 장 기자가 서서히 멀어져가는 그의 시체를 보며 울먹이며 외쳤다.

"최 기자! 자넨 진짜 기자야. 보라고, 특종이 담긴 카메라를 남기지 않았나!"

군용 지프차까지 동원된 추격전은 지역 지리에 통달한 호준의 일방적인 승리로 끝났다. 예컨대 정규군과 게릴라군의 산악 유격전과 같은 양상이었다.

군인들을 따돌린 후에야 트럭은 안전속도를 되찾기 시작했다. 컨테이너 박스 안에서는 모두들 밀린 구토를 해대고 있었다. 유일한 여성 탑승객은 끊임없이 비명을 질러댔고, 그 소리가 연지에 대한 호준의 그리움을 자극했다. 연지도 어딘가에서 저토록 두려움에 질려 있는 건 아닐까. 조 경감이 호준에게 말했다.

"안 되겠어. 이대로 가다간 몰살당하겠어. 대충 실상은 파악했고 기자들이 좀비랑 군인들 사진도 몇 장 찍었으니 이제 나가서 잭팟이나 터트리자고."

"아직 돌아갈 수 없습니다."

그 당당한 항명에 조 경감이 다시 당황하기 시작했다.

"아니 왜? 여기서 군인들 총에 벌집이 되고 싶은 거야? 게다가 좀 있으면 다시 좀비들로 득실거릴 거라고."

"아직 연지 씨를 못 찾았습니다. 그 일이 아니었다면 여기 들어오지도 않았어요."

"이봐, 이래서 될 문제가 아니라니까. 나가서 진실을 밝히고 정식으로 구조대를 파견하자고."

"누굴 보냅니까? 사람들까지 죽여 대는 군대? 위기에 빠진 사람들을 눈앞에 두고도 내빼려는 경찰? 카메라로 진실을 보도하겠다고 말만 앞세우는 기자들? 당장 이곳을 벗어난대도 우리라고 안전하겠어요? 우리부터가 바이러스 보균자로 사살될지도 모른다고요. 난 직접 연지 씨를 구해야겠어요."

"이봐, 어디 있는지도 모르잖아. 솔직히 말해서 지금쯤 좀비가 됐을 가능성이 99퍼센트야!"

"상관없습니다. 그렇담 좀비가 된 그녀라도 봐야 되겠어요. 그냥은 못 갑니다."

"폭력을 행사할 수도 있네." 조 경감이 강력범을 다룰 때처럼 목소리를 깔고 협박했다.

"그럼 안전하게 나갈 길은 찾을 수 없을 겁니다. 나만큼 여기서 완벽하고 빠르게 운전할 사람도 없고. 어쨌든 운전대는 제가 잡고 있습니다. 그녀를 보기 전에는 나가지 않습니다."

호준에게 조 경감의 협박은 씨알도 먹혀들지 않았다. 제기랄, 정말 골때리는 놈이랑 얽혀버렸어, 라고 생각하면서도 조 경감은 호준에게 어찌할 수 없었다. 이렇게 되면 총알이나 잘 장전해두는 수밖에 없었다.

"아, 그래, 그래. 좋을 대로 해, 젠장. 이참에 좀비들이나 실컷 두들겨 패고 스트레스나 풀지 뭐. 다음번에 군인들이 총을 쏘면 나도 제대로 사격 실력 발휘해보는 거지 뭐, 젠장."

조 경감이 욕설을 뱉어내며 카오디오를 탁 쳐서 켰다. 전파가 교란된 탓인지 분명 뉴스채널이 나와야 할 주파수에서 최신 힙합 뮤직이 잡음과 섞여 듣기 거북하게 흘러나왔다. 하필이면 래퍼가 세상 참 뭣 같다고 욕설 담긴 랩을 읊조리고 있었다.

"이봐, 운전대 잡았다고 이것까지 뭐라곤 하지 마. 여기 얼마나 처박혀 있을지 모르는데, 씨발, 라디오 정도는 들을 수 있어야지, 안 그래?"

조 경감은 채널을 이리저리 돌려보았지만, 지지직, 하는 잡음 외에는 아무 소리도 들리지 않아, 그나마 힙합이라도 흘러나오는 채널로 돌려놓았다. 사실 조 경감의 취향은 아니었지만, 방금 큰소리 친 게 있어서 꺼버릴 수도 없는 노릇이었다.

컨테이너 박스 안에서 경기를 일으키던 여자는 차츰 안정을 찾아갔다. 그러곤 곧 정 사장의 어깨에 얼굴을 묻고 잠이 들었다. 콜걸은 섹스와 비명 지르기와 남자에게 안기는 것 외에는 딱히 할 줄 아는 게 없었다. 지금까지의 그녀의 삶에서는 그 재주들만으로도 충분했던 것이다. 정 사장은 이게 구출된 건지, 지옥으로 내몰린 건지 분간할 수 없어 정신이 아뜩했다. 뚱보는 아까 자기를 경찰에 고발한 정 사장이 괘씸해 요걸 어떻게 갚아주나 궁리하고 있었다. 장 기자는 최 기자의 카메라에 좀비 사진이 제대로 담겼나 확인하느라 여념이 없었다. 100대 1의 경쟁을 뚫고 입사한 신입의 솜씨는 완벽했다.

생사를 넘나드는 한바탕 일전이 끝나고 심신이 고단할 대로 고단해진 그들이었지만, 쉴 겨를은 전혀 없었다. 해가 뉘엿뉘엿 지고 있었고, 이제 곧 기지개를 켜기 시작한 좀비들이 낮 동안 속수무책 당해야만 했던 굴욕을 되갚으려들 게 분명했으니까.

밀실의 공포

연지는 어두침침한 공간에서 눈을 떴다. 소품실의 어둠에 이미 질릴 대로 질려버린 그녀로서는 어슴푸레한 인상이 전혀 달갑지 않았다. 연지는 창이 없는 너른 밀실의 중앙에 위치한 수술대에 누워 있었다. 치과 진료대처럼 목이 굽어 있는 불편한 좌석이었다. 그녀는 몸을 일으키려다 곧 자신의 사지가 족쇄로 채워져 있다는 사실을 깨닫고 경악했다. 너무 놀라 비명조차 나오지 않았다.

다음 순간 그녀의 눈 바로 위에서 강한 플래시가 터지면서 불빛이 들어왔다. 전원 공급이 여의치 않은지 몇 차례 껌뻑이다가 마침내 옅은 분홍빛 불이 수술대 주변만 가까스로 비췄다. 고개를 좌우로 돌려보니 자신의 묶인 팔과 단단히 결박되어 있는 다리가 보였다. 그녀의 몸은 하얀 시트로 덮여 있었는데, 시트 밖으로 나온 맨살의 팔다리를 보고 자신이 벌거벗은 상태라는 걸 깨달았다. 오, 맙소사. 무슨 일이 벌어지고 있는 거지? 그녀는 하얗게 겁에 질려 온몸을 부들부들 떨었다. 떨림을 멈추려고 몸에 힘을 주었지만 뜻대로 되지 않았다.

그때 중저음의 목소리가 희미한 빛 속을 불쑥 비집고 들어와 그녀를 소스라치게 만들었다.

"건강하군. 아주 건강해. 마취에서 깨어나는 속도를 보면 그 사람의 건강 상태를 알 수 있지."

"누, 누구세요?"

연지가 두려움을 이겨내기 위해 악을 쓰고 물었다. 그녀의 질문에 가장 확실한 답을 주기 위해 상대가 직접 빛 가운데로 몸을 드러냈다. 하얀 가운을 입은 백발성성한 노인이었다. 모든 개인적인 취향을 감추는 그 개성 없는 연구 가운에도 불구하고 그 안에 건장한 몸이 꿈틀거리고 있음을 쉽게 느낄 수 있을 만큼 몸집이 좋았다. 목소리에도 노인답지 않게 패기가 흘러넘쳤다. 연지가 그렇게 실험용 쥐처럼 묶여 있지만 않았더라면 상대에 대해 꽤 좋은 인상을 받았을 것이다. 하지만 겁에 잔뜩 질린 연지의 눈에는 그의 그런 외양이 좀비보다 더 음산하게 느껴졌다.

"누, 누구세요? 도대체 내게 왜 이러는 거예요?"

"그렇게 놀랄 필요 없네. 오래 걸리지 않을 테니."

남자는 다시 어둠 속으로 물러나더니 벽까지 다가가 스위치를 하나 더 올렸다. 그녀의 수술대 왼편에서 다시 새로운 등이 켜졌다. 이번에도 몇 차례 깜박이다 켜졌는데, 그녀의 머리 위의 불빛보다 훨씬 흐릿했다. 불빛은 새로운 수술대를 비췄는데, 거기에는 또 다른 여자가 묶여 있었다. 여자는 눈을 뜨고 있었지만, 고개를 돌리지도 불빛에 눈을 찡그리지도 않았다. 입은 약간 벌어져 있었지만, 세상에서 가장 흐릿한 신음소리조차도 내지 않았다. 그녀는 이미 모든 것을 체념한 듯 그저 멍한 눈길로 허공의 불빛만 응시하고 있었다. 안색은 그 흐릿한 빛 속에서도 눈에 띄게 창백했다.

"뭐, 뭐죠? 도대체 뭐예요?" 그녀가 점차 커져가는 불안감을 달래기 위해 소리쳤다.

노인이 입에다 검지를 갖다 대며 쉿, 하고 말했다.

"조용히 해. 우리 마리아가 놀래니까."

연지는 어둠 속에서 흐릿하게 보이는 노인의 움직임을 주시했다. 그는 무슨 기계를 조작하고 있었다. 그는 한동안 두 여자를 방치해 둔 채 묵묵히 장치의 버튼을 눌러 무언가를 입력했다. 곧 장치의 모니터에 초록빛 단파광선이 떠올랐다. 광선이 화면에서 점멸하기 시작하자, 그는 장치의 좌우로 뻗어 나온 전선 같은 것을 풀어내더니 끄트머리에 접착밴드를 붙였다. 그걸 가지런히 정렬해놓더니, 이번에는 자신이 정말 의사라도 된 것처럼 주사기와 시약병들을 쭉 꺼내 진열하기 시작했다. 정체 모를 액체가 담긴 납작한 플라스크들도 꺼내놓았다. 이제 곧 뭔가 굉장한 실험을 시작할 듯한 분위기였다. 연지는 소름이 돋았다. 아무리 생각해봐도 실험의 재료는 자신의 몸이 될 게 분명했다. 그녀가 울음을 참지 못하고, 흑흑, 하고 흐느끼자, 노인이 다시 쉿, 하고 손가락을 입술에 갖다 댔다. 하지만 이번에는 그녀도 흐느낌을 자제할 수 없었다.

마침내 그가 준비를 마쳤는지, 천천히 두 여자 사이로 바퀴 달린 진열대를 밀고 왔다. 연지의 눈가로 눈물이 흘렀다. 그런 마루타 신세가 되면 누구라도 울지 않을 수 없는 일이었다. 노인이 흐느끼는 연지를 내버려두고, 여전히 멍한 표정을 짓고 있는 마리아에게 다가갔다.

노인은 엄청나게 큰 주사기를 들더니 바늘 끝을 알코올로 가볍게 소독했다. 그리고는 납작한 플라스크 시안에서 무언가를 추출해 주사기에 담았다. 그가 마리아의 귀에다 대고 부드럽게 속삭였다.

"마리아, 조금 아플 거야. 하지만 조금만 참으면 돼. 그럼 모든 게 아주 좋아질 거야."

그가 마리아의 목에다 긴 바늘을 쑥 꽂아 넣었다. 하지만 아프고 자시고 할 것도 없었다. 마리아는 아무런 반응도 없었다. 자신의 몸에 뭐가 주입되는지도 알아채지 못하는 듯했다. 그 날카로운 바늘의 통증을 느낀 것은 그걸 지켜보던 연지였다. 저게 곧 자기 목에도 들어올 걸 생각하니 소름이 끼쳤다. 벌써 칼로 목을 도려내는 듯한 느낌이었다. 그녀는 보지 않으려고 노력했지만, 자기도 모르게 그 모든 과정을 곁눈질하며 울먹이고 있었다.

주사가 끝나자, 노인은 마리아의 몸을 가린 시트를 걷어냈다. 마리아의 벗은 몸이 드러났다. 가슴이 드러났을 때 연지는 또 한 번 놀라고 말았다. 마리아의 가슴 한쪽이 상상하기도 끔찍할 만큼 추하게 뭉개져 있었기 때문이었다. 시트를 바닥으로 끌어내린 다음 노인은 장치의 한쪽에서 흘러나온 여덟 개의 전선에 붙여놓은 밴드를 그녀의 양쪽 관자놀이, 그녀의 두 가슴, 그녀의 양 허벅지, 그녀의 양쪽 발 끄트머리에다 차례로 갖다 붙였다. 장치 반대쪽으로 나온 선들은 아직 진열대 위에서 얌전하게 제 차례를 기다리고 있었다. 벌레의 다리처럼 소름끼치는 저것들이 곧 자신의 몸에 들러붙을 거라 생각하니 연지는 오금이 저렸다.

마지막으로 노인은 대장 내시경을 하듯 마리아의 항문에다 투명 호스를 밀어 넣었다. 놀랍게도 그녀의 몸이 아무런 저항도 없이 굵은 호스를 받아들였다. 연지는 이제 완전히 기절할 지경이 되었다. 고통도 고통이지만 수치심도 하늘 끝까지 이르렀다. 제발, 제발 날 구해줘, 날 구해줘요! 하지만 그 밀실에서는 그녀의 애타는 간구를 들어줄 사람이 아무도 없었다. 그녀로서는 도대체 여기가 어딘지도 알 수 없었고, 철인 28호의 다리통만큼이나 두터운 철문으로 봉쇄된 밀실 어디에도 희망의 흔적은 보이지 않았다.

노인이 마침내 몸을 틀어 연지에게 다가왔다. 이번에는 순서가 조금 달랐다. 전선이 먼저였다. 노인이 연지의 몸을 가려주던 시트를 벗겨냈다. 연지가 수치심에 몸을 꼬았지만 속박된 상태에서의 맥없는 저항은 큰 의미가 없었다. 곧 전선 끄트머리의 밴드가 마리아와 같은 위치에 차례대로 부착되었다. 그나마 다행인 것은 그가 부착을 마치자마자 다시 시트로 그녀의 몸을 가려준 것이었다. 노인의 예상치 못한 배려에 그녀는 당황했다. 도대체 이 남자의 목적은 뭐지? 노인이 그녀의 의중을 알아챘는지 묻지도 않은 질문에 답했다.

"자네 몸에는 관심 없네. 내겐 마리아면 충분하니까."

그가 그윽한 시선으로 마리아의 몸을 훑으며 말했다. 그에게는 마리아의 일그러진 가슴도 전혀 문제되지 않았다. 사실 일그러진 한쪽 가슴을 제외하면 마리아의 몸은 완벽에 가까웠다. 한쪽 가슴을 잃은 것에 대한 보상인지 반대쪽 가슴은 작은 수박만 했는데, 멍한 눈과 벌어진 입술

에다 큰 가슴까지 전형적인 포르노 배우의 모습이었다. 노인이 말문을
연 것을 기회로 그녀가 새어나오는 울음소리를 애써 집어삼키며 질문을
던졌다.

"제게도 그 호스를 꽂으실 건가요?"

"이 투명 호스? 아, 이게 두려운가? 아니, 이건 체내의 것을 빼내는
용도일세. 자네에겐 주사로 주입할 걸세."

"어쩌시려는 거죠?"

"처치 과정을 묻는 건가? 말해도 잘 모를 텐데. 도식적으로 간단히 설
명하자면, 내가 특정 균을 마리아에게 주입했고, 그게 장을 타고 흘러
마리아 몸속의 또 다른 특정 균의 일부와 배합된 다음 이 호스로 배출될
거야. 지금 하려는 작업은 그 혼합 균이 제대로 배출되는가 하는 것이
관건이야. 저 호스는 배출관인 셈이지. 나도 처음 해보는 실험이라 결과
가 좋지 않을 수도 있어. 하지만 이론적으로는 완벽해. 어쨌든 그게 나
오면 거의 다 끝나는 거지. 나는 그 혼합 균에서 다시 마리아 몸속의 특
정 균을 걸러낼 거고, 아, 난 그걸 좀비 균이라고 부른다네, 그걸 자네한
테 주입할 거야. 그리고 다시 결과를 기다리는 거지. 자네가 어떻게 되
는지 말이야. 그게 또 중요한 부분이지. 하지만 자네 몸에 주입하는 실
험은 처음은 아니니 실패하지 않을 거라고 보네. 마리아가 처음이었지.
미리 말해두겠지만, 그 균을 몸에 받아들이는 게 결코 쉽진 않을 거야.
위대한 탄생에는 언제나 고통과 희생이 따르는 법이니까. 마리아는 잘
해냈어. 가슴 하나를 잃었지만, 보라고 완벽하잖아. 다행히 당신은 매우
건강하더군. 몸이 좋아. 내가 잘 선택한 셈이지. 당신도 잘 해낼 거라고

믿네. 잘 해내야만 하고."

연지는 마리아의 배설 이후 자신에게 찾아올 끔찍한 미래를 알고 나자 입이 다물어지지 않았다. 절로 굳게 닫힌 철문에 시선이 갔다. 누구라도 상관없었다. 장이든, 호준이든, 동네 양아치든, 누구라도 저 철문을 밀고 들어와 주기만 한다면 그와 사랑에 빠질 수 있을 것 같았다. 눈물로 촉촉해진 그녀의 눈과는 달리 입술은 바싹 타들어갔다. 이번에는 노인이 물었다.

"두려운가?" 놀랍게도 목소리에는 연민이 서려 있었다.

연지가 애절한 눈빛을 보내며 고개를 끄덕였다.

"당신은 누구시죠? 왜 제게 이러시는 거죠?"

그는 잠시 망설이는가 싶더니 곧 입을 열었다.

"좋아, 마리아가 작업을 마치려면 시간이 좀 걸릴 거야. 그동안 당신과 대화를 나누는 것도 나쁘지 않을 테지. 모든 게 원활하게 진행된다면, 미안하지만 당신도 이제 대화 따위는 할 일이 없어질 테니까."

그가 크게 쉼 호흡을 했다. 그의 주름진 얼굴이 잠깐 일그러졌다가 돌아왔다.

"그래, 질문이 뭐였지? 아, 그래. 내가 누구냐고? 왜 당신이냐고?"

그는 목소리가 좋았다. 정말 이런 상황에서는 딱 듣고 싶지 않을 만큼 중후한 멋이 있었다. 연지가 맥없이 고개를 끄덕였다. 세헤라자데처럼 말주변으로, 이야기로, 질문으로 살아나갈 수만 있다면. 연지는 자신이 납치되기 바로 직전까지 죽음에 대해 생각하고 있었다는 사실은 깡그리 잊고 있었다.

"좋아. 내가 누구냐고? 난 미생물을 연구하는 과학자야. 머리가 빨리 세어버린 바람에 젊어서부터 파파라는 별명으로 불렸지. 백발을 표현한 그 별명이 나의 실체가 되어버렸어. 난 정말 파파가 되었거든. 좀비들의 아버지. 자네가 목격했던 그 좀비들의 창조주라고 할 수 있다네."

그가 스스로를 좀비들의 아버지라고 말할 때의 표정은 복합적인 감정을 담고 있었다. 자만과 연민과 분노와 두려움과 후회와 기대와 갈망이 마구 뒤엉킨 것 같았다.

"왜 그딴 걸 만든 거예요? 그놈들이 밖에서 사람들을 사정없이 죽이고 있다구요."

"알아. 원래 사람들을 죽이기 위해 만들어진 녀석들이니까."

"도대체 무슨 일을 벌이고 있는 거예요?" 연지가 경악과 분노에 차서 소리쳤다.

"비밀리에 추진하고 있는 한국형 대량살상무기 개발 작업의 일환이었지. 핵은 감시가 삼엄해서 어차피 가능성이 없고, 그에 맞먹는 파괴력이라면 생체무기가 유일하니까."

"도대체 무슨 소릴 하는 거예요? 그런 무기를 왜 만드는 거죠? 아니, 그런 건 상관없어요. 대체 왜 그걸 우리에게 사용하는 거죠?"

"아, 그건 좀 복잡해. 계획에 차질이 생겼거든. 그래서 내가 조금 바꿔버린 거지."

"이해할 수 없어요!"

"사랑!"

박사가 영화대사를 읊조리듯 배에 힘을 잔뜩 줘 묵직하게 단어를 뱉어냈다. '사랑'이라는 마법의 단어를.

"모든 게 사랑 때문이지. 그것뿐이야. 뭐, 더 듣고 싶다면 들려줄 용의
는 있네."

연지는 이런 상황에서 사랑타령이나 듣고 있을 마음은 전혀 없었지
만, 어떻게든 시간을 끌어야 했다. 희망의 끈을 조금이라도 더 길게 늘
려보려는 막막한 심정으로 그녀는 고개를 끄덕였다. 박사가 마리아 쪽
을 힐끔 쳐다보았다. 아직 배설은 이루어지지 않고 있었다. 투명 호스는
여전히 투명하기만 할 뿐이었다. 사실 박사도 내심 이야기를 하고 싶었
다. 한동안 그럴 기회가 없었으니까.

"좋아. 마리아가 아직 배설하지 못하고 있으니, 그 틈에 이야기를 해
주지. 하긴 이 이야기의 결과로 당신이 여기 누워 있는 셈이니, 당신도
이야기를 들을 자격은 충분하지."

그가 다시 호흡을 가다듬었다. 제법 긴 이야기가 될 것 같았다.

난장판

해가 발갛게 달아오르더니 황혼녘의 마지막 빛을 건물들과 콘크리트 도로 위로 진하게 깔아주고는 이내 어둠 속으로 침잠해버렸다. 마침내 폐쇄지역101에 새로운 밤이 찾아온 것이다. 태양이 작열할 동안, 살육과 포식으로 마음껏 맹위를 떨친 맹수 같던 군인들도 사위에 땅거미가 지자 꿍쳐두었던 두려움이 스멀스멀 배어나오기 시작했다. 아니나 다를까, 해가 떨어지자마자, 일방적인 폭압에 한껏 움츠러들었던 좀비들이 쏟아져 나오기 시작했다. 하루 종일 힘닿는 데까지 죽일 만큼 죽였다고 자부했던 군인들도 압록강변의 인민군들처럼 우르르 몰려나오는 좀비들의 인해전술 앞에서는 할 말을 잃고 말았다. 그렇게 많은 좀비 무리를 보자, 군인들은 도대체 오늘 하루 종일 한 일이 뭔가, 하고 반성하는 마음까지 일었다. 좀비들에게 동료 의식 따위가 있을 리 만무했음에도, 낮 동안 한 짓이 있는 군인들은 좀비들의 일그러진 표정에서 '학살에 대한 거대한 분노'를 읽었다. 어둠, 허다한 좀비 무리, 일그러진 분노의 표정들, 그 모든 것이 온종일 오만방자하게 굴었던 군인들을 완전히 위축시켰다.

황급히 야광탄을 쏘고 스포트라이트 불빛을 비추었지만 햇빛만큼 좀비들을 움츠러들게 만들진 못했다. 표정 없는 좀비들은 인공 불빛에 쏘일 때마다, 안 그래도 일그러진 얼굴을 더 찌푸리거나 고개를 잠시 돌릴 뿐, 전진에 전진을 거듭했다.

드디어 전투다운 전투가 시작되었다. 총들이 난사되고, 좀비들의 팔이며 다리며 목이 사정없이 떨어져나갔다. 하지만 압도적인 수로 몰아붙이는 좀비들에게 살점을 물어뜯기는 군인들이 더 많았다. 몇몇 군인들이 방아쇠에서 손을 빼지 못한 채 좀비로 변한 바람에, 좀비고 옛 전우고 간에 상관없이 마구잡이로 총을 난사해 아수라장을 만들었다. 군인들 몇몇이 폐쇄지역 밖으로 달아나기 위해 지휘관의 지시를 무시하고 뒤돌아섰지만, 사방에서 옥죄어오는 좀비 무리 사이에서 빠져나갈 구멍은 어디에도 없었다.

피와 피가 엉기고, 살점과 살점이 맞부딪쳐 튀어 오르고, 방방 뛰는 좀비들과 데굴데굴 구르는 군인들 사이사이로 빗방울이 하나둘 떨어지기 시작했다. 빗방울 따위에는 전혀 개의치 않는 좀비들과는 달리, 가뜩이나 어둡고 혼란스러운 상황에 당황하고 있던 군인들은 빗방울이 시야를 가리는 바람에 더더욱 전투에 집중하기가 어려웠다. 전세는 점차 군인들에게 불리한 형국으로 변해가고 있었다. 마침내 몇몇 군인들이 차라리 빨리 좀비가 되어버려 감각을 상실하는 쪽이 이 정신적인 혼란과 공포에서 벗어나는 길이라 판단하고 좀비들에게 목을 상납하거나, 총구를 입안에 쑤셔 넣고 방아쇠를 당기는 상황에까지 이르렀다.

그때 굴착기가 굴러가는 것 같은 무시무시한 바퀴소리와 함께 한 무더기의 차량이 끼이익, 하는 급브레이크 소리를 내며 공원 입구에 도착했다. 육공트럭 20대가 지원군을 싣고 도착한 것이다. 성냥갑 속의 성냥처럼 포개진 채 트럭에 실려 왔던 군인들이 시작부터 멀미와 구토 증세를 호소하며 차에서 뛰어내렸다. 오 마이 갓. 전투현장을 바라보며 한 병사가 소리를 질렀다. 그 오랜 군사훈련으로도 결코 예측할 수 없었던 괴상한 적들과의 한판 승부 앞에, 그토록 주입받았던 군인정신은커녕 혼까지 쏙 달아나버렸다. 젠장, 우린 다 죽었다, 한 병사가 소리쳤고, 모두들 죽기도 전에 죽을상을 지었다.

하지만 지휘본부에서 시시각각 상황보고를 받고 있던 장군은 이미 결심이 굳어 있었다. 내일 동트기 전까지 모두 끝내야 해. 이미 장군의 지시로 탱크들이 출동을 앞두고 있었다. 장군의 전화 한 통이면 십 수 대의 헬기가 무차별 폭격을 감행할 것이다. 아, 박사를 찾아야 하는데, 마리아를 회수해야 하는데, 젠장. 게다가 밖에서 들어왔다는 그 미친 택배 트럭도 찾아서 처리해야 하는데. 하지만 그는 결심을 번복하지 않았다. 오늘 중에 박사를 찾지 못하면, 어쩔 수 없다. 대학로를 통째로 밀어버리는 거다. 의원이 지랄 지랄하겠지만, 장군은 어쩔 수 없다고 생각했다. 박사를 찾는 일에 매달리다 더 큰 위기를 초래할 수도 있었다. 그 점에 대해서는 의원도 동의할 것이다. 일단 좀비부터 치우고 보자. 장군이 부관을 불렀다. 대위가 총알처럼 날아왔다.

"지원군은 출발했나?"

"육공트럭 20대에 500명의 병사를 추가로 내보냈습니다."

"좋아. 그들이 전멸하면, 탱크가 출동할 거다. 기갑부대 출동 준비하라고 해!"

"옛!"

"아, 특수수색대에서는 아직 연락이 없나?"

"저…… 5분 전에 연락이 완전히 두절되었습니다. 갑자기 쏟아져 나온 좀비 떼에게서 벗어나지 못한 것 같습니다."

장군이 책상을 쾅 내리치며 자리에서 벌떡 일어서더니 부관 잘못도 아닌데 부관에게 재떨이를 던졌다.

"에잇, 못난 것들. 이래서 실전 경험 없는 군은 안 돼!"

부관은 왜 고대의 전령사들이 단지 소식만 전했을 뿐인데 목숨을 잃곤 했는지 비로소 알 것 같았다. 그가 장군의 눈치를 살피다 황급히 문밖으로 벗어났다. 장군은 마지막 한 가닥의 희망조차 사라져가는 것 같아 속이 쓰라렸다. 이젠 정말 어쩔 수 없군. 그가 멍하니 시계를 바라보았다. 저녁 8시 20분이었다. 좋아, 오늘밤에 박사를 찾거나 마리아를 회수하지 못하면 상황종료 시키는 거야. 그가 음울한 표정을 지으며 의자에 풀썩 주저앉았다.

그 시각 호준의 총알택배 차량도 곡예를 벌이고 있었다. 마구잡이로 쏟아져 나오는 좀비 떼는 물론이거니와 군인들까지도 피해 다녀야 했기 때문에 정신을 차릴 수 없었다. 그나마 호준이 대학로의 그 무수한 골목과 골목에 정통해 있었기에 망정이지, 다른 운전자 같았으면 벌써 좀비 떼에 포위를 당했거나 군인들의 난사에 차량과 사람이 통으로 벌집이 되고 말았을 것이다. 하지만 좀비들에게 속수무책으로 살점을 뜯기는 군인들에 비하면 상황이 낫다고 볼 수 있었다. 기동성이 뛰어난 차량과 탁월한 운전사 덕분에, 조수석에 앉은 조 경감은 마치 3D 입체영상관에 들어와 있는 기분이었다. 트럭은 홀로 좀비들의 무자비한 공격에 대한 방패이자, 놈들의 몸을 사정없이 갈아버리는 창의 역할까지 감당했다. 물론 호준이 급커브를 틀 때마다 벽면에 사정없이 헤딩을 해댈 수밖에 도리가 없는 컨테이너 박스의 일행들에게는 해병대 캠프에서 받는 극기 훈련과 다를 바가 없었지만. 라디오에서는 이 아수라장과는 별개로 여전히 신나는 힙합뮤직이 지지직거리며 흘러나오고 있었다.

호준도 고교시절 오토바이를 몰기 시작한 이후, 별의별 상황에서 별의별 곡예 운전을 다 해보았지만, 오늘 같은 날은 처음이었다. 이게 바로 좀비로구나, 정말 대단한 놈들이다. 엄청난 수의 좀비들 앞에서 감탄을 연발하던 호준은 곧 극도의 불안감에 휩싸였다. 이런 좀비 떼 속에서 연지가 무사히 살아 있을 확률이 과연 얼마나 될까. 원래부터 수학과는 담 쌓은 그가 그런 확률 따위를 제대로 추산해낼 리 만무했다. 하지만 그것이 다른 사람도 아니고, 살아오면서 운이라는 놈과는 담을 쌓을 대로 쌓았다 생각하는 자신이 로또에 당첨될 확률보다 낮으리라는 판단 정도는 할 수 있었다. 그는 운전대에서 손을 놓을 수만 있다면, 당장이라도 머리털을 다 쥐어 뽑아버리고 싶은 기분이었다.

그때, 쾅 하고 무언가 둔중한 무게가 실리는 소리가 차체를 울렸다.

"어이, 어떤 새끼 하나가 들러붙었어! 저거 어디서 나온 거야?"

조 경감이 백미러로 컨테이너 박스 위에 위태롭게 걸렸다가 차체의 흔들림을 이겨내지 못하고 떨어지는 좀비를 보며 소리쳤다. 호준이 고개를 약간 숙여 머리 위를 살폈다.

"젠장, 미친놈들! 옥상에서 뛰어내리고 있어요."

"옥상에 갇힌 놈들인가? 그렇다고 저렇게 뛰어내리다니, 달리 좀비가 아니로군."

하지만 달리 좀비가 아닌 그 강하 좀비들이 낙하산 부대의 특공대원들처럼 하나둘 마구잡이로 차체로 뛰어내리고 있었다. 콰쾅, 쾅, 쾅쾅, 쾅쾅, 콰쾅, 쾅쾅쾅. 대부분의 좀비들은 차의 빠른 속도를 이기지 못하고 나가떨어져 통째로 으스러진 다음 영원한 안식으로 돌아갔다. 하지만 거듭되는 실패 끝에 마침내 몇몇 좀비들이 운 좋게 안착해 본능적으로 몸을 차체에 밀착한 채 버티기 시작했다. 몇 놈이 버텨내자 다른 강하 좀비들이 그놈들을 붙들고 매달리고 그러면서 차체 위의 좀비들은 점차 쌓여갔다. 좀비들이 쌓일수록 움푹움푹 패여 가는 천장 때문에 컨테이너 박스의 일행들은 심장이 철렁철렁 내려앉았다.

매달린 좀비들이 늘어가자 차의 속력도 떨어지기 시작했다. 게다가 옆으로 굴러 떨어진 놈들이 바퀴에 끼면서 트럭이 엠보싱 화장지의 울룩불룩한 볼륨 위를 달리는 것처럼 오르내리는 통에 지체는 더 심해졌다.

"이봐, 어서 건물들 사이를 벗어나자고. 옥상에 뭔 좀비들이 저리도 많아? 어쭈, 어쭈, 저놈 이리로 기어오려고 하는데."

조 경감이 마침내 권총을 뽑았다. 가까이 오기만 해봐라. 깡패 새끼들도 벌벌 기었던 강력계 조재영이라 이 말씀이야. 하지만 호준이 먼저 수를 썼다. 길고 긴 건물 밀집 지역을 벗어나자마자, 호준이 급브레이크를 밟았다. 가속 차량 위에 가까스로 매달려 있던 좀비들이 급격한 정차에 대한 반작용으로 앞으로 밀려나 우르르 떨어졌다. 쏟아지기 시작한 봄비와 좀비가 마구잡이로 섞여서 차 앞 등을 타고 흘러내렸다.

"다 떨어졌어요?"

조 경감이 잽싸게 목을 내밀어 컨테이너 박스 위를 살피고는 오케이, 라는 손짓을 해보였다.

"됐어. 빨리 출발해. 다시 들러붙기 전에."

호준이 급브레이크를 밟을 때처럼, 액셀을 있는 힘껏 눌렀다. 차 바로 앞에 나동그라진 좀비들 위로 차바퀴가 구르면서 우지끈하고 뼈가 부러지는 소름끼치는 소리가 합주를 벌였다.

"그래, 그래, 다 갈아버리라고, 지긋지긋한 새끼들."

조 경감이 신이 나서 소리쳤다. 하지만 좀비들을 밟고 지나가자니 이전보다 더 속력이 나지 않았다. 그 틈을 타 좀비 하나가 조수석 쪽의 측면 창에 들러붙었다. 오 쉣. 이 개새끼들이. 조 경감이 창문을 미처 다 내리지도 않고 그대로 총알을 발사해, 창과 좀비가 함께 날아가 버렸다. 조 경감은 몸통을 반이나 날려먹었는데도 비틀비틀 몸을 일으키는 좀비를 보며 혀를 내둘렀다.

"안 되겠어. 좀비 갈이는 다음에 하고, 일단 속력 좀 내보라고."

"알았어요. 차를 옆으로 좀 빼내야겠어요."

호준이 차를 틀어 좀비들 등짝 위에서 내려왔다. 연석을 타고 오르내리 때처럼 덜커덩하고 차체가 흔들렸다. 바로 그때, 날랜 좀비 하나가 다다닥 전속력으로 달려와 백미러를 붙잡더니 앞창에 그대로 들러붙었다. 빗물이 놈의 일그러진 흉상을 더 처참하게 흐트러뜨리고 있었다. 놈이 한 손으로 백미러를 움켜잡은 채 앞 유리창을 주먹으로 두드리기 시작했다. 어찌나 세게 내리쳤던지 한 방에 유리가 쩍 하는 소리와 함께 함몰되기 시작했다. 강화유리가 아니었다면 바로 부서졌을 것이다.

"아, 이 새끼는 또 뭐야!"

"그걸 물어볼 때가 아니라고요. 이놈 때문에 와이퍼가 작동하지 않아요. 유리도 함몰돼서 앞이 안 보여요. 운전을 못하겠다고요!"

에라, 모르겠다. 조 경감이 이미 깨어지기 시작한 앞창을 향해 총을 발사했다. 안팎에서 동시에 준 충격으로 창문이 와르르 깨져 파편이 튀었다. 호준이 고개를 숙여 가까스로 파편이 눈으로 튀는 걸 막았다. 다음 순간 나가떨어진 줄 알았던 좀비의 손이 불쑥 올라와 핸들을 움켜쥐었다.

"아, 이 변태 새끼. 나가 죽어!"

이번엔 조 경감이 좀비의 면상에다 대고 정확하게 갈겼다. 놈이 마치 뜯겨나가는 북어포처럼 팔 하나만 핸들에 대롱대롱 남겨놓고 쭉 찢어져 나갔다. 바닥으로 몸통이 추락해 으깨지는 소리가 차량을 따라붙었다. 호준이 몸서리를 쳐서 몸에 붙은 소름을 떨어냈다. 조 경감이 큰 위기를 넘겼다는 안도감에 미소를 띠며 호준에게 말했다.

"근데, 방금 그 새끼 봤어? 변태 새끼, 그거 호피무늬 팬티를 입고 있더라고. 야, 몸이 그렇게 일그러졌는데도 질기긴 질긴가봐, 그게 그놈 거시기에 딱 들러붙어 있더구먼.”

휴, 하고 호준이 안도의 한숨을 내쉬었다. 하지만 바로 다음 순간 그는 다시 타고난 레이서로 돌아와 거칠게 차를 몰기 시작했다. 창이 없어져서 빗방울이 그대로 얼굴에 맞부딪쳤다. 이젠 호준과 조 경감도 컨테이너 박스 일행들보다 크게 나을 것도 없어졌다.

피그말리온의 사랑

박사는 이제 사소한 저항마저 포기한 채 망연자실한 연지에게 이야기를 들려주기 시작했다. 이야기를 하는 동안에도 그는 마리아의 상태가 염려스러운지 연신 마리아를 향해 고개를 돌리곤 했다. 마리아는 아직 박사가 기대한 어떤 반응도 보이지 않고 있었다.

"나는 딱 한 번 결혼했었지. 아주 예쁜 여자였어. 진심으로 사랑했지. 뭐, 내 자랑 같지만, 난 정말 사랑을 할 줄 아는 남자였거든. 나는 곧 박사 학위를 딸 예정이었어. 미생물 변종의 확산과 통제에 대해 다룬 내 학위 논문은, 완성되기 전부터 이미 학계에 화제가 될 만큼 인정받고 있었어. 과정을 마치지도 않았는데 교수직 제의가 마구 밀려들었지. 흠. 내 미래는 창창했어. 사랑하는 아내와 보장된 미래가 나를 향해 손짓하고 있었다고. 아, 벌써 30년도 더 된 이야기지만."

이 남자의 나이는 도대체 얼마나 되는 거야, 하고 연지는 속으로 추산

해보았지만, 어떤 숫자가 나와도 백발을 제외하면 40대의 건장한 중년으로 밖에 보이지 않는 남자의 외관과 맞아떨어지지 않았다.

"그런데 문제가 생겼어. 제기랄. 내 아내가, 불쌍한 그 여자가, 망할 놈의 인간쓰레기들에게 당하고 만 거야. 놈들은 끔찍하게도 아내를 성폭행한 다음 길거리에다 내버려두고 튀어버렸어. 그때는 한겨울이었고, 아내는 몸이 약했지. 강간의 충격에다 차가운 겨울바람까지 불어댔으니, 원. 결국 동사하고 말았어. 내 아내는 그때 고작 서른이었어. 고작 서른. 나중에 범인들을 잡고 보니 어이없게도 십대 소년들 다섯 놈이더군. 아, 그토록 믿었던 민주사회의 법률이라는 것이 얼마나 값어치가 없던지, 놈들은 살인죄가 아니라 살인 미수와 강간으로 고발되었어. 십대 소년이라는 점이 참작되었고, 그래서 놈들은 교수대에 목이 걸리는 대신, 더 쓰레기 같은 놈들로 교화된 다음, 다시 사회로 돌려보내졌지. 이봐, 이런 걸 이해할 수 있나? 이런 비합리적인 처사를. 놈들은 내 아내의 생명을 가져간 걸로 뒷골목에서 내세울 수 있을 법한 명성까지 얻어냈어."

박사는 아직까지도 분한 마음이 이는지 이까지 뽀드득 갈아댔다. 그의 분노는 진짜였다. 연지는 그 분노가 당장이라도 자신을 향해 표출될까봐 조마조마했다. 하지만 그는 곧 침착해졌다.

"그 일로 나의 연구는 완전히 방향을 틀었어. 나는 법이 하지 못하는 일을 직접 처리하기로 마음먹었지. 사람을 가장 비참하고 고통스럽게 만드는 변종 균을 개발해서 그놈들에게 죽음보다 더한 고통을 맛보여주리라고. 죽음은 너무 값싼 형벌이야. 살아서 최악의 고통을 맛보게 해야 했어. 가능하다면 그들의 가장 행복한 순간에.

　대학은 내가 위험한 실험을 하고 있음을 알아챘지. 부인하진 않겠어. 나는 정말 위험한 걸 만들어낼 생각이었거든. 결국 학교에서 쫓겨났고, 집에다 개인연구실을 차려놓고 남몰래 연구할 수밖에 없는 처지가 되었어. 장비도, 자금도 부족했으니 제대로 될 리 만무했지만, 나는 한다면 하는 사람이거든. 나는 온갖 실패와 좌절을 맛보면서도 오직 그 일에만 몰두했어.

　심지어는 놈들에 대해서조차 신경 쓰지 않았지. 아니 오히려 잘 살기를, 행복하게 인생을 누리기를 빌어주었지. 더 많은 것들을 누릴수록 죽음 앞에 비굴해지는 법이니까. 중요한 건 내 의지였어. 복수를 향한 나의 집념만 유지할 수 있다면, 언젠가 때는 찾아올 테니까.

　나는 사람들을 만나지도 않았고, 바깥세상의 변화에도 신경 쓰지 않았어. 그 어두침침하고 답답한 지하실에서 나는 복수의 칼을 벼리느라, 외로움도 모르고 지냈어. 아니 어쩌면 집에 남겨진 아내의 흔적을 통해 그런 걸 느꼈을지도 모르지만, 애써 지워버린 것일지도 몰라.

　어쨌든 나는 실험에 실험을 거듭했어. 부족한 장비와 열악한 환경, 모자라는 예산 때문에 실험에 대한 진척은 더딜 수밖에 없었지. 십 년이 흘렀어. 이룬 게 없었지. 포기할 법도 했지. 하지만 죽은 아내를 떠올리면 그럴 수 없었어. 악당들에게 응분의 고통을 주기 위해, 끔찍한 미래를 안겨주기 위해, 나는 시간의 관념을 초월해 헌신적으로 계획에 몰두했어. 다시 십 년이 흘렀지. 그즈음에 나는 이미 머리가 셌어. 가진 돈도 바닥났지. 연구실을 제외하면 남은 게 없었지. 정말이지 완전한 포기 상태에 다다랐는데도, 나는 그러지 않았어. 왜냐면 고지가 눈앞에 있었으니까. 내가 원했던 새로운 균종이 배양 직전에 있었어. 시간과 자금만 조금 더 주어지면 되는 거였어. 조금만, 조금만 더.

그때 장군을 만났지. 놀랍게도 그는 이미 내 연구에 대해 알고 있었어. 야망이 큰 사람이었어. 뭔가 독한 데가 있고. 내가 대학에서 퇴출당하던 당시, 그는 소령 신분이었지. 그때부터 내 연구를 주목했다더군. 그가 대뜸 지원을 약속했지. 곧 영향력 있는 국회의원이 개입했고, 방위 산업체의 재벌도 자금을 풀어놓았어. 난 국방부 직속 연구원으로 신분이 전환되었고, 최고 수준의 장비가 갖추어진 비밀기지에서 최고의 대우를 받으며 연구에 박차를 가했어. 가속도가 붙었고, 이전의 난제들이 착착 해결되었지. 물론 그러고도 4년이라는 시간이 흘렀어. 마침내 우리가 '좀비 균'이라고 명명한 새로운 균종이 탄생하기까지 말이야. 위대한 창조였지. 난 이제 꿈을 이룰 수 있게 된 거야. 아내의 복수를 위한 만반의 준비가!"

그때 마리아가 온몸을 뒤척이며 꿈틀거리기 시작했다. 하지만 표정은 여전히 메마른 감수성 그 자체였다. 그저 몸만 프라이팬 위의 팝콘처럼 이리저리 튀어 오르며 들썩였다. 족쇄가 채워져 있지 않았더라면 금방이라도 바닥으로 굴러 떨어졌을 것이다. 박사가 뭔가 뜻대로 되고 있다는 의미심장한 미소를 띠었다가, 이내 마리아의 경련이 안쓰러운지 애처로운 표정을 지으며 말했다.

"오, 그래, 그래, 마리아. 이제 다 되어가. 조금만 참아주렴. 조금이야, 아주 조금. 그럼 누구도 우릴 갈라놓지 못하는 곳으로 갈 수 있을 거야."

마리아를 향한 박사의 위로는 연지에게는 더 이상 그럴 수 없을 만큼 거대한 공포를 안겨주었다. 다 되어간다는 말은 이제 자신의 차례가 임박했다는 걸 의미했다. 연지는 자기도 마리아처럼 몸을 뒤틀며 울부짖고 싶었다. 하지만 그런다고 달라질 것은 없었다. 연지가 가까스로 냉정을 되찾고 박사에게 질문을 이어갔다.

"그, 그래서요?"

"뭐?"

"그래서 복수하셨나요?"

"아!"

그는 자신이 이야기를 하던 중이었다는 걸 순간적으로 완전히 망각한 듯했다. 마리아에 대한 염려가 이야기하는 재미를 이긴 탓이었다. 하지만 박사는 곧 자신의 이야기로 돌아왔다. 자신의 이야기를 이토록 열심히 들어주는 상대를 실로 오랜만에 만났던 것이다. 장군을 처음 만났을 때 이후로는 처음이었다. 아니 잘 듣는 정도가 아니라 듣고 싶어 안달난 사람처럼 질문까지 던져주자 그는 꽤 감격했다. 그의 마음에, 그래 내 소상히 알려주지, 하는 해량이 생겨났다.

"아니, 복수는커녕 손도 못 댔지. 놈들 명줄도 그리 길지 못했더라고. 내 25년 집념의 산물이 선을 보이기도 전에, 보잘것없는 건달로 살아간 그놈들은 죄다 칼에 찔리고 총에 맞고 목이 졸려서, 어쨌든 네 놈이 이미 죽어버렸더라고. 마지막 한 놈은 요행히 그런 길로 안 빠지고 그럭저럭 살아간 모양이지만, 행방을 알 수 없었지. 어디 이민이라도 간 모양이야. 솔직히 나도 25년간 복수의 칼날만 벼르며 살다보니 나도 모르게 지쳐 있었던 모양이야. 그놈들이 이미 죽었다는 소리에 맥이 탁 풀리더라고. 난 뭘 한 건가. 아니, 뭘 하긴 했지. 대단한 걸 만들어냈으니까. 하지만 이제 그건 내가 쓸 물건이 아니더라고. 그 발견을 진심으로 반긴 건 장군이었지. 그는 아마 전쟁 같은 것을 염두에 두고 있었을 거야. 나의 좀비들은, 뭐, 자네도 경험해봤겠지만 굉장한 무기거든."

연지가 고개를 끄덕였다. 좀비 떼를 한번 맞닥뜨려본 사람이라면 누군들 동의하지 않을까.

"어쨌든 나의 복수와는 상관없이 그들의 지시로 내 연구는 계속되었어. 나도 이제 달리 뭘 해야 할지 몰랐기 때문에 그냥 연구나 계속하는 수밖에 없었어.

좀비 균에는 모체가 필요했어. 인체의 혈관에 기생해서 피를 빨아먹으면서 자가 분열을 해 증식하는 특수한 균이었으니까. 문제는 모체의 경우, 육체 기능이 살아 있는 인체에 투입해야 한다는 점이었어. 어떤 수를 쓴 건지는 모르겠지만, 장군이 식물인간 상태의 여자를 구해왔지. 안 그래도 곧 호흡기를 제거할 여자니 죄책감을 느끼지 말라며. 아주 굉장한 미인이었어. 풍만한 가슴과 부드러운 나신, 순수하면서도 요염한 얼굴을 가진 여자.

그래, 맞아. 바로 마리아였지. 난 첫눈에 그녀에게 반해 버렸어. 25년간의 외로움과 좌절된 복수로 인한 허전함을 일시에 채워줄 만큼. 그녀는 내게 죽음의 위기에 처한 여신이었고, 난 여신에게 그에 걸맞은 불멸을 선사한 거야. 그녀의 체내에 균이 들어가자, 그녀가 눈을 뜨더군. 영원히 닫히지 않을 불멸의 눈동자가 열린 거야. 여신의 탄생이었지. 그 아름다움을 보라고!

　안타깝게도 그녀에게 생명을 주입하는 과정에서, 예상치 못한 부작용으로 한쪽 가슴이 부서지고 말았어. 나의 실수지. 그 아름다운 가슴을 잃다니. 하지만 그녀의 몸속에 들어간 균이 그녀에게 생명을 주었어. 식물인간의 불수 상태에서 깨어나 나와 접촉하고 내 이야기를 듣고 눈동자를 마주칠 수 있는 현현이 된 거야. 난 그걸 운명이라고 보네. 내가 마리아를 필요로 할 때 그녀가 내게로 운명처럼 다가온 거야."

　그는 마치 신비주의적인 체험을 한 구도자처럼 진심으로 감격해서 떠들어댔다. 연지가 보기에는 완전히 맛이 간 노인네로 보일 뿐이었다. 그러니까 뭐야. 지가 죽어가는 여자를 좀비로 만들어놓고 운명이니 사랑이니 운운하고 있는 거잖아. 하지만 연지는 일단 그의 비위를 맞추는 데 주력하기로 했다. 당장 자신이 좀비가 될 판이니, 어떤 아첨인들 못할까 싶었다.

　"아름다운 이야기네요. 마리아는 제가 봐도 부러울 만큼 아름다워요. 하지만 대학로에 쏟아진 좀비들은 다 어디서 나온 거죠? 아름다운 사랑의 종국치고는 너무 끔찍한 거 아닌가요?"

　연지는 그럴 생각이 아니었음에도 울컥하는 마음에, 마지막 물음에서는 억한 심정을 드러내고 말았다.

　"좀비 배양 아이디어는 장군의 것이었지. 난 마리아로 충분했어. 하지만 장군의 계획은 달랐지. 그는 좀비 군대가 필요했고 완벽한 성과를 요구했지. 난 받아먹은 게 있으니 일을 해야 했고. 마리아의 혈액을 균이 모조리 집어 삼키자, 계속해서 새로운 피가 필요했지. 군법회의에서 사형판결을 받은 죄수 하나를 데려왔더군. 마리아가 그의 목을 물어뜯었지. 누가 시키지도 않았는데, 마리아가 그런 거야. 본능적으로 목이 가장 효율적인 증식 루트라는 걸 깨달은 거지. 그런데 놀라운 일이 벌어진 거야. 물린 사형수의 몸이 사정없이 일그러져서 흉악한 좀비가 되더니, 곧장 죄수를 호송한 장교의 목을 물어뜯었지. 장교도 곧 좀비로 변해버렸고. 그 놀라운 증식력이라니.

죄수와 장교를 부검해본 후, 우린 놀라운 사실을 알게 되었어. 놈들에게 모체의 균이 자가 분열해 생긴 일종의 파편들이 침투한다는 사실을 말이야. 파편이야, 파편. 그래서 모체와는 달리 몸도 흉측하게 일그러지고 상태도 안 좋아졌으며 통제력도 없고 탐욕만 가득 찬 짐승이 되어버린 거지. 하지만 모체에 대한 충성심만큼은 엄청나게 강해서, 마리아에게는 얼씬도 못하더군. 모체인 마리아가 발산하는 향취에 따라 놈들이 정보를 전파하고 그렇게 지배와 복종의 체계가 구축된 거야. 이건 정말 대단한 발견이었어. 완벽한 군대의 탄생이니까. 좀비 병사들은 모체의 명령이라면 불구덩이에라도 뛰어들 만큼 훌륭한 군인들이라고."

"하지만 마리아는 어떻게 통제하죠? 모체를 통제할 수 없다면 무의미한 거잖아요."

"머리가 좋군. 자네는 여러 가지로 내 맘에 들어. 이런 상황만 아니었더라면 더 좋았을 텐데, 유감이군."

박사가 아쉽다는 듯 혀를 끌끌 찼다.

"사랑이지. 결국은 사랑이야. 나는 마리아를 너무 사랑하게 된 나머지, 그녀의 모든 것을 샅샅이 탐구했어. 외관뿐 아니라 몸 내부까지도 남김없이. 그리고 그녀가 내는 호르몬이며 향취의 의미까지도 이해하게 되었어. 난 그걸 수집했지. 연구했어. 그게 어떻게 가능했는지 아나? 그녀를 사랑했으니까. 그녀와 대화를 나누고 친밀한 유대감을 형성하고 싶었지. 그 사랑의 힘이 그녀와 함께할 수 있는 능력을 주었어. 이건 누구에게도, 심지어는 장군에게도 보여주지 않은 거야."

박사는 흰 가운의 단추를 따서 허리춤을 드러냈다. 그는 근육질의 몸에 복대를 두르고 있었다. 그가 복대를 툭툭 치며 말했다.

"바로, 이거지. 그 신호를 해석하고 역으로 신호를 주입하는 장치. 마리아는 이걸로 나와 대화를 나눠."

그건 마리아가 아니라 그 좀비 균이 보내는 신호라고. 병균하고 대화를 나누며 사랑이라고 우기다니 완전히 맛이 갔어. 연지는 박사의 광기를 알게 되면 될수록 두려웠다. 저런 미치광이라면 무슨 짓이라도 저지를 수 있을 것 같았다.

"마리아도 날 사랑한다네. 내가 보내는 신호를 거부하는 법이 없거든. 이제 우린 거의 한 몸이나 마찬가지야."

"좋아요, 당신의 아름다운 사랑. 하지만 그게 대학로에 좀비들을 풀어놓은 거랑 무슨 상관이죠?"

"장군이 마리아를 원했어. 군사용으로 무한복제하기를 원했지. 그리고 그 통제권을 가지고 싶어 했어. 그럴 순 없었지. 마리아는 유일무이해. 무한복제라니, 내가 그렇게 그녀의 가치를 깎을 수 있을 것 같나? 게다가 마리아를 통제하려 들다니. 마리아와 대화도 나눌 수 없는 놈들이. 그는 그걸 이해했어야 했어. 그 무식한 장군은 막무가내더군. 날 위협했지. 누구 덕에 마리아가 탄생할 수 있었느냐고 말이야. 그는 사랑이 뭔지를 몰라."

"그래서 이 모든 일을 벌인 건가요? 사람들이 얼마나 죽었는지 알기나 해요?"

아부와 아양에 초점을 맞춰온 연지가 그만 원성을 터트리고 말았다.

"그들이 날 그렇게 할 수밖에 없도록 내몰았어. 장군과 그의 일당들이 마리아를 탈취할 조짐이 보이자, 난 긴밀하게 이곳에 비밀기지를 조성했지. 믿을만한 조수 녀석이 하나 있었는데, 그 친구를 통해 은밀하게 일을 진행했어. 그 친구에게 연구 성과의 일부를 물려주는 조건이었지. 그런데 그 친구 섣불리 성과를 보려다 그만 좀비가 돼버렸지 뭔가. 성급하게 굴지 말았어야 했어. 난 자그마치 25년이 걸렸다고, 25년. 하여간 어느 저녁 치밀한 계획 하에 감시병들을 따돌리고 탈출했지. 내가 그러리라 예상조차 못했을 테니, 어려운 일은 아니었어. 그리고 여기서 마리아와 반격을 준비한 거야. 마리아를 먹여 살릴 좀비가 좀 필요했지. 조수 녀석이 좀비가 되기 전에 몇 놈을 보내줬어. 여기서 장군에게 한 방 먹이고 내 식대로 타협하게 만들 계획이었지. 준비할 시간이 좀 더 있었더라면 좋았을 거야.

하지만 마리아와 좀비들을 먹여 살리려니 꽤 힘들더군. 게다가 장군의 추적이 시시각각 다가오고 있었고. 마리아를 지키기 위해, 사랑을 지키기 위해, 나는 싸워야 했어. 나의 좀비 부대로. 사실 좀비 떼가 몰려나오면 움츠러들 줄 알았는데, 장군도 독한 친구더군. 계엄령을 선포할 줄이야. 정말 전쟁이 될 거라고는 생각 못했어. 겁만 주고 끝내려고 했어.

근데, 마치 기다렸다는 듯 군대를 보내더군. 어제도 나를 잡으려고 제대로 훈련된 군인들이 접근해왔어. 모두 잡아 죽이느라 여간 고생한 게 아니었어. 지금은 그 친구들도 내 좀비 부대의 일원들이 되었지. 승산이 없는데도 매일같이 보내더군. 사로잡은 몇 녀석을 취조해 정보를 캐냈지. 마리아 프로젝트를 포기하고 폐쇄지역101을 통째로 날려버릴 결심을 하고 있다는 장군의 고심에 대해서도 알게 되었고 말이야. 그도 사태가 이렇게 커질 줄 몰랐을 거야.

이젠 시간이 부족하게 되었어. 타협이 불가피해졌다고. 그렇다고 마리아를 내줄 순 없지. 그녀는 내 심장이나 마찬가지니까. 그래서 나는 처음이자 마지막으로 마리아를 복제하려고 하네. 마리아 속의 좀비 균을 추출해 그것으로 다른 모체를 만드는 거지. 좀비들에게 분양된 파편 따위가 아니야. 좀비 균의 번식체지. 난 지금 마리아에게 그걸 뽑아낼 계획이고, 그게 나오면 당신에게 주입하는 거야. 아가씨는 새로운 모체가 되는 거고, 좀비들의 어머니가 되는 거지. 장군도 그 정도면 만족하겠지. 나쁘게 생각 말게. 좋게 생각해, 좋게. 자넨 이제 불멸이 되는 거야. 여왕으로 말이야."

연지의 얼굴이 새파랗게 질렸다. 단순히 죽는 걸로 끝나는 게 아니구나. 이제 살아 있는 가장 강력한 좀비가 되어, 무자비한 살상의 선두에 서게 되는 것이다. 누군가의 손에 이리저리 조종당하고 유린당하는 껍데기만 남은 채로. 그녀가 참았던 눈물과 분노를 마구 쏟아냈다.

"당신은 미쳤어! 사랑? 그게 무슨 사랑이야. 마리아? 저게 무슨 인격이야. 좀비 균 덩어리지. 당신은 미친 살인마일 뿐이라고."

연지의 눈앞에서 불이 일었다. 박사가 따귀를 갈긴 것이다. 그녀의 입 안이 얼얼해지더니, 곧 붉은 피가 고였다. 박사의 억센 팔은 생각보다 훨씬 힘이 셌다. 25년간 운동만 한 사람이라고 해도 믿을 수 있을 정도였다. 연지로서는 까무러치지 않은 게 다행이었다. 아니 그게 불행이었을까?

"그래도 다행인 줄 알라고. 모체가 되면 외형은 온전히 보호될 거야. 가슴 하나 정도의 훼손까지는 장담 못하겠지만."

그 순간 마리아가 마지막 경련을 일으키더니 몸을 축 늘어뜨렸다. 그녀의 몸에 연결된 투명 호스로 뭔가 끈적끈적한 액체가 흘러나와 철제 대접을 채우기 시작했다. 연지는 이제 거의 맨정신으로 버티기 힘들 지경이었다. 그런 연지에 대한 일말의 배려도 없이 박사가 환호성을 지르며 마리아의 몸을 보듬었다. 원조교제를 즐기는 추악한 노인네와 그런 노인네에게 말없이 몸을 대주는 여고생의 모습 같았다. 여고생이라기에는 마리아의 몸이 너무 풍만했지만.

"됐다, 마리아. 됐어. 정말 수고했어. 이제 조금만 기다리면 돼."

"제발 이러지 마세요. 정신 차려요. 당신은 사람들을 죽이고 있는 거예요." 연지가 울먹였다.

"그런 사람이 어디 나뿐인가. 세상 도처에 폭력과 전쟁과 죽음이 난무해. 그 살인마들은 나처럼 고귀한 이유를 가지고 있는 것도 아니라고. 게다가 굳이 따지자면 누구나 죽어야 할 이유들이 한둘씩은 있게 마련이야."

박사가 대접에 담긴 끈적한 액체를 주사기에 한가득 채웠다. 그가 주사 바늘 끝을 톡톡 가볍게 두드렸다. 하나로는 모자란 지 대접의 액체가 빌 때까지 다른 주사기에도 계속 채웠다. 결국 큰 주사기 다섯 개가 가득 찼다. 연지의 눈가로 주체할 수 없는 눈물이 흘렀다. 이렇게 짧은 인생을 이토록 비참하게 끝내야 하다니. 그러나 박사는 주사기를 그녀 목덜미에다 밀어 넣는 대신 어둠 속에서 또 다른 기계장치를 끌어왔다. 오래된 트랜지스터라디오처럼 생긴 장비였다. 장비 옆에는 마이크가 연결된 박스 기기도 나란히 놓여 있었다.

"아직 아니야. 주사액이 충분히 침전될 동안 할 일이 있어. 자네와 관련된 이야기니 잘 들어두라고."

연지는 너무 심장이 뛰어서 차라리 멎었으면 하는 생각이 들었다. 그래, 차라리 모든 게 끝난 다음이라면, 이런 공포조차도 느낄 수 없겠지. 몸은 좀비가 되어도 영혼은 아름다운 곳으로 갈 수 있을 거야. 뭐? 과연 그럴까?

박사가 라디오처럼 생긴 장비를 이곳저곳으로 돌리자 지지직 하는 소리가 흘러나왔다. 그가 둥근 버튼을 좌우로 움직이자, 소리는 지지직에서 삐이익 하는 소리로 바뀌었고, 곧 음악소리가 흘러나왔다. 걸쭉한 입담을 자랑하는 힙합 뮤지션의 랩이었다. 박사는 주파수를 고정한 다음, 이번에는 마이크가 달린 장비를 라디오 뒷면에다 연결했다. 그리고 마이크를 켜자, 다시 음악 소리가 사라지고 불협화음이 흘러나왔다. 그가 마이크에다 대고 훗훗, 하고 테스트를 했다. 놀랍게도 소리는 변조되어 흘러나왔다. 날카롭고 히스테릭한 중년 여성의 목소리였다.

"아, 아, 아. 들리는가. 난 파파다. 거래를 원한다. 새로운 모체를 제공하겠다. 그러니 더 이상 마리아와 나는 찾지 마라. 우리를 보내 달라. 다시 한 번 말한다. 새로운 모체를 제공하겠다. 새로운 모체를 통제할 장비도 두고 가겠다. 좀비 군단은 그대들의 몫이다. 그러니 나와 마리아는 그냥 내버려둬라. 이 주파수의 발신지를 추적하라. 그대들이 도착하기 전에 새로운 모체가 준비될 것이다."

그가 잠시 뜸을 들인 후 딸깍하고 장치를 눌러 껐다. 그리고는 옆에 딸린 다른 버튼을 눌렀다. 이제 모든 준비가 끝난 모양이었다. 연지가 부들부들 떨며 박사의 움직임을 주시했다. 눈물 때문에 시야가 가려 아무것도 제대로 보이지 않았다. 그저 박사의 흐릿한 형체만이 부산하게 움직이고 있었다. 그가 주사기를 들어 다시 한 번 바늘을 톡톡 두드리는 것이 보였다. 연지는 짜증과 분노와 원망을 거친 울음으로 토로했다. 박사가 세 번째 주사기의 바늘을 두드리며 말했다.

"오래 걸리진 않을 거야. 아니 오히려 기분이 좋을걸. 처음엔 조금 아프겠지만, 곧 마약하는 기분이 느껴질 거야. 감각이라는 것 자체가 곧 사라지겠지만. 대략 주입하고 삼사십 분 후면 끝나. 몸에 경련이 좀 일 거야. 그리고 아마 그즈음 군인들이 위치를 추적해 이곳에 도달하겠지. 좀비 군단을 상대하려면 고생 좀 하겠지만. 그들이 자네를 빨리 발견할수록 살상은 줄어들 거야. 그사이 나와 마리아는 이곳을 떠날 거고. 좀비들의 호위를 받으면서 안전하게 말이야. 그리고 다시는 돌아오지 않을 거야. 어느 한적한 곳에 가서 그동안 모아놓은 돈으로 마리아와 함께 여생을 보낼 거라고.

날 원망하고 있겠지. 억울하다고 생각하고 있을 테고. 하필이면 그 순간에 거기 있었을 뿐인데 말이야. 조금 위로가 될지 모르겠네만, 나 역시 지병을 앓고 있어 오래 살진 못할 거야. 나이도 많고. 마지막을 마리아와 함께할 수 있다면 그걸로 충분한 거지. 자네 덕분에 그 꿈을 이룰 수 있게 되었어. 난 진심으로 자네에게 고마움을 느끼네. 원망이 없을 순 없겠지만, 누군가의 사랑을 위한 고귀한 희생이니 좋게 생각하시게."

연지는 그런 인사치레에 더 치가 떨렸다. 개새끼. 그녀가 어울리지 않게 욕설을 뱉어냈다. 비로소 말문이 트인 아이처럼, 십새끼, 개새끼, 병신, 죽일 놈, 노망난 변태자식, 호로자식, 하는 온갖 욕을 마구 쏟아냈다. 박사는 다섯 개의 주사기가 나란히 놓인 차반을 들고 잠시 동안 그녀가 마음껏 욕을 배설하도록 내버려두었다. 그로서는 연지에게 주는 마지막 배려였고, 연지로서도 인간으로서 받는 마지막 배려가 될 터였다.

뇌리에 각인된 목소리

녹음된 라디오 방송은 5분 단위로 계속 반복되었다. 히스테릭한 중년 여성의 찢어질 듯 날카로운 목소리가 라디오를 타고 거듭 울려 퍼졌다. 장군은 통신기기에서 흘러나오는 파파의 메시지가 가뭄 끝에 찾아온 단비처럼 느껴졌다. 그가 지시를 내리기도 전에 알아서 통신반에서 전파 발신지를 추적하고 있었다. 새로운 모체라. 훗, 술수를 쓰는군, 박사. 새로운 모체, 좋지. 하지만 박사와 마리아를 곱게 풀어줄 생각은 전혀 없었다. 그럴 수도 없었다. 이게 얼마의 자금과 시간과 위험부담을 안고 창출해낸 신무기인데, 그런 살아 있는 정보를 아무렇게나 방치할 순 없는 일이었다.

하지만 일단 모체를 하나 확보한다면, 장군에게 옵션은 더 많아지는 거다. 박사와 마리아가 끝내 고집을 꺾지 않는다면, 죽여 버리면 그만일 터였다. 새로운 모체가 있으니까 새로운 연구진을 구성할 수도 있겠지.

장군은 흐뭇했다. 어쩌면 현 상태에서는 최선이라 할 만한 결론을 얻어낼 가능성도 있었다. 장군은 무차별 폭격 대신 모체 수거 작전으로 급선회했다.

하지만 다음 순간 걸려온 의원의 전화가 그의 고양된 기분을 한순간에 땅바닥에 패대기쳤다.

"장군, 미쳤소? 당장 박사를 찾아내 처단하고, 이 전파부터 어떻게 차단하시오. 어떻게 된 건지 모르겠지만, 이 주파수가 폐쇄지역 외부에서도 잡힌단 말이오! 지금 죽고 싶어 환장한 거요?"

이런 젠장. 그토록 찾아 헤맸던 박사의 흔적이 너무 반가워서 전파가 어디까지 파급될 수 있는지에 대해서는 미처 고려하지 못했던 것이다. 폐쇄지역 안에서 무차별적인 살육전을 지휘하다 보니 그의 두뇌도 폐쇄되어 버린 듯했다.

"당장 찾아내겠습니다. 통신반이 전파를 추적하고 있으니……."

"두말할 것 없소. 당장 그 발신 장치부터 찾아내 박살내고 새로운 모체를 회수하시오. 난 이 전파에 대한 해명거리를 생각해볼 테니. 알고 있겠지만, 박사와 마리아를 그냥 보내선 안 되오!"

"물론입니다. 문제없이 처리하겠습니다."

장군이 전화를 끊자마자, 이번엔 회장의 전화가 걸려왔다. 장군이 귀찮은 표정을 역력히 드러내며 부관에게 소리쳤다.

"나 방금 출동했다 그래. 그리고 통신참모에게 연락해서 앞으로 10분 안에 발신지 추적 못하면 다 총살시켜 버린다고 그래! 특수수색대도 전원 출동 준비하라고 해!"

“옛!”

부관이 성난 장군 밑에서 항상 전시 상태로 지내온 덕분에, 실제 전시 상태에 처하자 최상의 민첩성을 발휘하고 있었다. 라디오에서는 중년 여성의 째지는 목소리가 새로운 모체를 제공하겠다는 말을 거듭 반복하고 있었다. 의원과의 통화로 한껏 짜증이 난 장군이 주먹을 내리쳐 라디오를 박살내버렸다. 밖에서 회장의 통화를 알아서 처리하고 있던 부관이 움찔하고 몸을 움츠렸다.

처음에 호준은 라디오에서 흘러나오는 소리를 전혀 듣지 못했다. 깨진 유리창으로 빗방울이 거세게 밀려들고 있었고, 사방에서 출몰하는 좀비들을 피해 전속력으로 차를 몰다보니 바람소리가 귓가에서 윙윙 울려 라디오의 음성을 제대로 가려낼 수 없었던 것이다. 헤드라이트 불빛이 비춰주는 시야의 범위가 너무 좁아서, 다른 데 정신을 팔 여유도 없었다.

라디오에서 흘러나오는 음성을 들은 건 조 경감이었다. 귓가를 스쳐가는 바람소리 사이로 흐릿하게 끼어드는, 좀비, 라는 소리를 들은 것이었다. 그가 냉큼 볼륨을 높였다.

“어라, 이거 뭐지. 좀비 뭐래는데? 새로운 모체?”

“뭐라구요?”

호준이 때마침 튀어 오른 좀비를 차체로 들이받아 저만치 날려 보내며 되물었다.

“이거 들어보라고. 지금 여기 이야긴 거 같아!”

“볼륨을 높여 봐요, 최대한.”

조 경감이 볼륨을 끝까지 높였다. 찢어질 듯한 중년 여성의 목소리가 귀를 후벼 팠다. 새로운 모체, 어쩌고저쩌고. 호준이 소리쳤다.

“오, 마이 갓. 나 알아요, 이 목소리. 잊을 수 없는 이 목소리!”

“뭐라고?”

“제가 얼마 전에 뭔가를 배송했던 집이에요. 그 무겁고 단단한, 사람 크기의 물건…… 마치 관 같은…….”

뇌리에 각인될 만큼 인상적이었던 음산한 기억이 호준의 머릿속에서 고스란히 재생되었다. 연지가 사는 빌라의 지하층. 포르노 배우처럼 멍한 표정의 여자와 근육질의 백발노인. 그 빌라의 지하에서 뭔가 일이 벌어진 것이다. 바로 거기서. 어쩌면 연지의 행방이 사라진 것도 그 때문일지 모른다는 생각이 들자, 그는 잠시도 지체할 수 없었다.

“이봐, 도대체 뭐지? 뭘 알아낸 거야?”

“모든 것이 시작된 곳을 알 것 같아요. 어쩌면 연지 씨를 찾을 수 있을지도 모릅니다.”

“뭔가 대책은 세워야지. 무작정 가서 어쩌겠다는 건가. 거기 뭔가가 있다면 좀비들은 또 얼마나 많겠나?”

“시간이 없어요. 아시겠어요? 시간이 없다구요. 좀비가 얼마나 있든 상관없어요. 내가 모조리 쓸어버릴 테니.”

“오, 젠장.”

조 경감이 체념의 일성을 내질렀다. 역시 이 판국엔 운전대 잡은 놈이 상전이다, 상전. 조 경감이 총을 꺼내 다시 장전했다. 씨발, 모르겠다,

가보자. 호준의 차가 그들이 맨 처음 들렀던 장소로 급하게 돌아가기 시작했다.

마침내 그녀의 욕설이 흐느낌으로 잦아들었다. 속은 조금도 시원해지지 않았다. 그저 허공을 울리는 메아리 같을 뿐이었다. 박사가 아무 말도 없이 그녀를 향해 천천히 다가왔다. 주사 바늘의 끄트머리가 그녀의 목 언저리를 배회했다.

그녀는 눈을 꾹 눌러 감았다. 차마 어찌 좀비가 되어가는 자신의 모습을 볼 수 있겠는가. 어둠 속에서 그녀는 흘러가는 얼굴들을 보았다. 엄마, 엄마. 엄마한테 편지도 다 못 썼는데. 그 다음엔 장의 얼굴이 떠올랐다. 그가 자신만 내버려두고 달아나지 않았더라면. 그랬더라면 적어도 이렇게 어두운 밀실에서 쥐도 새도 모르게 좀비가 되는 최후를 맞이하진 않았을 것이다. 그리고 호준이 떠올랐다. 호준에게 그럴 의무가 있는 것도 아닌데, 그녀는 지금 이 순간 백마 탄 왕자처럼 호준이 등장해주지 않는 것이 섭섭했다. 백마 대신 그의 택배트럭이면 충분한데. 실제로 그의 차가 백색이었다는 데 생각이 미치자, 참을 수 없을 만큼 울컥해졌다. 그 사람에게 기회를 주지 않았던 것이 미안했다. 그는 충분히 그럴 자격이 있었는데.

날카로운 바늘이 그녀의 목 가장 부드러운 곳에 닿았다. 바늘의 촉감은 언제나처럼 소름끼치게 차가웠다. 따갑다는 생각도 들지 않았다. 그녀는 울지 않으려고 애썼다. 그래, 의식을 잃으면 모든 게 다시 평안해질 거야. 바늘이 불쑥 밀고 들어왔다. 굉장한 통증이 찾아왔다. 주사 바늘이 얼마나 긴지, 밀어 넣고 넣어도 아직 덜 들어온 것 같았다. 목을 관통하려는 걸까. 좀비가 될 텐데, 아무렴 어때. 바늘이 들어오자 그녀는 완전히 체념했다. 마침내 주사액이 압력을 받아 바늘이 뚫어놓은 구멍으로 밀려들어왔다. 이물질이 목을 간질이는 것이 느껴졌다. 그녀는 구역질이 치밀어 올랐지만, 꼴사납게 튀어나오지 않는 게 다행이라고 생각했다. 모든 게 끝났구나. 그녀는 곧 자신의 몸이 격한 반응을 일으키며 사정없이 일그러질 것에 대비해 주먹을 꾹 쥐었다.

하지만 아무런 일도 일어나지 않았다. 박사의 목소리가 흘러나왔다.

"마지막으로 할 말 있나?"

"바로 좀비가 되는 거 아닌가요?"

"저런 싸구려 좀비들이나 그렇지. 모체는 시간이 필요해. 걱정 말라고. 자넨 마리아처럼 여전히 아름다울 테니. 사실 가슴이 함몰될 확률도 적어. 경험이 있으니까. 이제 이 버튼만 누르면 자네 몸속을 좀비 균이 배회하기 시작할 거야. 군인들이 들이닥치기 전엔 모두 끝나겠지만."

"좀비 균을 빼냈으니 마리아는 이제 어떻게 되나요?"

"마리아에게도 충분히 남아 있어. 마리아 속에 있던 모체 균을 분열시켜 동일한 개체성을 지닌 균을 추출했어. 이제 그걸 자네에게 넣는 거야. 그러니 자네와 마리아는 이제 쌍둥이나 마찬가지야. 자네가 누군가를 물면 그에겐 파편이 넘어가는 거고, 그럼 상대는 좀비가 되는 거지. 뭐 그런 식이야. 다시 묻겠네. 마지막으로 할 말은?"

"마리아는 당신이라는 존재를 인식조차 못해요. 당신 사랑은 기만일 뿐이에요. 지옥에나 가버려요."

박사가 가타부타 말도 없이 버튼을 눌렀다. 그녀의 몸에 부착된 전선들을 통해 지지직 굽는 소리를 내며 전류가 흘러들어 왔다. 연지에게 비로소 경련이 시작되었다. 아아악. 그녀가 소리를 질렀다. 아파서가 아니라, 그냥 그 순간엔 그래야만 할 것 같아 소리를 질렀다.

경련 상태의 연지를 냉정하게 내버려두고 박사는 복대의 버튼을 몇 차례 눌러 마리아를 일으켜 세웠다.

"자, 그럼 가자, 마리아. 아무도 우리를 괴롭히지 못하도록. 우리 사랑이 영원한 곳으로."

그가 지하실의 철문을 열었다. 녹슨 문이 날카로운 쇳소리를 내며 열렸다. 방음에 틈이 벌어지면서 흐릿하게 빗소리가 들렸다.

"굉장한 날씨야, 마리아. 옷을 더 껴입어야겠어."

박사는 마리아가 감기 같은 시시한 바이러스에 전혀 영향 받지 않는다는 걸 잘 알고 있었지만, 사랑하는 여자에게 으레 하듯 마리아의 몸에 옷을 걸쳐주었다. 곧 좀비들이 문가로 우글우글 몰려들었지만, 마리아를 앞장 세워 걸어 나가자, 마치 왕의 행차를 위해 도열한 군인들처럼 좌우로 벌어져 길을 텄다. 그 길을 결혼식 입장을 하는 신부와 신부의 아버지처럼 마리아와 박사가 손을 맞잡고 걷기 시작했다. 빌라의 현관을 벗어나기 직전, 박사가 우산을 폈다.

마리아가 빗물에 몸을 적실까봐 우산을 한쪽으로 누이는 바람에 그의 몸은 하염없이 젖어들었다. 그들이 지나가면 좀비들은 언제 그랬냐는 듯 다시 예의 무질서한 무리로 돌아왔다. 몇몇 좀비들은 새로이 태어날 어머니의 존재를 감지했는지 철문 앞에 웅성거리며 모여 있었다.

연지는 철문이 열렸다 닫히는 소리를 들었다. 박사가 떠난 다음에도 그녀는 여전히 의식이 남아 있었다. 시간이 흐를수록 가물거리긴 했지만. 그녀는 그 마지막 한 줌의 의식이 원망스러웠다. 마지막 순간까지 좀비로 변할 자신의 미래를 의식해야 하다니, 이건 너무 잔인했다. 몸으로 전해지는 진동이 너무 격렬해서 그녀는 멀미가 났다.

그녀가 고개를 돌려 굳게 닫힌 철문을 바라보았다. 너무 견고하게 닫혀 있었다. 아, 외로워. 서울에 올라온 이후 항상 함께 해왔던 지독한 외로움이 스멀스멀 피어올랐다. 제발 문이라도 열어주었으면. 이 어둑어둑한 지하실에 홀로 남겨지지 않도록.

하지만 문은 열리지 않았고, 연지는 서서히 환각의 상태로 빠져들었다.

고양이 떼 속에 갇힌 쥐들

호준은 너무 늦게 도착한 것이 아닌가 걱정이 되었다. 그들은 곧장 문제의 빌라로 돌아왔지만, 이미 그 앞에는 좀비들로 장사진을 이루고 있었다. 대형사건을 취재하려고 벌떼처럼 몰려든 기자들 같았다. 저만치 앞에서는 이상한 일이 벌어지고 있었다. 좀비들이 홍해처럼 갈라지고, 그 사이로 두 남녀가 지나가자 다시 우르르 쏟아지는 물처럼 닫히고 있었다. 호준은 한눈에 그들을 알아보았다.

"저놈들이에요. 방송을 한 게 저들이라고요!"

"저 여자가 자네가 찾는 그 여잔가? 뭘 하나. 당장 쫓아가자고."

"아니요, 저 여자가 아니에요. 저건 뭔지 모르겠……."

그들은 만담이나 주고받을 시간이 없었다. 두 남녀를 무사히 보내준 좀비들이 새롭게 도착한 먹잇감에 눈독을 들이며 몰려들기 시작했기 때문이다. 호준은 황급히 차를 후진시켰다가, 액셀을 밟아 뭉툭한 차체로 좀비 수십을 허공으로 날려버렸다. 날아간 좀비들이 밀려들어오는 좀비들 위로 떨어져 저들끼리 엉켜 넘어지며 한바탕 법석을 떨었다. 조 경감이 수상한 남녀가 스며들어간 좀비 무리를 가리키며 말했다.

"저놈들을 쫓아가야 할 것 같지 않나?"

"그래야겠지만, 어쨌든 연지 씨가 우선입니다."

"새로운 모체 말인가? 그게 자네가 찾는 여자라는 보장은 없지 않나? 지금 차에서 내렸다간……."

조 경감이 말을 채 끝맺기도 전에 호준은 차를 틀어 최대한 빌라 가까이로 차를 밀어 넣었다. 원래 차가 들어갈 수 없는 좁은 골목이었던 통에 차 양쪽이 벽면에 완전히 밀착돼 심하게 긁히는 소리를 냈다. 조수석의 백미러는 완전히 박살났다. 하지만 차가 골목을 완전히 막아버렸기 때문에 뒤에서 몰려오던 좀비들의 진입로는 확실히 차단되었다.

"아니, 이봐. 도대체 뭘 어쩌려고……."

조 경감은 제발 말을 끝까지 좀 해보고 싶었다. 하지만 이번에도 호준은 조 경감이 말을 맺기도 전에 손에 잡히는 대로 차량용 소화기를 집어들고 깨어진 앞 유리를 통해 뛰어내렸다. 그의 의식 속에 도움을 요청하는 연지의 목소리가 텔레파시처럼 전해지는 것 같아 잠시도 지체할 수 없었던 것이다.

호준이 차에서 발을 내딛자마자, 빌라 입구에 서 있던 좀비들이 다가오기 시작했다. 호준은 맨 앞에서 다가오는 좀비의 대가리를 둔중한 소화기 몸체로 그대로 내리쳤다. 놈의 몸이 90도로 꺾였다. 좀비 대가리에 닿은 충격으로 소화기의 안전핀이 떨어져나가며 제1인산암모늄 가루가 사방으로 흩뿌려졌다. 놀랍게도 그것은 폭탄 파편처럼 효과가 있었다. 좀비들은 생경한 물질에 몸이 보글보글 끓어오르거나, 시야가 가려져서 어찌할 바를 모른 채 우왕좌왕했다. 그 사이를 비집고 들어가 호준이 빌라로 뛰어들었다.

빌라의 계단에 웅성거리고 있던 좀비들이 호준을 보고 힘겹게 올라오기 시작했다. 몇 놈이 호준의 머리칼과 옷가지를 부여잡았지만, 다음 순간 울린 총성이 놈들의 팔을 끊어놓았다. 조 경감이 헉헉거리면서 달려와 총을 갈겨대기 시작한 것이다. 밀려드는 좀비들의 대가리에 총알을 박아 넣느라 생각할 겨를이 없어 그렇지, 조금만 여유가 있었다면, 도대체 자기가 왜 호준의 뒤치다꺼리를 하고 있는 건지 궁금했을 것이다.

대여섯 놈의 좀비들을 산산조각 낸 다음에야 그들은 빌라 지하층에 들어가 문을 걸어 잠글 수 있었다. 좀비들이 문을 긁어대는 소리가 시끄럽게 들렸다. 박사가 머물렀던 지하층은 넓고 방들도 많았다. 뭐가 나올지 모르니 조심하라는 조 경감의 주의에도 불구하고 호준은 닥치는 대로 방문을 열어댔다. 방들은 거의 비어 있었다. 네 번째 방문을 열었을 때, 놀랍게도 거기에는 다시 지하로 내려가는 계단이 있었다. 계단 입구에 서 있던 좀비의 대가리를 날려버린 다음, 호준이 서너 계단을 한 번에 뛰어 내려가 계단 끝의 철문을 발로 찼다. 문은 녹이 슬어 시원하게 열리진 않았지만 특별한 잠금장치는 없는지 끼이익 소리를 내며 열렸다. 그리고 바로 거기, 호준이 그토록 찾아 헤맸던 연지가 온몸을 격렬하게 흔들며 누워 있었다. 조 경감이 뒤쫓아 들어와 연지를 가리키며 물었다.

"자네가 찾는 여잔가?"

"예. 그녀에요. 놈들이 연지 씨에게 무슨 짓을 한 거죠?"

"모르겠네. 일단 저 시끄럽게 진동하는 망할 장치부터 부숴버려야겠어."

조 경감이 달려가 전선이 연결된 장치를 냅다 걷어차 버렸다. 기계가 뒤로 날아가면서 연지의 몸에 부착되어 있던 밴드 형태의 전선들도 한꺼번에 뜯어져 날아갔다. 이미 연지는 의식을 잃어가고 있었다. 호준이 저도 모르게 연지를 부둥켜안고 울부짖었다.

"괜찮아요? 놈들이 무슨 짓을 한 거예요?"

그런 호준에게 조 경감은 잠시나마 동정심이 일었지만, 만약의 사태에 대비해 멀찍이 떨어져 있었다. 이미 좀비로 변해버렸을지 모른다는 두려움이 일었던 것이다. 만에 하나 이상한 낌새가 느껴지면 호준이 뭐라 지껄이건 이번엔 소용없다, 고 그는 굳게 결심하고 총을 잡은 손에 힘을 꾹 줬다. 그동안 너무 호준에게 끌려 다닌 것 같았다. 이건 생존 문제를 떠나서, 자존심의 문제야, 암 그렇고말고.

연지는 갑작스럽게 경련에서 해방되자마자 의식을 잃었다. 지금 의식을 잃어버리면 다음에 깨어날 때는 좀비로 변해 있는 게 아닐까 두려웠지만, 그녀에게는 가물거리는 의식을 붙잡을 최소한의 힘조차 없었다. 연지는 겨우 손을 뻗어 호준의 팔을 잡은 다음 그대로 정신을 잃었다. 그녀의 목에서 시퍼런 액체가 조금 역류해 흘러나왔다. 지저분한 액체였다. 호준이 그녀의 몸을 시트로 돌돌 말아 옷처럼 묶어준 다음, 가슴에 안아 올렸다.

"뭘 하려는 건가?"

"이제 여길 나가야겠어요. 폐쇄지역을 벗어나 연지 씨를 병원으로 데려가야 해요. 그녀의 몸에 들어간 이 끔찍한 것들을 모조리 뽑아내야 한다고요."

"그녀를 안고 가겠다고? 정신이 있는 거야? 빌라를 벗어나기도 전에 좀비 밥이 되고 말걸."

"어쨌든 내버려두고 갈 순 없어요. 아저씨는 경찰 아닙니까? 경찰이 시민 하나 보호 못해줍니까?"

"이봐, 군인들도 못 막는 좀비 떼를 나 혼자서 어떡하란 말이야?"

"혼자는 아니지 않…… 습니까?"

그제야 호준과 조 경감은 최 경위의 존재를 떠올렸고, 다음 순간 좀비 떼가 우글거리는 한복판에 일행을 방치해두고 왔다는 데 생각이 미쳤다.

"오 마이 갓, 그 사람들 괜찮을까?"

"이젠 정말 어쩔 수가 없군요. 이러나저러나 다 죽게 생긴 판이니, 어쨌든 부딪쳐보자구요."

그 시각, 빌라 앞의 컨테이너 박스 일행은 고양이 떼 속에 갇힌 쥐들마냥 공포에 절어 있어야 했다. 하루 온종일 이리 비틀 저리 비틀 컨테이너 박스의 좌우를 사정없이 들이박아대고, 급커브를 틀 때마다 치밀어 오르는 구토 발사하기를 수십 차례, 또 구토한 내용물의 끈적끈적함에 재차 구토 발사하기를 수십 차례, 그렇게 그 좁고 무더운 컨테이너 박스는 진창이 되어 있었다. 군인들의 집중 사격으로 뚫린 몇 개의 구멍이 아니었더라면 질식해서 죽어 버렸을 것이다.

그러던 차가 갑자기 멈추었다. 차가 세워진 다음에도 호준과 조 경감으로부터 일언반구도 없었다. 무슨 일이지? 장 기자가 가까스로 정신을 수습하고 구멍으로 밖을 내다보았지만 차가 꼭 끼어있는 통에 뿌연 회백색 벽밖에 보이지 않았다. 반대쪽의 최 경위도 같은 풍경을 보고 있었다.

"아무래도 차가 완전히 낀 것 같은데." 장 기자가 말했다.

"왜 안 움직이지. 어떻게 된 거요?" 정 사장이 물었다.

"무슨 일이 생긴 건 아닐까요? 운전석을 점령당했다거나." 뚱보가 말했다.

"이거 젠장, 우리도 좀 나가볼까요?" 최 경위가 권총을 뽑아들었다.

"무서워요. 아, 무서워." 콜걸이 정 사장의 품에 몸을 밀어 넣으며 아양을 떨었다. 여자도 어지간히 토악질을 해댄 탓에, 이제 섹시한 맛은커녕, 지저분하고 끈적거리기만 해 정 사장은 눈살을 찌푸렸다. 그래도 남자로서의 매너에 충실한 그는 여자를 밀어내지는 않았다.

밖에서 뭔가 투닥투닥 싸우는 소리가 시끄럽게 들리더니 사라졌다. 곧이어, 기기긱, 하는 좀비 고유의 옹알이 소리가 밀려들기 시작했다. 젠장, 좀비가 있다. 폐쇄된 컨테이너 박스 안에서 실체 없이 소름끼치는 소리만 듣고 있자니 사람들의 공포는 더 심해졌다.

"그 형사 양반하고 운전사 친구, 당한 거 아냐?" 장 기자가 사방으로 눈알을 부라리며 물었다.

"아, 씨발. 조 경감님이 쉽게 당할 사람 같아 보입디까? 좀비보다 더 독한 데가 있는 사람이에요." 최 경위가 좀비들이 컨테이너 박스 긁는 소리에 흠칫하며 대답했다.

좀비가 차량 위로 기어 올라갔는지 머리 위에서도 쿵쾅거리기 시작했다. 콜걸이 또 사시나무 떨듯 떨기 시작했다. 오금이 저리기는 정 사장도 마찬가지였다. 최 경위가 경찰서에서 무단으로 빼내온 여분의 총 2정을 정 사장과 장 기자에게 건넸다. 뚱보가 화를 냈다.

"난 왜 안 주는 거요?"

"범법자에게 총을 줄 순 없지." 최 경위가 경찰로서의 권위를 내세우며 말했다. 뚱보가 볼멘소리로 뭐라 뭐라 구시렁대더니, 오랫동안 애용해온 쇠파이프를 집어 들었다.

"아, 씨발, 얼마나 몰려 있는 거야." 정 사장이 제멋대로 떨리는 다리를 진정시키며 호기롭게 소리쳤다.

그때, 쾅 하고 차 뒷문이 움푹 파였다. 그걸 신호로 좀비들이 위쪽과 뒤쪽에서 사정없이 두들겨대기 시작했다. 처음엔 살짝 살짝 파이던 것이 힘이 누적되자 컨테이너 박스의 외관이 현격하게 우그러들기 시작했다. 그나마 차가 끼어 좌우가 꽉 막힌 탓에 사방에서 밀고 들어오지 않은 것이 천만다행이었지만, 그 순간엔 그 누구도 그게 다행이라고 생각할 여유가 없었다. 여자의 비명은 그런 초조함을 더욱 부추겼다. 하지만 두려움을 느낀 건 콜걸뿐이 아니었다.

마침내 최 경위가 밀고 들어오는 좀비들의 압박을 정서적으로 감내하지 못하고 총을 발사했다. 총알이 밀려들어오는 컨테이너 박스의 뒷문을 바깥으로 소폭 밀어내며 구멍을 냈다. 하지만 파편이 안으로 튀어 하마터면 문 바로 앞에 앉아 있던 뚱보가 맞을 뻔했다.

"어이, 이봐, 이러다간 좀비가 아니라 사람 잡겠소!"

하지만 최 경위는 아랑곳하지 않고, 다시 방아쇠를 당겼다. 사격 솜씨는 꽤 좋은 편이라, 그는 로빈 후드처럼 방금 전 사격한 곳을 정확하게 다시 맞췄다. 물론 대놓고 쏜 거나 마찬가지일 만큼 지척에서 발사한 것이었지만. 구멍이 하나 나자 시원한 바람이 밀려들어왔다. 정 사장이 엉거주춤하며 다가가 문밖의 동정을 살피고는 완전히 기가 죽었다.

"제기랄, 우린 다 죽었어요. 여긴 좀비들 천지라구요. 진짜 끝이 안 보여요!"

총격 때문에 잠시 뒤로 밀렸던 좀비들은 금붕어처럼 금방 충격을 잊고 다시 몰려들어 문을 긁어댔다. 포악스럽기는 아까보다 더했다. 정 사장은 종교도 없으면서 신에게 기도를 올리고 있었다. 모두들 체념 상태에 빠져들었다. 최 경위가 분연히 일어났다.

"씨발, 이렇게 된 거, 놈들에게 본때나 보여줍시다."

"맞는 말이오. 까짓 거 이래 죽으나 저래 죽으나 죽기밖에 더하겠소."

뚱보가 최 경위의 말에 동의하며 쇠파이프를 잡은 손에 힘을 가득 주었다. 체념에서 오는 용기였다. 장 기자가 여전히 풀 죽은 목소리로 대꾸했다.

"이 경우, 가장 큰 문제가 뭔지 아시오. 죽는 게 문제가 아니란 말이오. 우리도 곧 저놈들 중 하나가 될 거라는 게 문제지."

여자가 마침내 엉엉 울음을 터트렸다. 마치 방금 모친상이라도 치른 기세로 울어댔다. 그 사이 뒷문의 걸쇠가 떨어져나갔다. 밖으로 열려야 할 문은, 좀비들이 마구 밀고 들어온 통에 안으로 우그러들었다. 그 사이로 작은 틈이 생겼다. 바로 손 하나가 들어와 가장 가까이에 있던 뚱보의 발목을 잡아챘다. 그와 거의 동시에 뚱보의 쇠파이프가 바닥을 내리쳤고, 놈의 손이 사정없이 으스러졌다.

하지만 곧 틈을 벌리며 수십 개의 손이 밀려 들어와 전투적으로 다가섰던 뚱보의 발목이며 옷가지며 튀어나온 배 따위를 움켜잡았다. 그가 온몸을 휘두르며 쇠파이프를 휘저었지만, 역부족이었다. 옆에 앉은 정 사장이 총알을 배출해 좀비 손모가지 두어 개를 날려버렸지만, 그와 동시에 꼭 그만큼의 일그러진 손들이 들어와 그를 움켜잡았다. 뚱보가 으아악 하는 비명소리와 함께 좀비들에게 끌려 나가기 시작했다. 하지만 틈이 좁아 그의 몸이 벌어진 문틈에 딱 끼고 말았다. 그가 인간방패가 되어 좀비들을 막아주는 꼴이 되었다. 컨테이너 박스의 일행에게는 그의 넓디넓은 등밖에 보이지 않았다. 그 반대쪽에서는 그의 목이며 발목이며 몸뚱어리가 사정없이 좀비들에게 뜯겨나가고 있었다.

빗방울과 핏방울이 마구 섞여 차체로 스며들고 있었다. 다음 순간 뚱보의 육중한 몸이 문을 바깥으로 활짝 밀어내며 바닥으로 나가떨어졌다. 활짝 열린 문으로 골목을 가득 메운 굶주린 좀비들의 모습이 훤히 드러났다. 그 엄청난 인파, 아니 좀비 무리에 몇 안 남은 인간들은 넋이 나가버렸다. 제기랄, 끝나버렸군. 최 경위의 총이 불을 뿜었고, 그와 동시에 정 사장의 총도 불을 뿜었다. 장 기자가 총을 여자에게 건네주고는 대신 사진기를 들어 셔터를 눌러댔다. 이거만 들고 나갔다면, 정말 대단한 특종을 잡았을 텐데. 그는 아쉬운 마음을 뒤로 하고 마치 총을 쏘듯 전투적으로 플래시를 터트렸다. 좀비들은 총알보다 플래시 불빛이 터질 때마다 더 움찔움찔했다. 플래시 불빛이 놈들을 주저하게 만드는 사이 총알이 놈들의 대가리에 구멍을 냈다. 하필이면 그때 좀비로 변한 뚱보가 불쑥 머리를 들어 올린 바람에 그의 몸은 좀비로 변한 지 채 1분도 안 돼서 완전히 벌집이 되고 말았다.

하지만 체력도 총알도 카메라 배터리도 모두 고갈되어 가고 있었다. 죽는 건 시간문제였다. 먼저 총알이 멎었고, 그 다음엔 카메라의 배터리가 떨어졌으며, 기력도 완전히 바닥났다. 곧 좀비 하나가 차체에 올라타자 둘, 셋, 우르르 올라타기 시작했고, 이제는 걷잡을 수 없어졌다. 입구를 막아버린 좀비 떼에게 일행은 도륙당하기 직전이었다. 특별한 이유도 없이 최 경위와 장 기자와 정 사장과 콜걸은 서로 손을 맞잡고 눈을 꼭 감았다. 그들은 날카로운 송곳니가 흡혈귀처럼 그들의 목에 들러붙는 소름끼치는 순간을 예견하며 죽음을 기다렸다.

그러나 어떤 날카로운 것도 그들의 목을 뚫고 들어오지 않았다.

모체의 힘

한번 감은 눈은 쉽게 떠지지 않았다. 어둠과 고요가 주는 공포가 생각보다 훨씬 강했기 때문이었다. 그들이 눈을 뜬 것은 조 경감의 터프하고 걸걸한 목소리를 들은 후였다.

"이봐, 이젠 눈을 떠도 돼!"

물론 조 경감의 목소리에 가장 신속하게 반응한 것은 최 경위였다. 최 경위는 조 경감의 목소리가 이토록 반갑기는 처음이었다. 체면 불구하고 조 경감에게 달려가 안길 뻔했다. 실제로 그러려고 다리를 펴고 일어섰지만, 너무 오래 긴장 상태로 무릎을 끓고 있었던 탓에 쥐가 나서 실행에 옮기진 못했다. 실행에 옮겼다 해도 조 경감의 핀잔만 들었을 게 뻔하니 그로서는 다행한 일이었다.

장 기자는 눈앞에 펼쳐진 광경을 믿을 수 없었다. 좀비들은 그대로 있었다. 여전히 골목을 꽉 메운 채로 우글거리고 있었다. 하지만 덤벼들진 않았다. 무언가 두려운 듯 주춤주춤 이러지도 저러지도 못하는 상태로 어정쩡하게 몰려 있을 뿐이었다. 그리고 그들 바로 앞에 기적처럼 조 경감과 호준이 서 있었다. 호준은 웬 여자를 안고 있었다. 장 기자가 엉겁결에 카메라 셔터를 눌렀지만, 배터리가 다 됐다는 걸 금방 깨달았다.

"지금 이게 꿈은 아니겠죠? 우리 살아 있는 거죠? 도대체 어떻게 된 겁니까?"

"나도 잘 모르겠소. 하지만 분명한 건 이 여자 때문이라는 거요."

조 경감이 호준이 안고 있는 여자를 가리키며 말했다.

"이 여자를 두려워하고 있어요."

장 기자가 기자 수첩을 꺼내들었다. 마음 같아서는 당장 그 여자의 발에 키스라도 퍼붓고 싶었지만, 취재부터 해야 할 것 같았다. 호준이 간결하게 덧붙였다.

"제가 찾던 여자입니다."

"안전한가요? 그 친구 말이에요."

정 사장이 자신의 종업원을 알아보고 걱정스러운 듯 물었다. 호준이 고개를 가로저었다.

"모르겠습니다. 그녀의 몸에 뭔가 이상한 짓을 했어요. 나쁜 놈들이 말입니다. 정확한 걸 알려면 병원엘 데려가 봐야 할 것 같아요."

"그놈들이 누굽니까?" 장 기자가 물었다.

"모릅니다. 아까 여기서 달아난 놈들인 것 같소. 그놈들만 잡으면 모든 게 속 시원하게 밝혀질 것 같은데." 조 경감이 말했다. 그는 다시 오기가 발동했다. 여기까지 왔는데 범인까지 잡아나가면 금상첨화일 것 같았다. 최 경위는 그런 조 경감이 금세 미워졌다. 제발 좀 살고 봅시다, 라고 소리치고 싶었다.

"잡읍시다. 좀비들이 우리를 건드리지 못한다면, 가능한 일 아니오?"

방금 죽을 뻔한 기억을 그새 훌훌 털어버린 장 기자가 특종의 대미를 기대하며, 조 경감의 말에 동의를 표했다. 콜걸이 바로 반박했다.

"우린 방금 죽을 뻔했다고요. 이 사람들이 조금만 늦게 왔어도 지금쯤 저 좀비들이랑 섞여 있었을 거라고요. 아시겠어요?"

"그래요. 일단 여자들부터 보호해야죠." 정 사장이 여자를 옆구리에 끼며 대답했다. 사실은 자기가 무서워서 그랬지만 남성으로서의 품위를 드러낼 기회 역시 포기하고 싶지 않았던 것이다.

호준이 간략하게 토론에 매듭을 지었다.

"이 차는 일단 폐쇄지역을 벗어날 겁니다. 연지 씨의 안전과 치료가 최우선입니다. 마음에 들지 않으신 분들은 차에서 내리세요."

그의 목소리는 일말의 타협도 허용하지 않을 듯 강경하고 담담했다. 조 경감은 또 자기 의견이 먹혀들어가지 않은 것에 대해 부아가 치밀었다. 하지만 차는 호준의 것이었고, 운전 실력도 그가 훨씬 나았으며, 길도 그가 가장 잘 알고 있었다. 게다가 바로 지금 이 순간 좀비들을 퇴치할 유일한 방법이라 할 여자를 안고 있는 것도 다름 아닌 호준이었다.

연지가 좀비들의 공격에 대한 최고의 해법이라는 것은 호준과 조 경감이 먼저 경험했다. 연지를 안은 채로 밀집한 좀비 떼를 뚫고 나갈 수 있을까, 하고 질문을 던질 때만 해도 호준은 생존에 대해선 회의적이었다. 하지만 한시라도 빨리 연지를 치료하지 않으면 큰일 날 것 같았다.

만에 하나 연지에게 안 좋은 일이 생긴다면 호준으로서도 좀비 따위에게 물리는 것쯤은 별일 아니라는 생각이 들었다. 시종일관 그녀에 대해 생각하다 보니 이젠 그녀와 자신 사이가 떼려야 뗄 수 없는 운명의 끈으로 연결된 것만 같았다. 바로 지금 자신이 그녀를 안고 있다는 그 사실이야말로 가장 명백한 증거였다.

곰곰이 생각해보자는 조 경감의 만류에도 불구하고 일단 문을 박차고 뛰어나간 호준은, 좀비들이 눈을 희번덕거리며 다가오다 곧 소스라치게 놀라 물러나는 걸 보고 깜짝 놀랐다. 놀라기는 조 경감도 마찬가지였지만, 둘 다 그 이유를 금방 깨달았다. 조 경감이 마냥 신이 나 일행을 구출하러 온 것에 비해, 호준은 맘이 편치만은 않았다. 그건 이미 연지가 좀비들과 어떤 연계성을 지닌 존재가 되었다는 의미였으니까. 연지가 깨어났을 때 좀비가 되어 있다면 어떻게 해야 할까. 그로서는 난감한 질문이었고, 대답하기 어려운 물음이었다.

조 경감은 폐쇄지역을 벗어나겠다는 호준의 강경한 발언에 별 수 없다는 듯 어깨를 한 번 으쓱하고는 다시 차에 올라타려고 했다. 좌우가 막혀 있어서 컨테이너 박스 지붕을 타고 돌아가야 했다. 조 경감이 컨테이너 박스를 기어오르려 하자, 호준이 급히 제지했다.

"형사님, 이번엔 뒤에 타셔야겠는데요."

"뭐? 뭐라고?"

조 경감이 무슨 소린지 몰라 되묻다가, 호준이 고개로 자기가 안고 있는 여자를 가리키는 것을 보고서야 말뜻을 알아챘다. 그것은 마침내 조 경감의 분기를 폭발시키고 말았다.

"야, 이 새끼야? 지금 나보고 이 뒤에 처박혀 있으라고? 지금 이 새끼가 누굴 호구로 보나? 야, 너 내가 그렇게 우스워. 이래 뵈도 대한민국 깡패들이 내 앞에서 설설 기었던, 내가 그런 사람이야. 어디서 니가 이래라저래라 하는 거야?"

하지만 오 분 후 호준이 다시 시동을 걸 때쯤에는 조 경감은 어느새 컨테이너 박스에서 최 경위와 장 기자 사이에 자리 잡고 있었다. 그는 온 사방이 오물 천지인 그 좁은 컨테이너 박스 안에 자리 잡고서야, 조수석이 얼마나 상석인지를 깨달을 수 있었다. 한바탕 분기탱천해서 소리를 질러댔지만, 조 경감이 질 수밖에 없는 게임이었다. 호준은 눈썹 하나 까딱하지 않았다. 사실 호준은 조 경감이나 나머지 일행들이 혹시 그녀가 좀비로 변해서 깨어났을 때 그대로 그녀의 머리를 부숴버릴까봐 겁이 났다. 어떻게 되더라도 내가 해결해야 할 문제야. 그래서 그는 방금 전까지 조 경감이 앉았던 앞좌석에 그녀를 태웠다. 예전에 그가 그녀를 바래다 줄 때처럼. 이번 경우엔 출발지와 목적지가 바뀌었지만.

어쨌든 좀비와 군인들을 피해 폐쇄지역을 벗어나려면 아무래도 운전대는 호준이 잡아주는 수밖엔 도리가 없었다. 게다가 여자는 호준과 밀접한 관계에 있었으니, 만에 하나라도 호준이 여자를 통해 좀비들을 움직여 위협해온다면 몸 성히 여길 벗어날 수 있을 리 만무했다. 그는 만류하는 최 경위의 청을 마지못해 들어주는 척하며 한발 물러섰다. 내가 여기만 벗어나봐라, 그냥 두지 않을 테다. 조 경감이 시종일관 구시렁댔다.

차는 다시 천천히 움직였다. 골목에 차를 끼워 넣을 때처럼, 빠져나올 때도 차체를 긁어대는 기분 나쁜 소리를 들어야만 했다. 좀비들이 우악스럽게 들러붙어 뭉개놓은 통에 컨테이너 박스의 문은 완전히 휘어져버렸다. 임시방편으로 옷가지 몇 개를 말아 묶어놓기는 했지만, 속력을 내면 무용지물이 될 게 뻔했다. 그래도 차체에서 튕겨나가리라는 두려움을 조금은 지울 수 있었으니 아주 쓸모없지는 않았다. 게다가 여자 덕분에 좀비들이 들러붙지 않을 거라는 걸 알고 나자 한결 마음이 놓였다. 호기심을 버리지 못한 몇몇 좀비들이 불쑥 불쑥 머리를 밀어 넣기도 했지만, 섣부른 공격 따위는 하지 않았다. 뭐 그렇게 한두 놈이 설치는 정도라면 조 경감과 최 경위도 대한민국 경찰로서 충분히 처리할 자신이 있었다.

차는 마치 대통령 경호실 차량처럼 좀비들의 호위를 받으며 서서히 빌라에서 멀어져 갔다. 그리고 차가 막 좁은 골목을 벗어날 찰나에 따다다다다 하는 굉음을 내며 헬기 한 대가 빌라로 다가왔다. 곧 한 무리의 군인들이 활강 로프를 타고 빌라 위로 떨어졌다. 그들은 옥상에서 역으로 계단을 타고 내려오며 무차별 난사를 가해 좀비들을 밀어냈다. 어둑어둑한 빌라 계단 창으로 번개처럼 번쩍번쩍하는 섬광이 일었고, 시끄럽게 총알이 튀는 소리가 어둠에 일정한 음향효과를 창출했다. 하늘에서 뛰어내린 군인들이 한 절반쯤 좀비가 된 다음, 가까스로 지하실에 침투했을 때는 이미 텅 빈 수술대 두 개만 덩그러니 놓여 있을 뿐이었다.

군인들 중 최상급자가 즉각 장군에게 보고했다.

"여기는 부엉이, 부엉이다. 모체는 강탈당한 듯하다. 다시 한 번……"

하지만 그가 교전수칙에 따라 침착하게 복창하려던 순간, 장군의 대갈일성이 무전기를 통해 거칠게 터져 나왔다.

"이 새끼들이, 그런 보고나 하라고 보낸 줄 알아? 당장 찾아내, 당장."

장군의 말이 끝나자마자 기다렸다는 듯이, 헬기 조종사가 끼어들었다.

"장군님, 방금 트럭 한 대가 빠져나갔습니다. 좀비들이 경호하듯 좌우로 도열하고 있습니다."

"그래, 그 새끼들이야. 빨리 그 차에 뛰어들어 물건을 가져와! 모체와 박사를 제외하고는 모조리 죽여도 돼!"

"옛, 장군님."

그러나 장군의 독촉에 마음이 급해진 나머지 아무 생각 없이 지하실의 철문을 열어버린 중사 때문에, 군인들은 우후죽순 밀려드는 좀비들에게 물리기도 전에 거의 밟혀 죽다시피 하고 말았다. 헬기 조종사가 무전기로 호출을 했지만 응신이 없자, 그는 곧 장군에게 지원을 요청한 다음 혼자 택배트럭을 쫓아가기 시작했다. 하지만 그가 내내 옥상 근처에서 저공비행하며 트럭의 움직임을 주시하던 동안, 민첩한 좀비 하나가 헬기 발 받침대에 대롱대롱 매달린 것은 미처 깨닫지 못했다.

헬기에 탯줄처럼 매달린 좀비는 엉거주춤 아슬아슬하게 기어 올라갔고, 트럭에 바싹 따라붙느라 정신이 팔린 조종사의 목덜미를 사정없이 물어뜯어버렸다. 좀비 둘을 태운 헬기가 뱅글뱅글 돌며 트럭에서 멀어지더니 쇳조각으로 외관을 이룬 박물관에 그대로 충돌해, 굉음을 내며 폭발했다. 폐쇄지역 밖에서도 여실히 보일만큼 화려한 불꽃쇼가 펼쳐졌다. 박물관이 무너져 내려 골목길을 막기 직전에 가까스로 호준의 트럭이 옆을 스쳐 지나갔다. 헬기의 파편이 폭발과 함께 사방으로 튀어 컨테이너 박스의 천장에도 쏟아졌다. 와르르르, 콩 볶듯 한 소리가 울렸다.

"와우, 이거 완전 블록버스터 영화가 따로 없군."

조 경감이 여전히 심통 난 목소리로 대꾸했다. 상관이 어떤 상태이든 최 경위는 이제 곧 이 무시무시한 지옥에서 빠져나갈 수 있다는 희망만으로도 충분히 만족스러웠다. 솔직히 최 경위는 자신의 변덕스럽고 전투적인 상관보다 호준이 팀의 지휘권을 잡은 것이 천만다행한 일이라고 생각하고 있었다. 조 경감이 전권을 쥐었다면 정말이지 어디로 튈지 모를 일이었다.

장 기자는 그 온갖 난리 통에 지칠 대로 지쳤으면서도 상황을 생생하게 기록하기 위해 수첩에 뭔가를 끼적거리고 있었다. 그토록 죽을 고생을 했는데, 게다가 자기 부하 직원은 아예 목숨까지 헌납했는데 특종도 못 잡는다면 그야말로 낭패가 아닐 수 없었다. 현장에서 체험하는 바로 그 순간의 감을 놓쳐버리면 생생한 기사가 나오기 어렵다는, 오랜 경험에서 얻은 지혜가 그를 채근했다.

정 사장은 여자의 몸에서 나는 쾨쾨한 냄새를 맡고 있었다. 처음 그녀를 데리고 〈모텔 여인숙〉에 갈 때만 해도 새파랗게 젊고 어린 애로만 보였는데, 화장기 다 벗겨진 맨얼굴에다 모진 고통에 찌든 피부며 땀에 쩐 머릿결, 하도 울어 퉁퉁 부어버린 눈, 잦은 구토로 썩어버린 것만 같은 입술을 하고 있으니 이거 원, 예쁜 거 어디 하나 쓸데없군, 하는 생각이 절로 들었다.

콜걸은 또 콜걸대로 이제 밖으로 돌아나가면 이 짓도 때려치워야지, 하고 생각했다. 출장 콜걸에게는 언제나 위험이 따랐다. 상대가 뭐 하는 놈인지, 성적 취향이 어떤지 알 길이 없었기 때문이다. 이번 경우엔 남자는 꽤 괜찮았지만, 왠지 그와 함께였기 때문에 이 모든 사건에 휘말린 듯한 인상을 지울 수 없었다. 엄밀히 말하자면 그와 함께였기 때문에 그나마 버틸 수 있었던 것이지만, 이제 살아나갈 희망이 보이자 배은망덕하게도 그런 마음이 슬며시 고개를 쳐들었다. 원래 콜걸은 어떤 문제도 다 손님 탓으로 돌릴 수밖에 없는 입장이기도 했다.

컨테이너 박스 일행은 어쨌든 곧 이 폐쇄지역을 벗어나리라는 데는 의심의 여지가 없고, 그래서 지금까지의 고통과 공포가 얼마나 극심했든지 간에, 이제는 말할 수 있다, 는 식의 용납이 필요하다고 생각하고 있었다. 그들은 새롭게 펼쳐질 그들의 미래를 이렇게 저렇게 짜 맞추며 이 망할 놈의 지옥을 벗어나는 순간을 고대하고 있었다. 두려우면서도 동시에 불쌍하기 짝이 없는 좀비들이나, 절대로 떨어질 것 같지 않는 상관의 복귀 명령을 기다리며 생사의 갈림길에서 오들오들 떨고 있을 군인들에 비하면 확실히 복에 겨운 상황이었다.

만약 그 다음의 일련의 사건들이 차례로 발생하지 않았더라면 그들은 정말 이제까지의 모든 고생을 '젊어서 겪은 좋은 추억' 쯤으로 기꺼이 치환해줄 용의가 있었다. 하지만 세상만사가 어디 그렇게 뜻대로만 풀려가던가.

차가 갑자기 방향을 선회했다. 호준이 백여 미터 앞에서 좀비들의 도열을 받으며 걷고 있는 박사와 마리아를 발견했기 때문이었다. 호준에게 저 노인이 연지를 원래대로 돌려놓을 수 있으리란 생각이 떠올랐다. 안 봤다면 모를까, 이렇게 만났으니 이젠 상황이 달라진 것이다.

호준이 다시 액셀을 밟았고, 그걸로 컨테이너 박스 일행의 평안한 명상의 시간도 단박에 끝나고 말았다. 호준은 좀비 한 뭉치를 치어 허공으로 날려버린 다음, 깜짝 놀라 기겁한 박사 바로 앞에 차를 세웠다. 박사는 깨진 유리창 너머에서, 분노로 이글거리는 호준과 마땅히 장군에게 가 있어야 할 새로운 모체가 함께 있는 것을 발견하고는, 차에 칠 뻔했을 때보다 더 크게 놀랐다.

모체들

　조 경감은 한동안 차가 움직이지 않자 더 이상 참지 못하고 문을 박차고 튀어나갔다. 좀비들이 우글거리고 있었지만 모체의 영향력 때문인지 트럭에서 멀찍이 물러나 있었다. 조 경감이 차에서 내리자 좀비들이 날카로운 송곳니를 드러내며 욕망을 드러냈지만, 감히 다가오는 좀비들은 없었다.

　"이봐, 무슨 일이야?"

　조 경감이 만약의 사태에 대비해 컨테이너 박스 위로 올라타 앞으로 건너갔다. 망신창이가 된 트럭 후드 앞에서는 묘한 대치 관계가 형성되어 있었다. 뒤이어 최 경위와 장 기자가 조 경감과 똑같은 궤적을 그리며 따라왔다.

　"오호라, 범인을 검거하셨구먼!"

　조 경감이 수사의 급진전에 화색이 돌며 호기롭게 뛰어내렸다. 또 똑

같은 모양으로 최 경위가 뛰어내렸고, 장 기자는 먼저 전체적인 풍경을 담기 위해 트럭 위에서 메모를 했다. 그의 메모는 점점 소설처럼 변해가고 있었다. 박사 곁에선 마리아가 여전히 멍한 표정을 짓고 있었다. 박사가 거칠고 중후한 목소리로 소리쳤다.

"도대체 당신들은 뭐야? 왜 저 여자가……. 하여튼 더 이상 가까이 다가오면 무슨 꼴을 당할지 모르니 가만히들 있어!"

박사가 호준의 품에 안긴 연지를 바라보며 도무지 영문을 모르겠다는 표정을 지었다. 도대체 이 난데없는 잡상인들은 뭐야. 박사는 뭔가 계획이 꼬이는 것에 대한 불안감을 표정에 그대로 드러냈다. 그는 천천히 손을 배로 가져갔다. 그의 손이 닿는 곳에 마리아를 통제할 감정 호르몬 분비 장치가 장착되어 있었다.

하지만 박사의 위협은 이 정체불명의 문제아 집단에게 전혀 먹혀들지 않았다. 특히 연지를 안고 있는 호준의 눈동자는 분노와 복수심에 가득 차, 날카롭고 예리한 섬광이 번뜩이고 있었다. 나이는 좀 들었지만 부단한 단련으로 몸싸움이라면 쉽게 당할 박사가 아니었지만, 호준의 눈과 표정에서 뿜어져 나오는 살기에는 움츠러들지 않을 수 없었다. 게다가 원래부터가 포악한 인상의 조 경감과 깡다구는 좀 없어 보이지만 전형적인 엘리트 경찰의 인상을 풍기는 최 경위, 그리고 차체에 우뚝 선 거구의 장 기자까지 으르렁대고 있었으니, 박사로서는 일단 이 상황을 벗어나는 게 급선무라는 생각이 들었다.

박사가 슬금슬금 손으로 배를 두드리려는 찰나, 호준이 곧이라도 피를 토해낼 듯한 비장한 목소리로 소리쳤다.

"도대체 연지 씨에게 무슨 짓을 한 거야, 이 미친 영감탱이야?"

"내가 물을 소리다. 도대체 네놈들은 뭔데 그 여자를 데리고 있는 거냐? 그 여자는 너희들 소유가 아니야!"

"소유? 이 미친 새끼가, 좀 맞아야 정신을 차리겠군."

호준이 연지를 옆에 선 최 경위에게 대뜸 안기고는 신발 끈을 고쳐 맸다. 최 경위가 저어하면서 피할 틈도 없었다. 엉겁결에 연지를 안게 된 최 경위는 곧이라도 여자가 깨어나 제 목을 물어뜯을까봐 사색이 되어서는 목을 바깥으로 쭉 뺀 엉거주춤한 자세를 취했다. 호준이 적에게 돌진하기 전에 조 경감이 그의 팔을 잡아 제지했다. 조 경감이 박사를 향해 물었다.

"이봐, 당신 정체가 뭐요? 이 난장판과 당신, 도대체 무슨 관련이 있는 거요?"

"그러는 네놈들은 누구냐? 도대체 어디서 나타나 이런 위험을 무릅쓰는 거냐? 그 여자를 데리고 있는 것이 얼마나 위험한 일인지 모르는 모양인데……."

박사가 채 말을 끝맺기도 전에, 조 경감의 느슨한 제지를 뿌리치고 호준이 달려 나가 주먹을 휘둘렀다. 맹렬하게 튀어나오긴 했지만, 운동으로 단련된 박사는 호준을 간단하게 뿌리쳤다. 호준이 제풀에 그대로 나동그라졌다. 이번엔 그 모습을 본 조 경감이 폭발했다. 항상 자기 말에 토를 달며 반항을 일삼아 온 호준에 대한 짜증도 이만저만이 아니었지만, 그래도 팀원이라고, 호준이 나가떨어지자 곧바로 분기탱천한 것이었다. 누가 뭐래도 자신이 리더라도 굳게 믿고 있었기 때문에 나름의 사명감이 발동한 탓도 있었다.

조 경감은 호준과는 폭력의 격이 다른 인물이었다. 한때는 깡패들 사이에서도 깡패로 통했던 강력계 형사였으니까. 그가 온 힘을 실어 주먹을 날리자, 박사의 턱이 휙 돌아갔다. 모처럼의 호쾌한 타격으로 승리감에 도취된 조 경감을 바라보며 바닥에 쓰러진 박사가 단호하게 소리쳤다.

"마리아! 애들을 움직여 저놈들을 좀비로 만들어버려!"

박사는 멋지게 마리아에게 지시를 내림과 동시에 다급하게 배꼽 언저리를 눌러댔다. 장치가 작동하고 호르몬이 풍기자 마리아가 풀린 눈으로 주위를 두리번거렸다. 그 고갯짓에 호흡을 맞춰 싸움판의 구경꾼처럼 멀찍이 둘러서 있던 좀비들이 한꺼번에 포위망을 좁혀오기 시작했다. 조 경감의 승리감은 순식간에 절망감으로 바뀌었다. 아, 제기랄, 괜히 성질 건드렸나, 그냥 말로 할 걸. 후회가 막급했지만, 이제 와서 박사에게 무릎 꿇고 살려달라고 빌 수도 없는 일이었다.

좁혀 들어오는 좀비 군단을 바라보며 박사가 만면에 미소를 지었다.

"당신들이 누군지 모르겠지만, 내 말해주지. 이 모든 일에 내가 무슨 상관이냐고? 내가 좀비들의 창조주야. 내가 이 무수한 좀비들을 만들어낸 장본인이라고. 그리고 그들은 내 명령에 복종하지. 여러 가지로 많은 이야기를 들려주면 속 시원하겠지만, 자네들, 시간이 그렇게 많아 보이지 않는군. 자네들도 곧 내 군단의 일원이 되고 말 테니. 참 우습지. 사람 한순간에 바보 만드는 게 이렇게 쉽다니 말이야. 잘들 가시게."

고개가 270도쯤 꺾인 좀비 하나가 다가와, 가까스로 몸을 추스르며 일어서는 호준의 목을 움켜쥐려는 찰나, 조 경감의 권총이 박사를 향해 불을 뿜었다. 하지만 자살조의 임무를 부여받은 좀비들이 몸을 던져 박사와 마리아를 보호했다. 호준이 다가온 좀비의 숨결을 느끼며 눈을 감았다. 바로 그때 찢어질 듯 날카로운 소리가 울려 퍼졌다.

"안 돼!"

시끄러운 소란 통에 최 경위의 품에 안겨 있던 연지가 깨어난 것이었다. 그녀는 의식을 찾자마자 눈앞에서 호준이 좀비에게 당하려는 것을 보고, 다급한 마음에 소리부터 내지른 것이었다. 최 경위는 갑자기 깨어난 여자의 비명소리에 화들짝 놀라 움찔하며 팔을 오므렸고, 연지는 그대로 바닥으로 내팽개쳐졌다. 하지만 덕분에 연지는 정신이 확 들었다. 그녀가 다시 한 번 비명을 질렀다.

"안 된다고, 이 미친 좀비들아!"

그것은 공포에서 비롯된 진심어린 절규였지만, 놀랍게도 그 비명소리에 맞춰 좀비들이 포위망을 풀기 시작했다. 그녀의 몸에서 이상한 향취가 피어올랐다. 좀비들이 두려움에 떨며 한 걸음 두 걸음 뒤로 물러나기 시작했다. 좀비의 위협에서 풀려나자마자 호준이 달려와 연지를 덥석 안았다.

"괜찮아요? 아무렇지도 않아요?"

"몸이 오슬오슬 떨려요. 하지만 서 있을 만은 해요."

조 경감이 바싹 다가와 말했다.

"놀랍군요. 좀비들이 당신 말을 듣고 있어요. 썩 꺼지라고 명령해요!"

연지가 자신의 몸에 일어난 변화와 박사의 시술 과정을 떠올리며 몸서리를 쳤다.

"나, 난 이제 어떻게 되는 거죠?"

"걱정 말아요. 제가 반드시 치료 방법을 찾아낼 테니까."

호준의 위로에도 불구하고 연지의 얼굴은 밝아지지 않았다. 하지만 박사보다는 나았다. 박사는 완전히 경악에 찬 표정이었다. 의도치 않은 실험 결과에 놀란 박사는 마음이 다급해져서 옷 속에 숨겨두었던 복대를 아예 끌러 마구 눌러댔다.

"마리아, 어서 저 여자를 제압해! 어서!"

마리아가 다시 고갯짓을 하다 연지와 눈이 딱 마주쳤다. 연지는 두려움에 질렸지만, 이상하게도 그 눈빛을 외면할 수 없었다. 그래서 이왕 이렇게 된 거, 하는 마음으로 아예 눈을 더 부릅뜨고 마리아를 노려보았다. 그 이상한 눈싸움은 끝날 기미가 보이지 않았다. 하지만 그동안에도 계속해서 악다구니를 써대며 장치를 눌러대는 박사의 노력은 효과를 거두지 못했다. 마리아는 더 이상 반응하지 않았다.

당황한 박사가 허둥지둥대자, 비로소 조 경감은 박사에게 쏜살같이 달려가 이단옆차기를 작렬시켰다. 박사의 손을 떠난 장치가 허공을 휘익 날아가 좀비들 사이에 떨어졌다. 조 경감의 발길질이 박사의 면상과 옆구리에 사정없이 들어가 박혔다. 카메라 배터리가 없어 그 멋진 장면을 놓친 장 기자가 메모지에 간단한 스케치로 액션 장면들을 담아냈다. 그림 아래에는 '폭력의 발현'이라는 부제를 달아놓았다. 조 경감이 박사의 멱살을 잡아 일으키며 박사의 퉁퉁 부어오른 얼굴에다 대고 말했다.

"어때, 이제 시간이 좀 나는 것 같은데, 당신과 저 미친 여자에 대해 느긋하게 이야기 좀 나눠볼까?"

박사가 폭력의 충격이 가시지 않는지 입을 우물거리며 연신, 마리아, 마리아, 라고 중얼거렸다. 그의 고통은 조 경감의 무지막지한 구타 때문이 아니었다. 사랑하는 여인을 통제할 능력을 상실한 무기력한 남자의 토로와 절규, 바로 그것이었다. 박사의 눈에서 예기치 않은 눈물이 타고 흘렀다. 박사의 내심을 알 리 없는 조 경감이 보란 듯이 소리쳤다.

"이런 일을 벌여놓고, 수많은 사람들을 좀비로 만들어놓고, 고것 좀 처맞았다고 눈물을 질질 짜는 거야? 이 미친 영감탱이야!"

그가 냅다 발로 걷어차려는 걸, 장 기자가 황급히 말렸다.

"일단 데려가면서 취조합시다. 이제 범인과 증거품까지 몽땅 가졌으니, 특종은 따 놓은 당상입니다. 여기서 족쳐서 죽이기라도 할 겁니까?"

조 경감이 장 기자의 말에 수긍하며 내지르려던 발길을 거두었다. 그가 최 경위에게 소리쳤다.

"최 경위, 이 새끼들 수갑 채워서 차에 실어. 가는 동안 다 불도록 족쳐버릴 테니."

최 경위가 다가와 익숙지 않은 손놀림으로 박사의 손목에 수갑을 채웠다. 그런 다음 주뼛주뼛 눈치를 살피며 마리아에게 다가갔다. 마리아는 박사의 몰락에 어떤 애도도 표현하지 않았다. 마리아의 시선은 오로지 연지만을 향해 고정되어 있을 뿐이었다. 최 경위가 마리아에게도 다가가 수갑을 채우려 시도했다. 갑자기 마리아가 접근하는 최 경위에게 반응해 몸을 틀었다. 그 바람에 사소한 부딪침이 있었지만, 결국 마리아의 양손에도 수갑이 채워졌다.

호준이 연지의 어깨를 감싸며 말했다.

"가요, 어서. 어서 여기를 벗어나야 해요."

"마리아는 어떻게 하죠?"

"그냥 내버려두죠. 좀비들이 어떻게 할 것 같지도 않은데."

호준의 말이 떨어지기가 무섭게 박사가 소리를 질렀다.

"그 여자를 함께 데려가게 해주시오. 모든 것을 밝힐 테니. 부탁이오, 그녀를 내게서 떨어트리지 말아주오."

"이 새끼가, 그래도 정신을 못 차리고!"

조 경감의 주먹이 또다시 박사의 명치에 꽂혔다. 그가 풀썩 나자빠졌다. 다시 장 기자가 조 경감을 말렸다.

"증거품이라고요, 증거품. 저 여자를 데려가야 모든 게 확실해질 겁니다."

"하지만 저게 어떻게 나올지 알고 차에 태운단 말이오."

"앞좌석에, 내 옆에 태워요." 연지가 말했다.

"괜찮을까요?" 호준이 걱정스러운 얼굴로 물었다.

"내가 마리아를 통제할 수 있을 것 같아요. 뭐랄까, 그녀와 나, 아주 가까운 느낌이에요. 마리아도 그걸 느끼고 있는 거예요."

"그래도……." 호준이 자신보다는 연지가 걱정돼 망설였다.

"그럼 저걸 가져가요." 연지가 손가락을 뻗어 좀비 무리를 가리키자, 두 좀비가 박사의 배에 둘러 있었던 장비를 고가의 보석이라도 되는 양, 양손으로 받쳐 들고 와 연지 앞에 내려놓고 물러갔다.

"호준 씨 허리에 둘러요."

"이게 뭐죠?"

"모체를 통제할 수 있는 장비에요. 마리아를 통제할 수 있다고요. 만에 하나 문제가 생기면 그게 도움이 될 거예요."

"하지만 사용법도 모르는데요?"

"어쨌든 도움은 될 거예요."

박사는 망연자실한 표정으로 자신과 마리아를 연계해주던 사랑의 징표가 호준의 허리에 착 감기는 것을 지켜볼 수밖에 없었다.

"앞좌석이 비좁을 텐데요?"

"괜찮아요. 이봐요, 난 괜찮은 건가요?"

연지가 박사를 향해 물었다. 박사는 연지가 마리아를 함께 데려간다는 말에 그나마 안도하며 맥없이 대답했다.

"모르겠소. 사실 이런 케이스는 전혀 염두에 두지 못했으니까, 콜록, 콜록."

그가 구타로 인해 복부에서 치밀어 오르는 누렇고 탁한 가래를 뱉어내며 말을 이었다.

"당신은 예기치 않은 변종이오. 자세히 연구해보지 않고서는 당신의 미래에 대해 확답할 수 없을 것 같소. 콜록, 콜록. 하지만 의식을 가지고도 좀비를 통제할 수 있다니, 이건 정말 예상치 못한 경우요."

"입 닥쳐! 연지 씨에게 아무 일도 일어나지 않기를 바라는 게 좋을 거야. 무슨 일이 벌어지면 당신을 그냥 두지 않을 테니까."

호준이 격한 어투로 받아쳤다.

"좋아, 어쨌든 자네와 아가씨, 그리고 이 여자 좀비는 앞에 태우도록 하세. 그리고 가는 동안, 나와 형사님이 박사와 대화를 나누며 모든 경위를 알아보도록 하지. 어떻소, 형사님?"

장 기자의 제안에, 조 경감이 머리를 끄덕이며 박사에게 다시 한 번 겁을 줬다.

"처음부터 끝까지 샅샅이 불지 않으면 아주 머리통을 아작 내버릴 거야. 알아들었어?"

컨테이너 박스 안에서 일행의 복귀를 기다리던 정 사장과 콜걸이 새롭게 등장한 일행을 맞이했다.

"이 사람은 또 누구요?"

"그걸 지금부터 알아볼 작정이오. 이 사람 좀 태우게 옆으로 물러나 앉으세요."

정 사장이 불만 없이 몸을 움직여 박사가 앉을 공간을 만들어주었다.

"근데, 이 친구는 또 왜 이래요?"

창백한 얼굴로 몸서리를 치고 있는 최 경위를 바라보며 정 사장이 되물었다.

"글쎄요. 방금 일들 때문에 몸서리가 나는 것 같네요. 갑자기 몸이 안 좋아요. 구석에서 좀 쉴게요."

최 경위의 대답에 조 경감이 또 잔소리를 해댔다.

"하여간 경찰이라는 자식이 약골이 돼가지고. 야, 인마, 정신 좀 차리고 잘 봐두라고, 범인 취조의 노하우를! 이게 다 돈 주고도 못 배우는 경험이라고, 경험!"

조 경감이 의기양양한 표정을 지어보였다. 박사는 모든 것을 체념하고 있었고, 최 경위는 계속 몸을 떨고 있었다. 정 사장과 콜걸은 이내 흥미를 잃고 어서 빨리 스위트홈으로 돌아갈 수 있기만을 바랄 뿐이었다. 장 기자는 이제 얼마 남지 않은 수첩의 빈 공란을 찾아 펼치며, 특종의 대미를 장식할 박사의 이야기에 온 정신을 집중했다.

특종 취재

“이봐, 이름?”

조 경감이 컴퓨터도 없는 오물투성이의 컨테이너 박스에서 조서를 쓰듯 질문을 던졌다. 박사는 오로지 마리아에 대한 걱정으로 안절부절못하고 있었다.

“이름 따위가 무슨 소용 있겠소. 그들은 날 파파라 불렀소.”

“이 새끼가, 지금 장난하나. 이봐, 소용 있고 없고는 내가 판단해. 당신은 내가 묻는 질문에 답만 하면 된다고!”

박사는 침묵을 지켰다.

“이 새끼가, 지금 네놈이 처한 상황을 이해 못하겠어? 맘에 안 들면 당장이라도 저 좀비들 속에 집어 던져버릴 수도 있다고!”

박사가 이번에도 침묵을 지키자, 조 경감이 홧김에 박사의 꿇린 무릎을 걸어찼다. 박사가 신음소리도 없이 몸을 수그렸다. 보다 못한 장 기자가 또다시 중재에 나섰다.

"형사님, 이래서는 나올 것도 없겠습니다. 제가 취재 형식으로 진행하죠. 그래도 나올 건 다 나올 것 같은데. 밖에 나가면 형사님이 알아서 처리하시구요."

"그게 나을 것 같은데요. 이 노인네 그렇게 걷어차 봐야 꿈쩍도 안 할 것 같은데." 정 사장이 장 기자의 편을 들고 나섰다. 가만히 보고 있던 콜걸도 뒤질 새라, "그래요, 그래도 연배가 한참 위인 사람 같은데 그렇게 무자비하게 하면 안 되죠" 하고 거들었다. 최 경위만이 구석에 쪼그리고 앉아 말없이 몸을 오들오들 떨고 있을 뿐이었다. 조 경감은 이게 아닌데, 싶었지만 여론에 밀려 장 기자에게 바통을 넘길 수밖에 없었다.

장 기자가 박사의 곁에 바싹 다가앉았다.

"이보시오, 박사. 우리 좋게, 좋게 갑시다. 이미 대세는 기울었고, 달라질 것도 없을 것 같은데. 게다가 당신이 아끼는 저 여자도 우리 손에 있소. 우리가 알고 싶은 것만 잘 알려주면 당신의 선처를 호소해줄 수도 있소. 안 그렇습니까, 형사님."

조 경감이 심통 난 표정으로 말없이 고개만 까딱했다.

"선처 따윈 바라지도 않소. 마리아만 다시 만나게 해주오."

또 무슨 꿍꿍이야, 라고 소리치려는 조 경감을 막으며 장 기자가 서둘러 치고 나갔다.

"앞자리의 저 여자 말입니까? 물론입니다. 제 기자직을 걸고 약속드리죠. 그러면 되겠습니까?"

한참을 망설이던 박사가 마침내 고개를 끄덕였다.

"당신이 이 모든 일을 계획한 겁니까, 아니면 배후가 있는 거요? 무엇 때문에, 왜 이런 일을 벌인 겁니까?"

"이 일의 시작은 물론 나였소. 나는 살해당한 아내의 복수를 위해 세균을 배양했소. 하지만 어느 순간 내 연구에 대해 알고 있던 장군이 개입하게 되었고, 군사 연구로 변질되었지. 마리아를 만나 내가 창조해낸 균종을 유입하게 되었고 그렇게 모체가 탄생한 거요. 나중엔 여당 당수인 국회의원과 방산업체 회장이 개입했다는 걸 알게 됐지. 장군이 모체를 회수하려고만 하지 않았던들 내가 여기다 좀비를 풀어놓는 일은 없었을 거요. 난…… 난 단지 마리아를 보호하고 싶었을 뿐이오."

"아니, 도대체 왜 그토록 마리아를 보호하려는 겁니까?"

박사가 물끄러미 장 기자를 바라보다 말했다.

"사랑했기 때문이오. 그녀를."

하하하, 하고 정 사장이 호방하게 웃음을 터트렸다.

"아, 당신 나랑 같은 과로군. 사랑을 위해 뭔가를 할 줄 아는 남자야. 당신 보기보다 호감형인데 그래."

"나도 팬이 될 것 같아, 이 할아버지. 몸도 괜찮고." 콜걸이 박사의 튼실한 몸을 훔쳐보며 대답했다.

"그래서, 이 많은 사람들을 죽인 겁니까? 이들도 당신처럼 누군가와 사랑을 나누는 사람들이었을 거란 생각은 안 해보셨소?" 장 기자가 되물었다.

"누구나 자기 사랑은 스스로 지켜야 하는 법이요. 나는 내 사랑을 지키려 했을 뿐이오."

"하지만 그 누군가들은 자기 사랑이 위협받는다는 걸 깨달을 틈조차 없었소. 여기 이 사람들도 가까스로 구제받았단 말이오."

장 기자가 정 사장과 콜걸을 가리키며 말했다.

"그래, 당신이 그 모텔에다 좀비를 쑤셔 넣어놓은 바람에 이 모양 이 꼴이 된 거라고."

정 사장이 또 금세 발끈했다.

"나는 세상에 만연한 거짓 사랑 놀음에 대한 경종을 울리는 의미로 그 모텔을 선택했던 거요. 그 타락한 공간에서 온갖 성적 방종과 무질서를 일삼는 것이 사랑이란 말이오? 사랑은 매매의 성질도 쾌락의 유형도 아니오. 그것은 지고지순한 감정이며 삶이고 전부여야 하오. 그게 바로 사랑이오. 그 모텔은 사랑을 위한 나의 투쟁을 시작하기에 최적의 장소였을 뿐이오."

정 사장이 자신의 연애관이 폄하된 것에 감정적인 어투로 항변했지만, 장 기자는 개의치 않고 다시 질문을 던졌다.

"그럼, 저 앞에 앉은 연인들은 어떻소. 저 남자는 당신이 이상한 짓거리를 해놓은 저 여자를 구하기 위해 목숨을 걸었소. 그런 사람들의 희생에 대해선 뭐라고 할 거요?"

"그는 자기 방식대로 사랑을 지키려 한 거요. 마땅히 할 일을 한 거지. 내가 좀비를 내보내 내 여자를 보호하려했던 것처럼."

"좋소. 그 이야긴 그만 합시다. 본론으로 돌아가 아까 이 모든 일의 발단을 제공한 사람들이 있다고 했는데, 그게 누군지, 그들의 목적이 무엇인지 구체적으로 말해주시오."

"그걸 까발리면 내 목숨이 정말로 위태로워질 거요. 마리아에게도 위험이 닥칠 거고. 솔직히 말해주자면 당신들 목숨도 보장할 수 없게 될 거요."

갑자기 박사의 머리가 모로 꺾였다. 참다못한 조 경감의 주먹이 다시 한 번 박사의 관자놀이를 강타한 것이었다.

"이 새끼가 아직도 정신을 못 차리고! 당신은 이미 목숨이 위태로운 처지라고, 이 멍청아!"

장 기자가 다급히 조 경감을 말렸다. 때리고 말리기를 반복하는 과정에 지친 장 기자가 짜증을 냈다.

"왜 이래요, 진짜. 특종은 지금부터라고요. 어쩌면 이 사람은 정말 아무것도 아닐지도 모르잖소. 내 감을 믿으시오. 이건 훨씬 더 큰 건이라고. 당신도 계엄군사령관이 관련되어 있을 거라고 하질 않았소? 증언이 필요하다고요, 증언이."

조 경감이 또 말발과 논리에 밀려 뒤로 물러났다. 괜히 신경질이 난 조 경감은 여전히 구석에 쪼그리고 앉아, 박사의 말도 듣고 있지 않은 최 경위에게 화풀이를 했다.

"야, 인마. 여기서 용의자 취조하고 있잖아. 꼼꼼히 들어놓아야 될 거 아냐? 너 정말 이번 일 끝나면 관둘 거냐!"

하지만 최 경위는 평소와는 달리 조 경감의 다그침에도 별다른 반응 없이 몸만 바들바들 떨고 있었다. 조 경감이 싹수가 노란 놈이라는 의미로 고개를 절레절레 저었다. 장 기자의 회유와 설득은 계속되었다. 몇 차례나 거듭 마리아와의 만남을 주선해주겠다는 다짐을 받은 다음에야 박사는 힘겹게 입을 열었다.

"지금 폐쇄지역의 계엄군사령관이 주동이오. 그의 목적은 강력한 군이오. 그가 생각하는 강력한 군이란 실전 경험이 풍부한 전투형 군인의 양성을 통해서만 도달할 수 있는 목표지. 그러므로 이 좀비들은 군의 강력한 무기이자 동시에 적의 침입 상황을 조작해 군의 위상을 강화시킬 수 있는 전가의 보도인 셈이오. 어떻게 쓰든 그와 그를 추종하는 군국주의적 사고관의 장교들에게는 아주 유효하겠지. 그런 장군의 일파를 정치적으로 뒷받침해주는 의원이 하나 있소. 여당의 최고 실력자이자 극우 사상가인 의원, 누군지 아시겠지?"

"계엄군사령관을 움직일 수 있고, 정책의 향방을 주도할 수 있는 정계의 거물이라면 한 사람 밖에 없죠. 그의 목적은 국가위기 상황을 통한 이데올로그의 강화이겠군요. 또 그게 그의 정치적 입지를 보다 탄탄하게 만들어줄 테고."

"그는 구시대의 사람이지만, 여전히 수많은 지지자와 오랜 정치생활을 통해 누적된 파워를 가지고 있소. 그는 시대가 너무 진보적으로 변해서 국가가 힘을 잃고 있다고 믿고 있소. 개인주의의 팽배와 시민의식의 과대한 팽창으로 언젠가 국가와 공권력의 능력이 힘을 잃게 될까 두려워하고 있지. 그에게 국가의 권력이란 그 자신의 정체성이자 실질적인 권세와도 일치하기 때문에, 진보적인 시대의 흐름을 참아낼 수 없었을 거요.

의원의 입김이 작용해서 참여하게 되었지만, 마지막에는 가장 발 벗고 나선 이가 국내 굴지의 방위산업체 회장이란 작자요. 처음엔 좀비 탄생의 가능성을 믿지 못했지. 그저 의원에게 정치자금을 헌납하는 셈치고 참여했었소. 하지만 내가 좀비 균을 배양한 다음부턴 태도가 싹 바뀌었지. 있는 돈 없는 돈 다 갖다 부었소. 그의 자금 덕분에 2, 3년은 더 빨리 성과를 거둘 수 있었던 거요. 물론 그의 목적은 뻔하지. 이 좀비 생산 공정 일체의 산업화를 독점하는 거지. 이 무기가 상용화되면 얼마나 이득이 되겠소. 이제껏 고작 철 지난 무기 하나 얻으려고 비굴하게 빌붙어야만 했던 미국조차도 그를 함부로 대하지 못할 테지. 어디 미국뿐이겠소? 분쟁지역의 국가들은 물론 테러단체들과의 접촉도 빈번하겠지. 그의 목적은 막대한 부의 회수요.

결국 그들 모두의 목적을 충족시킬 방법은 하나로 귀결되는 거요. 바로 전쟁 상황의 유발 말이오. 전쟁이야말로 그들이 원하는 것들을 가장 쉽고 빠르게 가져다줄 테니까. 난 그들을 비난하지 않소. 그들 모두 그들 나름의 이유를 가지고 그만한 위험 부담을 감수하면서 이 일을 추진한 거니까."

"대가리는 의원, 수족은 장군, 든든한 배는 회장인 셈이로군. 특종이야, 특종. 결국 이 나라의 정계, 재계, 군부의 거두들이 이 끔찍한 상황을 초래한 거란 말이지. 오, 맙소사. 정말 나라가 어떻게 되려는 거지?"

"당신들도 똑같지 않소. 특종을 잡아서 권력을 잡고, 범인은 잡아서 명예를 높이고, 자신의 여자를 찾아내 사랑을 쟁취하고. 모두들 자기 나름의 목적을 가지고 위험 부담을 무릅쓰는 거 아니냔 말이오. 인간은 이기적인 동물이오. 절대불변의 진리지. 그들이 내 여자를 자신들의 무기로 삼으려는 무모한 짓만 하지 않았더라면 그들 모두 소기의 목적을 달성했을 것이오."

컨테이너 박스 안에 잠시 침묵이 감돌았다. 국가의 안녕을 잠시 걱정했던 장 기자는 곧 흐뭇한 마음이 되었다. 어쨌든 이건 정말 대형 특종이었다. 이거 하나면 자신의 명예를 박살내려던 모든 시도들을 무력화시키고 상황을 완전히 반전시킬 수 있을 터였다. 게다가 자신의 기사를 보증해줄 장본인이 버젓이 동승하고 있으니, 그야말로 완벽한 상황이었다. 그는 보도계의 신화로 군림할 자신의 미래가 그려지자 심각한 표정을 짓고 있는 것조차 힘들 지경이었다.

흐뭇하기는 조 경감도 마찬가지였다. 취조 때의 분노는 어느새 가라앉았고, 이제 인터넷 댓글이나 추적하는 일에서 영영 해방되리라는 감격에 젖어들었다. 이건 조폭 나부랭이를 잡는 정도의 일이 아니었다. 서슬 퍼런 장군과 국회의원과 재벌 총수의 손목에 수갑을 채우는 일인 것이다. 그에게 쏟아질 스포트라이트가 곧 눈앞에 펼쳐질 판이었다. 이제 좀 살맛나겠군. 조 경감이 혼잣말을 했다.

장 기자가 보다 구체적인 진술을 확보하기 위해 다시 세세한 질문들을 던지기 시작했다. 윤리의식과 실력은 별 관련이 없었다. 그의 취재 능력은 탁월했다. 조 경감의 취조 능력도 업계에서는 알아주는 손 쳤지만, 이 좁은 컨테이너 박스 안에서는 장 기자의 실력을 인정하지 않을 수 없었고, 그래서 결국 좋은 게 좋은 거지 하는 마음으로 전권을 양보하고 있었다. 틀 잡힌 특종기사가 장 기자의 손에서 서서히 완성되어 가고 있었다.

그와 그녀의 약속

"그런데 어떻게 여기 계신 거예요? 호준 씨도 여길 벗어나지 못했던 건가요? 아님……."

갑자기 연지가 호준에게 물었다. 호준은 운전하랴, 연지 옆에서 버젓이 한자리를 차지한 마리아의 동태를 살피랴 정신이 없었기 때문에 연지가 불쑥 던진 질문에 순간적으로 당황했다.

"아, 뭐. 그건 아닌데. 솔직히…… 연지 씨가 걱정이 돼서요."

"그럼, 저 때문에 이런 위험을 자초하셨단 말이에요?"

"위험이라뇨? 아니에요. 진짜 제게 두려웠던 건……."

호준이 다음 말을 이어도 될지, 이게 적절한 타이밍이라고 할 수 있을지 확신이 서지 않아 잠시 망설였다. 하지만 자신을 믿음직스럽게 바라보는 연지의 표정을 보고 용기를 냈다.

"다시는 연지 씨를 만나지 못할지도 모른다는 사실이었습니다."

이미 지하실에서 자신을 구해준 일과 박사와의 일전을 불사하던 모습을 통해 호준에게 강한 신뢰감을 느끼고 있던 연지로서는 호준의 그 느끼한 멘트가 몰아지경의 감동으로 몰아가는 데 결정적인 방점이 되었다. 그녀가 어릴 때부터 꿈꾸어오던 백마 탄 왕자의 환상이 실현되고 있었던 것이다.

"고마워요. 정말. 마음 같아서는…… 키스라도 해주고 싶은 심정이에요." 그녀의 소녀 같은 취향이 또 튀어나왔다.

"말만 들어도 설레는군요." 왕자가 젠틀하게 대답했다.

자신감을 이백 프로 회복한 호준은 이제 맞장구를 칠 용기까지 생겼다. 하지만 연지의 표정은 이내 어두워졌다.

"그래도 그럴 순 없을 것 같아요. 제가 이렇게 되어 버렸으니까요."

"이렇게, 라니요? 연지 씨는 여전히 아름답습니다. 아무 문제없을 거예요. 제가 지켜드릴게요."

그녀가 호준의 호언장담에 수줍은 미소를 띠었다. 하지만 표정은 여전히 쓸쓸했다.

"부디 그랬으면……. 하지만 뭔가 달라진 건 사실이에요. 제 몸속엔 이미 좀비 균이 들어갔고, 그게 언제 어떤 식으로 반응할지 아무도 알 수 없잖아요. 마리아만 해도 그래요. 처음 만났을 때는 무섭기만 했는데, 지금은 마치 오래전에 잃어버린 쌍둥이 동생을 만난 기분이에요."

연지는 마리아를 보며 말했다. 마리아도 마치 듀엣가수가 호흡을 맞추듯 고개를 돌려 화답했다. 하지만 호준에게는 여전히 텅 빈 눈동자와 반쯤 벌어진 입술, 그리고 풍만한 몸매를 가진 좀비로 보일 뿐이었다.

"원래 마리아는 식물인간 상태였대요. 불쌍하게도. 좀비 균이 들어가 움직이는 생명체가 된 거죠. 마리아는 살아 있는 걸까요, 아니면 그저 외피만 그럴싸하게 갖춘 봉제인형에 불과한 걸까요? 마리아는 지금 무언가를 생각하고 있을까요?"

"연지 씨는 그 여자와는 다릅니다. 연지 씨는 식물인간도 아니고 의식을 상실하지도 않았어요. 연지 씨는 생각도 할 수 있고 사랑도 느낄 수도 있습니다. 연지 씨는 그냥 연지 씨일 뿐이에요. 몸에 이물질이 조금 들어가 있을 뿐이죠. 곧 다시 빼내게 될 겁니다."

"모르겠어요. 제가 마리아처럼 되지 말라는 법은 없잖아요. 제가 인간으로서의 의식을 완전히 잃고 나면요, 그럼 고통스러울까요? 어쩌면 마리아처럼 더할 나위 없는 평온의 상태에 들어갈 수도 있겠죠. 도대체 지금의 나는 뭐죠? 인간인가요? 좀비인가요? 살아 있긴 한 걸까요? 인형이 되어가는 중일까요? 저는 호준 씨와 사람들이 반가워요. 하지만 전 이제 좀비들도 무섭지 않아요. 솔직히 말하면 친근감을 느끼기 시작했다고 할까요. 나, 좀비가 되어가고 있는 걸지도 몰라요. 의식이 없었던 마리아보다 조금 더 시간이 주어졌을 뿐인지도. 두려워요. 호준 씨도 조심하세요. 제가 좀비가 될 수도 있으니까요. 만약…… 그런 일이 벌어진다면, 절 꼭 죽여줘요. 마리아도 함께요. 좀비의 모체가 되어 누군가의 손을 전전하고 싶진 않아요. 사람들을 위협하면서 말이죠."

"그런 말은 하지 말아요!"

호준은 정말 연지가 당장이라도 그렇게 될까봐 두려운 나머지 버럭 소리를 질렀다.

"미안해요. 소릴 질러서. 하지만 제가 그렇게 되도록 내버려두지 않을 겁니다. 곧 여기를 벗어나게 될 테고, 그럼 바로 병원으로 가서 그 망할 놈의 좀비 균들을 끄집어내자구요."

"수십 년의 연구 끝에 탄생한 균이래요. 미치광이이긴 하지만 천재이기도 한 사람이죠. 그런 사람이 일생을 걸어 만들어낸 결과물이라구요. 아무나 다룰 수 있는 게 아닐 거예요."

"포기하긴 일러요. 일단 여기만 벗어나면 어떻게든 저 미치광이 박사가 연지 씨를 말끔히 치료해놓도록 만들겠어요. 그러니까 더 이상 그런 말도 안 되는 생각은 하지 말아요."

연지는 잠시 뭔가 생각하는 듯 뜸을 들이다 말을 이었다.

"그러고 보면 마리아와 전 확실한 공통점이 하나 있군요."

"예? 또 뭐죠?"

"사랑받는 존재라는 거요."

호준이 쑥스러워 아무런 대꾸도 하지 못했다. 연지가 말을 이었다.

"박사는 미치광이일지 모르지만, 적어도 마리아만은 진심으로 사랑했나 봐요. 그래서 성공적인 미래를 집어던진 거잖아요. 불쌍하게도 마리아가 그 사랑에 진심으로 호응할 순 없었겠지만. 하지만 박사의 사랑 덕분에 마리아는 생체실험실에서 해부당하는 대신 여기 앉아 있을 수 있는 거니까요. 박사의 말이 맞을지도 몰라요. 박사에게는 마리아가, 마리아에게는 박사가 전부였을 거예요. 어찌 보면 참 불쌍한 사람들이에요."

"어쨌든 저 미치광이 때문에 연지 씨가 이런 고초를 겪게 된 거예요. 연지 씨를 치료하고 나면 그냥 두지 않을 겁니다."

그녀는 그저 가만히 있었다. 잠시 침묵이 흘렀다. 앞 유리창마저 깡그리 박살난 데다 컨테이너 박스의 잠금장치까지 파손된 택배트럭은 이제 더 이상 물품 운송 차량으로서의 기능을 자신할 수 없는 상태에 처해 있었다. 그럼에도 불구하고 트럭은 여덟 명의 사람과 하나의 좀비를 안전하게 실어 나르며 마지막 불꽃을 태우고 있었다. 모체가 둘이나 탑승한 덕인지 좀비들은 트럭을 보면 곧 움츠러들었고, 느릿느릿 길을 터주었다.

호준은 하도 봐서 그런지 이젠 좀비들이 징그럽게 느껴지지도 않았다. 게다가 움츠러드는 꼴이 하도 요상해서 귀엽기까지 했다. 좀비 캐릭터 사업이라도 벌여볼까, 하는 한가한 생각까지 머릿속을 스쳐갔을 정도였다.

잠시 후 연지가 다시 입을 열었다.

"호준 씨. 하나만 약속해줄래요?"

"뭘요?"

"뭐든지요."

"예?"

"뭐든지 들어주기로 약속해줄래요?"

"글쎄요. 들어주지 못할 약속이 아니라면 들어주죠."

"여기서 벗어나서 제가 완전히 치료가 된다면, 저랑 사귈래요?"

또 무슨 두려운 소리를 하려나 싶어 잔뜩 긴장했던 호준은 만면에 미소를 띠며 그 어느 때보다도 활기찬 목소리로 대답했다.

"물론이죠. 제가 먼저 말하려고 했었는데. 면목 없군요."

"좋아요. 그럼 하나만 더 약속해줘요."

"뭐든지요?"

"뭐든지."

"그러죠."

"제가 만에 하나 치료가 되지 않거나 좀비로 변해버린다면, 미련 없이 저를 버리세요."

"왜 자꾸 그런 말을……."

"만에 하나, 만에 하나 말이에요. 저는 호준 씨가 정말 좋은 사람이라고 믿어요. 절 잘 모르는데도 목숨까지 걸어주셨잖아요. 저도 정말 호준 씨가 맘에 들어요. 하지만 만에 하나, 정말 그러길 원치 않지만, 만에 하나라도 문제가 생긴다면 말이에요, 절 괴물로 살아가게 내버려두진 말아요."

"절대로 그런 일은 벌어지지 않을 겁니다."

호준은 그녀가 유언이라도 남기는 것 같아 불안했다. 그 생고생을 해서 겨우 되찾은 여잔데, 벌써 죽음 타령이라니.

"제가 좀비로 변하면, 어차피 전 더 이상 연지가 아니라는 걸 잊지 말아요. 그냥 좀비들의 모체, 여기 마리아처럼 극도로 위험한 괴물에 불과하니까요. 저도 제 몸이 다른 사람의 생명을 위협하게 되길 원치 않아요. 그리고……."

호준은 여전히 고개만 절레절레 흔들고 있었다.

"호준 씨가 저 박사처럼 무모한 짓을 저지르는 걸 원치 않아요. 제발 약속해줘요."

"그럴 순……."

“제발요. 제 맘을 편하게 해주세요. 부탁드릴게요.”

다시 차체에 침묵이 흘렀다. 세차게 내리던 비도 부슬부슬 잦아들고 오슬오슬한 한기가 차체를 타고 유유히 흐르고 있었다. 그동안에도 연지의 간절한 눈길은 호준의 얼굴에서 떠나지 않았다. 마침내 호준이 땅이 꺼져라 한숨을 내쉰 다음 대답했다.

“저는 저 미치광이처럼 행동하진 않을 거예요. 약속할게요. 하지만 절대로 그런 일이 일어나지 않도록 무슨 수를 써서라도 연지 씨를 지킬 겁니다. 반드시요.”

“좋아요. 약속한 거예요, 우리. 여기 마리아가 증인이로군요.”

“저 여자가 알아듣기나 하겠어요?”

“중요한 건 분명히 약속했다는 거예요. 저 꼭 정상으로 돌아오고 싶어요. 그래서 진짜 행복하게 살 거예요.”

“분명히 그렇게 될 겁니다. 제가 도울게요.”

“호준 씨는 정말 좋은 사람이에요.”

호준이 만면에 미소를 띠며 핸들을 꺾었다. 이제 한 20분 정도면 폐쇄지역의 경계에 도달하게 될 것이다. 좀비들이 모체를 쫓아 몰려들지만 않았더라면 더 빨리 도착했을 텐데. 마치 경호원을 거느리고 달리는 관용차 같은 느낌이었다. 관용차라고 하기에는 너무 망신창이였지만. 게다가 경계지역을 벗어나는 과정에서 다시 한 번 총격전이 벌어지지 않으리라 장담할 순 없었다. 군인들도 냇물을 흐린 미꾸라지 일당에게 분노가 이만저만이 아닐 테니 말이다. 하지만 좀비 호위대는 유용한 방패막이가 될 수도 있었다.

그래, 다 잘될 거야. 호준이 스스로에게 용기를 북돋웠다.

다음 순간 서서히 개기 시작하던 하늘로부터 후두둑 후두둑, 하는 거센 빗방울 소리가 들려왔다. 하지만 빗방울은 아니었다. 깨진 유리창으로 빗물이 스며들지 않았으니까. 그건 훨씬 더 큰 소리였고, 점점 더 가까이 다가오고 있었다. 호준이 고개를 숙여 하늘을 올려다보았다. 거기에는 군용 헬기가 떠 있었다. 토끼를 향해 날카로운 발톱을 세우고 돌진하는 한 마리의 매처럼. 헬기 발걸이에 강인한 인상을 가진 사내 하나가 발을 내밀고 있었다.

가죽 지퍼로 채워진, 반지르르 윤기 나는 군화의 주인은 장군이었다.

헬기 vs 트럭

호준은 재빨리 차를 틀었다. 연지와 마리아의 몸이 일제히 기울어 호준과 살이 맞닿았다.

"무슨 일이죠?"

연지가 호준의 팔에서 몸을 일으켜 세우며 물었다. 하지만 답을 들을 것도 없었다. 그녀의 귀에도 모든 것을 쓸어버릴 듯 쏟아지는 프로펠러의 강한 음향이 들렸기 때문이다. 헬기 하나가 트럭에 근접 비행을 하며 다가왔다. 헬기에는 의원의 추궁에 더 이상 본부를 지키고만 있을 수 없게 된 장군이 직접 탑승하고 있었다. 하지만 장군은 마지막 순간까지도 박사와 마리아에 대한 미련을 버릴 수 없었다. 트럭이 헬기의 속사포 공격으로 벌집이 되지 않은 건 순전히 모체 회수에 대한 장군의 미련 덕분이었다.

"꽉 잡아요. 다시 질주가 시작될 테니."

연지가 다급하게 마리아의 몸에 벨트를 매주고는 자신의 허리에도 둘렀다. 하지만 벨트는 이미 너덜너덜해진 상태였다. 창이나 문이나 하나같이 심하게 파손된 상태라 여차하면 그대로 튕겨나갈 가능성도 있었다.

총구를 밖으로 빼든 군인들의 발이 지네발처럼 헬기 몸통 밖으로 삐져나왔다. 위치만 확보되면 차체 위로 강하할 준비를 하는 것이었다. 심지어는 장군도 뛰어내릴 채비를 갖추었다. 장군은 출동 직전에 또 한 번 의원에게 심하게 닦달당한 나머지 독이 오를 대로 올라 있었다. 항상 자기 머리 꼭대기에 올라타 마치 수족 부리듯 하는 의원에 대한 분노가 차마 당사자에게는 향하지 못하고 대신 이런 상황에까지 이르게 한 택배 트럭에 집중되었다. 마리아와 박사만 끌어내면 아주 통째로 달나라로 보내주마. 특히 요리조리 쥐새끼마냥 잘도 빠져나가는 저 얄미운 운전사 놈만큼은 내 친히 대갈통에 총알을 박아주리라. 장군의 각오는 결연했다.

장군의 단호한 태도는 부하들에게도 그대로 전염되었다. 부하들은 본능적으로 깨닫고 있었다. 지금 당장의 문제는 좀비가 아니라는 걸, 여차하면 장군에게 총 맞아 죽게 생겼다는 걸. 그것이 좀비들에게 둘러싸인 트럭 위로 기꺼이 뛰어내릴 용기를 주었다. 헬기는 곧 저공비행을 시도했고, 아슬아슬하게 건물들을 피해가며 사다리 줄을 내렸다. 군인 하나가 위태위태하게 발을 내디디며 사다리를 타고 내려오기 시작했다. 트럭이 방향을 선회할 때마다, 헬기도 방향을 틀어야 했고, 그럴 때마다 사다리에 대롱대롱 매달린 군인도 허공에서 오르내림을 거듭해야 했지만, 워낙 훈련이 잘된 탓인지 눈 하나 껌뻑하지 않았다. 마치 완벽하게 프로그래밍 된 사이보그 같았다.

연지는 차체의 흔들림에 몸을 가누지 못하며 호준에게 물었다.

"피할 수 있을까요?"

"해봐야죠. 비겁하게 헬기로 나오다니, 이거 원……."

"그냥 총으로 쏴버릴 수도 있을 텐데, 왜 그러지 않는 걸까요?"

"아마 저 여자 때문이겠죠. 결국 저 여잘 차지하려고 이 모든 일이 벌어진 거니까."

호준이 고갯짓으로 마리아를 가리키며 핸들을 또 한 번 확 꺾었다.

"그럼 마리아와 박사만 내보내면 우릴 보내줄까요?" 연지가 마리아와 함께 차체 구석으로 찌그러졌다 다시 올라오며 물었다. 하지만 박사는 몰라도 마리아를 보내는 건 전혀 내키지 않았다.

"모든 비밀을 알게 된 이상, 우리를 그냥 순순히 보내주겠어요? 게다가 연지 씨 몸에 이상한 걸 집어넣어 놨는데. 아마 마리아와 박사만 되찾으면 우릴 바로 날려버릴 걸요."

"그럼 어쩌죠?"

"일단 싸울 준비를 해야죠."

호준이 말을 맺자마자 좌측 백미러를 주먹으로 냅다 후려쳤다. 백미러가 뿌드득 소리를 내며 정해진 반경을 넘어선 각도로 꺾였다. 백미러는 이제 하늘을 비추고 있었고, 백미러가 포착한 하늘을 거대한 수송 헬기가 메우고 있었다.

"헬기와의 싸움이라, 이런 경우는 또 처음이군요."

"지금 새롭지 않은 일이 뭐가 있겠어요?"

"하긴 그렇군요."

호준이 다시 백미러를 살피자 서서히 고도를 낮춘 헬기에서 사다리를 타고 군인 하나가 뛰어내릴 준비를 하고 있었다.

"흥, 내가 태워줄 것 같아?" 호준이 혼잣말을 하며 속력을 줄였다.

오, 이게 웬 떡이냐는 심정으로 대원이 속도가 줄어든 택배트럭 위로 뛰어내렸다. 쿵, 하는 거친 소리가 차체를 울렸다. 그 소리를 신호 삼아 호준이 냅다 액셀을 밟았다. 호위병처럼 주변을 따라 움직이던 좀비 몇이 트럭의 급발진을 피하지 못하고 그대로 치여 으깨졌다. 차체의 급격한 움직임에 대원이 훈련받은 대로 압착기를 부착하기도 전에 차체에서 튕겨나갔다. 마치 모선과의 연결선이 끊어져버린 우주인처럼 360도로 회전하며 좀비들 사이에 내던져졌다. 호준의 귀에 군인의 단말마 소리가 스친 듯했다.

장군은 방금 대원 하나를 잃었음에도 눈 하나 깜박하지 않았다. 망설일 틈이 없었다. 곧 폐쇄지역을 벗어날 판국이었다. 장군이 총을 꺼내들고 겨누며 부하들에게 강하를 강요했다. 위에는 눈에 쌍심지를 켠 장군, 아래에는 괴기하기 짝이 없는 좀비 무리들. 진퇴양난의 상황에서도 몸에 밴 복종의 미덕 때문에 장군의 명령이 우선했다. 곧 다음 대원이 강하했고, 그가 내려서면 그 다음 대원이, 또 그 다음 대원이, 하는 식으로 차례차례 트럭 위로 뛰어내렸다. 자살특공대가 달리 없었다. 초반에 뛰어내린 대원들의 대다수는 호준의 기술적인 운전 실력 덕분에 뭔가를 해보기도 전에 그대로 튕겨나가 좀비들의 먹잇감이 되고 말았다. 호준은 그들이 발도 내딛지 못하도록 속력을 내고 싶었지만, 모체를 보호하려는 일념으로 무작정 몰려드는 좀비들 때문에 그럴 수도 없었다.

결국 열네 번째 강하한 대원이 트럭에 안착하자마자 대자로 엎드리며 압착기를 밀착시켜 몸을 고정시키는 데 성공했다. 그러자 다음 대원이 그 대원을 붙들고 늘어지며 차체에 들러붙었고, 그런 식으로 네댓 명의 대원들이 순식간에 차체에 매달렸다. 그들은 그간 수없이 훈련해온 대로 압착기를 뻗어 한 뼘씩 한 뼘씩 운전석을 향해 전진했다. 한 대원이 차체 앞머리까지 다가와 총구를 겨누었다. 총구는 정확하게 연지의 머리를 향해 있었다. 호준으로서도 더 이상 어떻게 해볼 도리가 없었다. 이젠 눈 딱 감고 죽는 수밖에.

그때 연지가 소리를 질렀다.

"저리 가버려! 이 살인마들!"

다음 순간 정말로 대원의 몸이 뒤로 훌러덩 나가떨어졌다. 좀비 하나가 차체로 뛰어올라 대원 하나를 붙잡더니 끌고 뛰어내렸다. 곧 트럭 옆에서 늘어서서 쫓아오던 좀비들이 정말로 호위병으로 변해 차체에 들러붙은 대원들과 사투를 벌이기 시작했다. 주변의 옥상에서 뛰어내린 좀비들까지 가세해, 자리도 제대로 잡지 못한 대원들의 목덜미를 물어뜯었다. 장군의 독촉에 떠밀려 연달아 내려오던 대원들은 차체에 발도 딛기 전에 좀비들의 무시무시한 이빨들을 마주해야 했다.

호준이 소리쳤다.

"명령을 내려요, 명령을!"

"예?"

"모르겠어요? 지금은 연지 씨가 지휘관이에요. 좀비들이 연지 씨의 지시를 따르고 있단 말입니다!"

"아!"

연지가 문득 깨달음을 얻은 선승처럼 나지막한 탄성을 내질렀다.

"하지만 난 지시를 내리는 방법을 모르는데요."

"그냥 아무거라도 해봐요."

연지가 잠시 망설이는 듯하더니, 밑져야 본전이라는 셈으로 손가락을 뻗어 하늘의 헬기를 가리키며 소리쳤다.

"나쁜 놈들!"

이런 상황에서 너무 순진한 일성이었나, 하고 연지가 민망함을 느끼려는 찰나, 정말 지시받은 민첩한 군대처럼 좀비들이 차체에 기어올라 그 기세로 뛰어오르기 시작했다. 완전히 일그러진 육체들의 비상은 하강을 하려던 대원들의 기를 팍 꺾어놓았다. 하지만 뛰어내려야 할 차례에 주춤주춤하던 대원은 곧 머리통에 구멍이 나서 좀비 무리에게 헌납되었다. 장군이 지체 없이 방아쇠를 당겨버린 것이었다. 남은 대원들은 이제 울며 겨자 먹기로 뛰어내려야만 했다. 뛰어내리는 대원들과 뛰어오르는 좀비들이 공중에서 맞부딪쳐 바닥으로 나동그라졌다.

장군은 부아가 머리끝까지 치밀어 오른 탓에 올바른 판단을 내릴 이성이 전혀 남아 있지 않았다. 그는 그저 빨리 빨리, 만 외쳐대고 있었다. 꼭 보이스 기능을 갖춘 피규어 같았다. 전세는 완전히 역전되었다. 장군의 훈련받은 특수수색대원들보다 연지의 지시를 받는 좀비들이 보여주는 충성도가 훨씬 컸다. 장군은 비로소 그가 그토록 바랐던 실전 상황이 주는 공포에 대해 자각하기 시작했다. 그가 멍하니 전장의 비참한 패배

상황을 지켜보던 바로 그 순간 헬기 조종사가 다급하게 소리쳤다.

"장군님, 빨리 사다리를 내다버리십시오. 놈들이 사다리에 들러붙었습니다."

그제야 번뜩 정신이 든 장군이 헬기에서 늘어뜨려 놓은 사다리를 내려다보았다. 좀비의 흉악한 얼굴이 보였다. 꼽지 않는 손가락을 사다리 줄에 완전히 틀어 맨 채로 대롱대롱 매달려 있었다. 곧 두 번째 좀비가 들러붙었고, 첫 번째 좀비의 등을 타고 기어오르기 시작했다. 아까 대원들이 트럭으로 하강할 때처럼, 이번엔 좀비들이 헬기로 상승하고 있었다.

"장군님, 어서요. 헬기가 무게를 느낍니다."

장군이 바로 앞에 놓인 사다리를 밀어내버렸다. 파리끈끈이에 들러붙은 파리 떼처럼 사다리에 얼기설기 붙어있던 좀비들이 한꺼번에 바닥으로 추락해 으깨졌다.

"저공비행은 포기한다. 더 이상 안 되겠어. 다 폭발시켜야겠어. 본부에 연락해서 싹쓸이할 준비하라고 해."

"옛."

부조종사가 잽싸게 본부에 통신을 연결하는 사이, 조종사는 이제야 살았다는 안도감으로 재빨리 헬기의 고도를 높이기 시작했다. 그는 진작부터 이 아수라장을 떠나고 싶었던 것이다. 하지만 그가 헬기를 안정권으로 띄워 올리기도 전에 건물 옥상에서 점핑한 좀비 하나가 창에 착 달라붙었다. 손에 본드라도 처발랐는지, 압착기도 없이 창에 바싹 들러붙은 좀비의 면상에 조종사들이 크게 당황했다.

"이봐, 뭐하는 거야? 똑바로 몰라고." 장군이 소리쳤다.

"앞에 좀비가 붙어서 시야가 확보되지 않습니다."

"이런 젠장!"

이성을 잃은 장군이 냅다 창을 향해 총을 갈겼다. 그러나 총알은 방탄 유리에 맞아 파산되었고, 파편 하나가 조종사의 머리에 들어가 박혔다. 헬기가 방향을 잃고 헤매기 시작했다. 부조종사가 소리쳤다.

"장군님, 뛰어내리셔야겠습니다."

"이런 젠장."

장군은 이제야 좀비와 헬기 사이에서 망설이던 부하들의 심정을 알 것 같았다. 하지만 때는 늦었다. 이미 헬기가 추락하고 있었다. 부조종사는 폭격암호까지 송신한 상태였다. 젠장. 이 모든 게 어디서부터 잘못된 거지. 장군은 뒤늦은 후회 대신, 평생을 군인으로 살아온 사람으로서의 자존심을 택했다. 헬기가 추락하며 고도가 낮아지자 그가 트럭 위로 뛰어내렸다. 부조종사는 좀비들의 밥이 되느니 헬기와 함께 산화하리라는 마음으로 눈을 감았다.

장군은 그래도 장군이었다. 좀비들에게 물어뜯기기 전에 선수를 쳤다. 그는 차체에 몸을 세우기 전에 총을 마구잡이로 갈겨댔다. 그의 성능 좋은 총과 30년 군 생활 동안 갈고 닦기를 한시도 게을리 하지 않은 사격 실력이 빛을 발했다. 좀비들이 우후죽순처럼 쓰러져나갔다. 그에게는 이제 이판사판이었다. 운전사 놈이라도 죽이고 간다. 장군이 이미 좀비가 되어버린 부하들이 차체에 붙여놓은 압착기들을 붙잡고 차가 다시 흔들리기 전에 잽싸게 차량의 앞머리로 나아갔다. 때마침 다른 헬기들이 쫓아와 차체에 오르려는 좀비들에게 사격을 가했다. 장군의 눈에 기겁한 여자와 마리아, 그리고 망할 놈의 운전사가 보였다. 그가 압착기로 한쪽 다리를 고정시킨 다음, 뛰어올라오는 좀비들을 총알로 튕겨내고 호준의 정수리를 겨누었다.

컨테이너 박스의 대혈투

　트럭의 현란한 춤사위에는 이미 익숙해질 대로 익숙해진 일행들이었지만, 모든 것이 순조롭게 마무리되리라 믿으며 방심하던 차에 기습적으로 찾아온 혼란은 모두를 긴장시키기에 충분했다. 정 사장은 이제 구역질하는 것도 지친 상태였다.

　"아, 또 뭐지? 정말 자살이라도 하고 싶네."

　"조용히 해보시오! 이건……."

　조 경감이 쏠리는 몸을 가누지 못하고 컨테이너 벽에 머리를 찧으면서 말을 이었다.

　"프로펠러가 돌아가는 소리야! 놈들이 우릴 날려버릴 모양인데!"

　콜걸이 반대쪽에서 밀려와 조 경감의 몸과 포개지면서 물었다.

　"우린 어떻게 되는 거예요?"

　"나도 모르지. 이게 다 저놈 때문이오."

조 경감이 이를 뿌드득 갈며 박사를 쳐다보았다. 박사는 모든 것을 체념한 듯, 차체의 흔들림에 유연하게 몸을 맡기고 있을 뿐이었다.

"이거 반드시 기사가 나가야 되는데……."

장 기자도 한몫 거들었다. 이제 막 일생일대의 초대형 특종을 잡았는데, 이대로 소실해버린다면 너무 안타까운 일이었다. 게다가 공금횡령건도 완벽하게 처리 못했는데, 허망하게 죽어버리면 자신에게 남는 건 불명예뿐일 터였다. 가족들에게 할 짓이 아니었다.

저마다 한두 마디씩 떠들어댔지만, 딱히 해법이 없었다. 잠자코 있는 것은 최 경위뿐이었다. 아니, 그것도 아주 잠시 동안뿐이었다. 곧 최 경위에게 심각한 변화가 초래되었기 때문이다. 아까 수갑을 채우다 흠칫 놀란 마리아에게 손목을 깊이 긁혔던 것이다. 최 경위는 컨테이너 박스에 다시 올라탔을 때부터 몸에 이상이 있다는 것을 감지했다. 하지만 차마 자기가 좀비에게 당했고, 이제 곧 좀비가 될 예정이라고는 말할 수 없었다. 그럼 아직 인간으로서의 자각이 있을 동안 머리통에 구멍이 나버릴 테니까. 그는 박사에게 모두의 시선이 집중된 취조의 시간에 구석에 쪼그리고 앉아 곧 벌어질 일에 대한 두려움에 떨며 생의 마지막 순간을 정리하고 있었던 것이다.

그리고 가뜩이나 혼란스러운 바로 이 순간, 그의 인간으로서의 자각이 완전히 의식 뒤로 사라져버렸다. 그의 몸이 갑자기 바람 빠진 타이어처럼 움푹 패더니 사방에서 기포 같은 것이 일어 몸을 까뒤집기 시작했다. 바로 맞은편에 앉아 있던 콜걸이 날카로운 비명을 질렀다.

"까악. 이 사람 좀비가 되고 있어요!"

모두의 시선이 일제히 최 경위에게로 향했다. 그는 이미 피에 굶주린 좀비로 변해 있었다. 문제는 차가 회전과 정차와 급출발을 반복하고 있어 컨테이너 박스 안의 누구도 자신의 몸을 주체할 수 없다는 데 있었다. 정 사장이 차체에 흔들림을 이기지 못하고 좀비에게로 밀려갔지만, 다음 순간 차가 반대쪽으로 핸들을 꺾는 바람에 최 경위의 일그러진 손아귀를 간신히 피할 수 있었다. 조 경감이 상사로서의 위신을 드러내며 냅다 소리쳤다.

"이 멍청한 친구야, 어쩌다가 이렇게 된 거야?"

최 경위가 대답해줄리 만무했다. 좀비가 된 최 경위에게 그런 위계의 속박 따윈 더 이상 아무것도 아니었다. 최 경위의 눈에 조 경감은 그저 탐스럽고 다소 포악한 먹잇감에 불과했다. 좀비가 입을 쩍 벌리며 포효했다. 차체가 움직일 때마다, 한 번은 정 사장이, 한 번은 콜걸이, 한 번은 장 기자가, 한 번은 조 경감이, 한 번은 박사가, 하는 식으로 차례대로 비명을 지르며 아슬아슬하게 좀비의 공격을 피해내야 했다. 마치 시한폭탄을 서로에게 떠넘기듯이.

마침내 조 경감이 총을 뽑았다. 그래도 지금까지 부려온 부하 직원이었기에 미적지근한 마음이 남아 있었지만, 더 이상 방치했다가는 모두 죽을 판이었다. 누가 하나 더 물리기만 해도 이 좁은 공간에 좀비가 반이나 들어차는 셈이었다. 그럼 끝장이었다.

"미안하다, 최 경위. 자네 가족들에게는 내가 잘 말해줄게."

알아듣지도 못할 최 경위에게 상사로서 해줄 수 있는 최선의 위로를 건넨 다음, 조 경감은 최 경위를 향해 총을 겨누었다. 일단 해야 할 조치는 다 취했다고 생각하자, 최 경위가 더 이상 부하로 보이지 않았다. 당장 목을 날려야 할 좀비들 가운데 하나였을 뿐이었다. 문제는 몸도 가누지 못하는 판에 총을 겨누기는 더 쉽지 않다는 점이었다. 조 경감이 조준을 한다 싶으면 어느새 몸도 대상도 쏠려서 흔들렸다. 여차하면 엉뚱한 사람이 맞을 수도 있었고, 좁은 컨테이너 박스 안에서 총알 파편이 어디로 튈지도 알 수 없었다. 그렇다고 기다릴 수도 없었다. 좀비의 날카로운 이빨과 손톱이 바로 지척에서 꼼지락대고 있었다.

몇 번의 움직임 끝에 마침내 조 경감의 총에서 불꽃이 튀었다. 총알은 잘빠진 유선형 몸체를 팽글팽글 돌려대며 질주했다. 하지만 좀비의 머리통을 목표로 날아간 총알은 좀비의 어깨 죽지만 관통했다. 좀비의 팔이 가뭄에 분열된 땅처럼 쩍 벌어지더니 툭 떨어졌다. 떨어진 후에도 누군가의 목을 움켜쥐려는 손놀림은 계속 반복되었다.

좀비는 하나 남은 팔로 조 경감을 향해 전진했다. 조 경감이 다급한 마음으로 재빨리 총을 쏘았는데 때마침 차체가 흔들려 총구가 컨테이너 박스의 천장을 향하고 말았다. 총구에서 튀어나온 총알이 천장에 맞은 다음 반동으로 튕겨 나와 맹렬한 기세로 정 사장의 정수리에 들어가 박혔다.

정 사장은 좀비 때문에 우왕좌왕하다가 전혀 예상치 못한 곳에서 찾아온 공격에 깜짝 놀라 눈이 동그래졌다. 이게 뭐지. 그가 충격을 받은 곳에 손을 갖다 댔다. 끈적끈적한 것이 손에 묻어나왔다. 정 사장은 자기 손에 묻은 것이 자신의 피라는 사실을 확인하기도 전에 뒤로 나자빠졌다. 쿵, 하고 컨테이너 박스의 바닥이 울렸다. 콜걸이 비명을 지르며 그에게로 달려갔다. 그래도 며칠 간 자기를 챙겨준 건 정 사장밖에 없었던 통에 그녀는 자신도 모르게 그에게 손님과 콜걸의 관계 이상의 감정을 느끼고 있었던 것이다. 하지만 그녀의 마지막 손길이 정 사장의 부릅뜬 눈에 닿기도 전에 차가 또 한 번 회전을 반복하면서 저만치 밀려나가 하필이면 좀비의 발치에 도달했다. 그녀가 몸을 바로잡기도 전에 좀비의 섬뜩한 손길이 목에 와 닿았다.

그리고 조 경감과 장 기자의 총이 동시에 불을 뿜었다. 서로 짠 것도 아닌데, 조 경감의 총알은 좀비가 되어버린 최 경위의 이마를, 장 기자의 총알은 콜걸의 가슴께를 정확하게 관통했다. 머리통을 상실한 좀비는 그대로 뻗어버렸다. 콜걸은 좀비에게 물리기도 전이었는데, 지레 겁먹은 장 기자의 총알 세례를 받고 자신의 마지막 고객을 따라 황천길에 들어서게 되었다. 그녀로서는 억울한 죽음이었지만, 장 기자는 자신이 신속한 판단을 내려 곧 벌어질 미연의 불상사를 방지한 것이라고 믿었기 때문에, 그녀의 죽음에 대해 그다지 애달파하지 않았다. 그에 비해 조 경감은 한 3분 정도 자신의 손으로 부하를 죽였다는 자책감에 빠져 있었다. 물론 3분 뒤 3분 전의 그로 돌아왔지만.

그렇게 한바탕 난리법석이 끝난 다음, 피와 살인으로 얼룩진 컨테이너 박스 안에 이젠 세 사람만이 망연자실한 표정으로 남아 있었다. 장 기자가 휴, 하는 한숨을 내쉬며 별 수 없는 일 아니냐는 의미로 어깨를 으쓱했다. 장 기자로서는 자신에게 가장 중요한 박사가 살아 있었으므로 그것만 해도 참 다행이란 생각을 하고 있었다.

하지만 너무 성급한 판단이었다. 갑자기 누군가가 그레코로만형 레슬

러처럼 돌진해 방심한 그를 바닥에 자빠뜨렸다. 박사였다. 다시 몸을 일으키는 박사의 손에 어느새 장 기자의 총이 들려 있었다. 그 총구는 도대체 이게 무슨, 이라는 말조차 끝내지 못한 조 경감의 가슴팍을 겨누고 있었다. 박사의 걸걸한 목소리가 좁은 컨테이너 박스 안을 울렸다.

"총 내려놔!"

하지만 조 경감은 재빨리 총을 들어올려 마주 겨누었다. 박사는 말 대신 그냥 방아쇠를 당겨버릴 걸 하는 후회가 일었다. 박사가 총구를 조 경감에게 향한 채 말했다. 그의 한쪽 발은 돼지처럼 납작 엎드린 장 기자의 뒤통수에 올라가 있었다.

"총 내리지 않으면 이 친구가 죽는다!"

조 경감은 조금도 위축되지 않았다.

"이 판국에 친구가 어디 있어, 친구가. 난 네놈을 잡아가는 게 가장 급선무야."

장 기자는 청천벽력 같은 조 경감의 말에 등골이 서늘했다. 박사가 발을 내리고 장 기자에게 명령했다.

"일어서서 내 앞에 서. 어서!"

총이 없는 장 기자는 조 경감처럼 호기를 부릴 여유가 전혀 없었다. 그는 냉큼 일어나 박사의 방패 역할을 기꺼이 감수했다.

박사가 천천히 뒤로 물러나 컨테이너 박스의 문을 발로 걷어차 열었다. 호위병처럼 들러붙었던 좀비들은 세 대의 헬기에서 마구잡이로 갈겨대는 기관소총에 콩 볶이듯 당하고 있었다. 헬기의 대원들은 장군이 누차 강조해온 덕에 박사의 인상착의를 확실히 알고 있었다. 생각보다

꾀죄죄한 몰골이었지만 박사의 백발과 풍채는 확연히 두드러진 것이었다. 박사는 온 힘을 실어 장 기자를 조 경감에게 떠밀었다. 장 기자가 그 큰 덩치로 조 경감을 와락 껴안아 시선을 가로막는 동안 박사는 잽싸게 뛰어올라 컨테이너 박스 위로 올라섰다. 좀비 몇이 따라올라 오려다 헬기의 조준 사격에 몸이 반 토막 났다.

박사는 헬기 사수의 지원을 등에 업고 차체를 엉금엉금 기어 앞으로 다가갔다. 차가 회전하면서 몸이 튕겨져 나갔지만 필사적으로 손을 뻗어 차의 측면에 들러붙었다. 그의 팔에 핏줄이 도드라지고 근육이 쩍 갈라졌다. 그가 총을 버리고 두 손으로 젖 먹던 힘까지 쥐어짜 다시 올라탄 다음, 포복 자세로 천천히 전진했다. 이번에도 차 지붕에 붙어 있던 압착기가 도움이 되었다. 박사의 시야에 장군의 모습이 들어왔다.

장군은 총을 뽑아 앞좌석의 승객들에게 난사를 가할 폼이었다. 오, 젠장, 거긴 마리아가 있단 말이야. 박사가 온 힘을 다해 몸을 밀어 앞으로 쑥 나갔다. 뒤늦게 조 경감이 컨테이너 박스 뒤로 목을 내밀었지만 곧 헬기의 공격을 받고 다시 컨테이너 박스에 몸을 숨길 수밖에 없었다.

"젠장, 다 잡은 토낀데, 놓치면 안 되는데. 안 그렇소?"

조 경감이 뭔가 대책이 없냐는 표정으로 장 기자를 쳐다보았다.

"일단 문이나 다시 닫아요. 좀비들이 뛰어오를 것 같으니까."

아니나 다를까 좀비 하나가 컨테이너 박스 안으로 뛰어오르려고 도약 자세를 취하고 있었다. 하지만 그놈이 도약하기 전에 조 경감이 먼저 문을 닫아 자신들을 유폐시켰다. 장 기자가 날카로운 눈매로 물었다.

"아, 진짜 이러기요? 정말 날 쐈으면 어쩔 뻔했소?"

장 기자는 자기 역시 방금 콜걸을 '정말' 쏘아 죽였다는 사실에 대해서는 전혀 기억하지 못했다.

그 사랑의 결말

장군은 압착기에 몸을 밀착시키고는 가까스로 버텨내고 있었다. 헬기가 지원사격을 해주고는 있었지만 필사적으로 뛰어오르는 좀비들은 끊이지 않았고, 호준의 곡예운전도 계속되었기 때문에 복수의 총구를 정확히 겨누긴 힘들었다. 하지만 그 모든 난점에도 불구하고, 자신의 원대한 계획을, 아니 이제는 자신의 인생 전체를 송두리째 어그러지게 만든 장본인들에 대한 장군의 분노는 엄청나서 포기할 의사가 전혀 없었다.

그는 마구잡이로 총을 갈겼다. 총알은 좌우로 심하게 움직이는 차체 때문에 한 번도 목표물을 정확하게 가격하진 못했지만, 빗맞아도 죽음을 부를 수 있는 총알의 난사는 호준과 연지에게 공포 그 자체였다. 오히려 그 부정확성이 가능한 동선까지 예측할 수 없게 만들어 더 곤욕스러웠다.

게다가 호준은 방금 또 다른 심각한 문제를 발견했다. 계기판의 연료

경고등에 붉은 색 점멸등이 들어온 것이다. 기름을 꽉 채워 들어왔는데도, 잠시도 차를 놀려두지 않은 탓에 벌써 기름이 바닥을 보이고 있었다.

"젠장, 유가도 못 잡는 정부가 이런 망할 짓거리에 돈을 퍼붓고 있었다니, 정말 분통이 터지는군요."

그 망할 정부가 호준의 비아냥대는 소리를 들었는지 장군의 총알로 대리 보복을 가했다. 총알이 후드를 강타했다. 여차하면 엔진이 터질 수도 있었다. 지난 3년간 분신처럼 아껴온 트럭이었다. 그에게는 단순한 운송 수단 이상의 친구였지만, 이제 전장의 망신창이로 내버려두고 떠나야 할 상황에 처해 있었다. 불쌍한 녀석, 제대로 대우 한 번 못 받고. 운수용으로 태어나 전쟁까지 치렀으니, 생명이 없는 차래도 참 불쌍하다는 생각이 들었다. 하지만 아무래도 차보다는 연지와 자신의 생명을 구하는 것이 급선무였다.

장군은 꼼지락대며 점점 더 가까이 다가오고 있었다. 그의 압착기가 이제 호준의 바로 머리 위 천장에 들러붙는 소리가 들렸다. 연지가 소리쳤다.

"저 사람을 공격할 무기 같은 게 없을까요?"

"솔직히 말하자면, 유일한 무기조차도 버려야 할 판이에요."

"예?"

호준이 대답 대신 손가락으로 연료경고등을 가리켰다. 연지가 말했다.

"큰일 났군요."

"큰일 났죠. 우선은 저 미친놈부터 어떻게 해야 할 것 같은데요."

　장군은 정말 제대로 광기에 치닫고 있었다. 명색이 사성장군인 자신이 왜 이런 우스꽝스러운 꼴을 하고 있어야 하는지 생각할 여유조차도 없었다. 분노로 인한 광기가 뇌의 한계를 이미 초과한 상태였다. 장군이 다시 운전석으로 총구를 겨누었다. 하지만 뒤에서 뭔가 둔탁한 것이 그를 덮쳤다. 장군은 좀비에게 물리나 싶어 심장이 철렁 내려앉았지만, 다음 순간 그것이 그가 그토록 찾아 헤매던 박사임을 알아챘다.

　"오, 파파. 이 미친 영감탱이. 당신 때문에 당신이나 나나 이게 무슨 꼴이오."

　"시끄럽소. 당장 그 총이나 치우시오."

　"좋소. 당신을 찾았으니 됐소. 뭐 다시 시작하면 되겠지. 헬기로 돌아갑시다. 이 망할 놈의 차를 완전히 날려버리자고."

　"싫소. 난 마리아와 갈 거요."

　장군은 기가 막혔다. 박사를 보고 가까스로 이성을 되찾은 장군은 꿩 대신 닭이라고, 박사라도 잡아가면 상황을 어느 정도 만회할 수 있으리란 생각이 들었다. 시간은 좀 더 걸리겠지만 결국엔 다 잘될 거라고 믿고 싶었다. 게다가 지금 그는 사성장군이었다. 두려울 건 의원의 꾸지람 뿐이었다. 그런데 이런 상황에 처하고도 이 철딱서니 없는 박사는 정신을 못 차리고 있는 것이다. 장군은 머리끝까지 화가 치밀었다.

　"난 당신을 강제로라도 끌고 갈 거요."

　"이 차에서 두 다리 펴고 설 수나 있으면 그리 해보시오."

　"좋소, 일단 당신이 내 등에서 잠시 비켜주시오."

　"그럴 순 없소. 당신이 무슨 짓을 할지 내가 어떻게 알겠소."

“이보시오. 우린 한편이오. 한 배를 탔다고.”

“당신이 마리아를 가로채가려는 순간부터 우리의 동맹은 끝난 거요.”

“이런 미치광이 영감탱이. 지금 당신 때문에 다 죽게 생겼는데, 아직도 마리아 타령이오?”

“내겐 마리아뿐이오.”

“흥, 좋소. 그럼 내가 직접 마리아에게서 떠날 수 있도록 만들어주지.”

“무슨 짓을 하려고…… 안 돼!”

박사가 소리를 질렀다. 장군이 총구를 마리아의 정수리를 향해 겨누고는 지체 없이 당겨버렸기 때문이었다. 하지만 이번에도 총알은 정확하게 틀어박히지 못하고 계기판 부근을 파손시키는 걸로 그쳤다. 차는 이미 엉망진창이었다. 기름도 없고 속도도 떨어지기 시작했다. 장군이 다시 총구를 겨누었다. 하지만 이번에는 방아쇠를 당기지 못했다. 박사의 해머 같은 주먹이 장군의 머리통을 쥐어박았기 때문이다. 유리한 위치를 선점한 박사의 주먹이 장군의 머리와 등과 옆구리와 허벅지를 사정없이 난타했다.

“이, 이 미친 영감탱이, 뭐 하는 짓이야!”

“누구든 마리아를 건드리면 그냥 두지 않아! 난 사랑을 위해 모든 것을 걸었어. 내가 누군지도 모를 수많은 사람의 목숨까지 걸었지. 당신 따위에게 내가 유약하게 당할 것 같은가?”

하지만 차에서 떨어지지 않으려면 박사도 한 손은 장군을 꽉 붙들고 있어야 했기 때문에 주먹의 파워는 생각만큼 강하지 못했다. 게다가 장군이 혹에 하나 한쪽 팔로 잡고 있는 압착기를 놓치기라도 하면 달리는 차에서 함께 나가떨어질 판이었다. 차에서 나가떨어져 몇 번 구르는 것쯤이야 아무것도 아닐 테지만, 허리를 툭툭 치며 힘겹게 몸을 일으키기도 전에 좀비들에게 목을 물어뜯길 것은 아무래도 끔찍했다. 박사는 명색이 좀비들의 창조자 아니던가.

장군도 고분고분하게 당하고 있지만은 않았다. 호준 때문에 서서히 잃어가던 이성을, 박사 때문에 완전히 내다버렸다. 동성애적 자세가 되는 것도 무릅쓰고 장군은 온갖 몸부림으로 박사를 밀어내려고 애썼다. 이젠 다 글렀다. 박사고 뭐고, 이 미친 영감탱이가 죽는 꼴을 봐야겠다, 장군은 그런 각오로 필사적으로 몸을 흔들었다. 하지만 위에서 내리누르고 찍어대는 박사가 아무래도 유리했다.

"이젠 정말 차를 버려야할 것 같군요."

호준이 말했다. 차는 이미 계기판의 속도를 따라잡지 못한 채 헐떡이고 있었다.

"좋아요. 꽉 잡아요. 마지막 저항이니까."

"예?"

연지가 충분히 상황을 인지하기도 전에 호준이 급브레이크를 밟았다. 갑작스런 정차로 관성을 이기지 못한 장군과 박사가 튕겨나가길 바라고 한 일이었다. 하지만 압착기에 악착같이 들러붙은 장군과 박사 대신 튕겨나간 건 마리아였다. 깨어진 유리창 너머로 마리아가 저만치 나가 떨어졌다.

다음 순간 박사가 장군의 몸에서 손을 뗀 다음 차에서 뛰어내려 마리아를 향해 돌진했다. 그와 동시에 일순간 모든 좀비들이 마리아를 향해 움직이기 시작했다. 호준이 소리쳤다.

"지금이에요. 지금 내려요!"

호준은 연지의 팔을 잡아끌며 차에서 내렸다. 간만에 밟아보는 지면이었다. 걷는다거나 달린다는 행위를 해낼 수 없을 것 같은 느낌이었다. 하지만 본능이 앞서 몸을 이끌었다. 그들은 컨테이너 박스에 일행이 있다는 생각조차 할 수 없었다. 일단 무조건 달아나고 볼 일이었다. 그들이 땅을 밟은 곳은 허물어진 대학 교정이었다.

"일단 저 건물로 들어가요. 들어가서 지하로 내려가는 겁니다. 뛰어요, 어서!"

"하지만 마리아가……."

"아무도 마리아를 해치진 못해요. 지금은 우릴 지켜야죠."

연지가 떨어지지 않는 발걸음을 억지로 옮겨 호준을 따랐다.

장군은 갑작스런 정차와 동시에 박사가 그의 몸을 디딤대 삼아 차에서 뛰어내리는 바람에, 순간적으로 허리가 끊어지는 줄 알았다. 욱신거리는 허리를 부여잡고 가까스로 몸을 추스르는 그의 시야에 호준과 연지가 대학 건물로 들어가는 모습이 보였다. 좀비들은 박사가 뛰어내린 곳을 향해 몰려들고 있었다. 그는 차체에 우뚝 서 헬기에게 좀비 무리를 가리키며 폭격지시를 내렸다. 박사는 이미 글렀다. 모든 것이 엉망진창이 되었고, 이제는 모든 걸 수습해야 할 시점이었다. 하지만 장군의 오기는 아직 끝나지 않았다. 그는 그 망할 놈의 운전사를 도무지 곱게 보내줄 수 없었다. 택배기사 따위가 감히 나를! 장군은 부하들에게 따라오라는 지시도 없이 차에서 훌쩍 뛰어내려 커플을 뒤쫓았다. 좀비들은 온

통 마리아에게만 정신이 쏠려 있어서 장군의 궤적에는 전혀 관심을 보이지 않았다.

차가 갑자기 멈춘 통에 컨테이너 박스의 마지막 생존자들인 장 기자와 조 경감도 심하게 머리를 찧었다. 사체들은 제멋대로 나뒹굴고 있었다.

"오, 제기랄. 이 망할 놈의 자식. 운전이 뭐 이따위야."

"무슨 일이 벌어진 거죠? 왜 차가 멈춘 겁니까?"

"내가 어떻게 알겠소?"

"젠장, 좀비들이 들이닥치지 않을까요?"

"총이나 잘 빼들고 있으시오. 문이 열리면 무조건 갈기는 거요."

그러나 문은 열리지 않았다. 좀비들은 더 이상 택배트럭 따위에 관심이 없었던 것이다. 어떤 종국을 예상한 것처럼 좀비들은 최초의 모체를 따라 운집하고 있었다. 마침내 조 경감과 장 기자가 컨테이너 박스의 문을 밀었다. 다리가 잘려나가 차마 동지들과 함께 하지 못한 좀비 하나가 머리를 쳐들었지만, 조 경감의 총이 좀비의 머리통을 놈의 다리처럼 화끈하게 날려버렸다.

"다들 어디 간 거지?"

"그건 모르겠지만, 운전석도 비었군요. 좀비들도 없고. 아니 다 저기 있군요."

장 기자가 차의 앞머리 너머를 가리켰다. 박사의 모습이 언뜻 보였다.

"박사가 세를 회복한 건 아니겠죠, 설마?"

"모르겠소. 하지만 저 헬기들이 곧 갈겨댈 것 같은데, 어서 여길 뜨는 게 좋겠소."

조 경감이 좀비 무리에게 접근하는 헬기를 가리키며 소리쳤다. 헬기에서조차 이 두 남자는 관심 밖이었다. 조 경감은 주위를 둘러보고, 폐쇄지역으로 진입했던 바로 그 대학 교정이라는 걸 알아보았다.

"아, 알겠다. 날 따라오시오. 대충 방향을 알겠소."

"운전사와 증인들은요? 그들이 있어야 제 기사에 무게가 실린단 말입니다."

"이봐, 지금 그게 문제요. 우린 군인들한테 걸리면 바로 총살이오, 총살. 특종이고 뭐고 일단 살아나가야 할 거 아니오."

하긴. 장 기자는 자기 목에 걸린 최 기자의 카메라를 꼭 껴안고 생각했다. 이걸로도 충분할 거야. 어쨌든 살고 보자. 그들 역시 대학 교정으로 뛰어들었다. 하지만 얼마 가지 않아 주변의 건물들이 피폭되어 부서져 내리기 시작했다. 조 경감은 연신 젠장, 이 망할 놈의 나라, 하고 구시렁댔다. 사실은 자신이 바로 그 망할 놈의 나라의 안녕을 지키는 일선 경찰이라는 생각은 잠시라도 떠오르지 않았다.

박사는 좀비 무리에게 순식간에 포위되었다. 마리아를 보고 미친 듯이 뛰어왔지만, 당장 자신의 피조물에게 목이 물어뜯길 상황에 처하고 말았다. 그는 그를 둘러싼 좀비들을 보았다. 아버지처럼 자애로운 마음이 일었다. 그래, 그래, 내 새끼들. 하지만 난 마리아가 보고 싶단다. 정말로 그녀가 보고 싶단다. 그녀 품에서 죽고 싶을 뿐이다. 정말로 모르겠니?

박사의 간절한 마음이 전달되었는지, 좀비들이 갑자기 길을 트기 시작했다. 그리고 그 길을 따라 여신처럼 마리아가 나타났다. 온몸에 아우라를 처바르고 은막의 스타처럼 찬란하게 빛을 내며. 박사는 황홀경에 빠져들었다.

"오, 마리아. 내 사랑. 날 기억하는구나. 네가 날 기억하고 있어!"

마리아가 다가와 박사를 품에 안았다. 마리아의 거대한 가슴에 박사의 머리가 푹 잠겼다. 그는 마냥 행복했다. 드디어 사랑이 생태적 본능을 극복한 것이다. 좀비에게 사랑이 전달되었다!

다음 순간 마리아의 날카로운 송곳니가 박사의 목덜미를 물었다. 칼날처럼 날카로운 물질이 그의 목을 찢어놓았지만, 사랑의 승리감에 도취된 박사는 마약이라도 댓 방 맞은 것처럼 황홀경에서 빠져나오지 못했다. 마지막 순간까지도 그는 마리아의 하나뿐인 가슴에 파묻혀 자신의 몸이 뒤틀리는 것조차 자각하지 못했다. 그렇게 무수한 사람들을 살상한 악역치고는 지극히 행복하고 평온한 죽음을 맞은 셈이었다. 아니 재탄생이라고 해야 옳았다. 자신의 피조물처럼 일그러진 몰골의 좀비로 다시 태어났으니. 마리아의 영원한 종으로. 어쩌면 그것이야말로 그가 가장 바랐던 일인지도 모른다.

마리아가 오랜 배고픔을 해갈하고 자리를 툭툭 털며 일어났다. 멍했던 눈이 살기로 번뜩였다. 입가로 피가 흐르고 박사의 목덜미 살점이 날카로운 송곳니에 너덜너덜하게 걸려 있었다. 자신이 여왕임을 자각한 것처럼 위풍당당하게 좀비들 한가운데 우뚝 섰다. 하지만 다음 순간 헬기에서 쏟아진 총알이 마리아의 윤기 나는 머리칼이며, 그 풍만한 가슴이며, 늘씬한 다리를 사정없이 헤집었고, 여왕은 추종자들에게 둘러싸인 채 진정한 안식으로 돌아갔다. 어쩌면 그것이야말로 그녀가 가장 바랐던 일인지도 모른다.

헬기의 저격수들은 무자비했다. 좀비건 건물이건 사람이건 상관없었다. 대낮 수색작업 때 곳곳에 설치해둔 지뢰도 일제히 폭파하기 시작했다. 장군의 지시는 없었지만, 더 이상 장군에게 연락이 되지 않는다는 사실을 보고받은 의원이 대신 일괄폭격 지시를 내린 탓이었다. 부관은 그래도 오랫동안 함께 해온 장군에 대한 일말의 정리 때문에 화상 전화 저편의 의원에게 모기 소리마냥 작은 목소리로 항변했다.

"아직, 장군님께서 돌아오지 않으셨습니다."

"장군은 돌아와도 이미 끝장난 몸이야. 만회할 길이 없다고."

"하지만……."

"이봐, 장군의 커리어는 이미 막을 내렸지만, 자넨 이제 시작 아닌가."

부관은 그 말이 무슨 의미인지 금방 알아차렸다. 그런 기민한 눈칫밥이야말로 장군이 그를 부관으로 삼은 이유이기도 했다. 그는 즉각 장군의 이름으로 폭격을 시행하라는 명령을 폐쇄지역의 모든 군인들에게 하달했다. 이제 장군이 살아 돌아오는 것은 부관으로서도 바라지 않는 일이 되었다.

어스름하니 새벽녘이 밝아오는 시간, 대학로 일대에서는 대규모의 파괴와 모든 것의 은폐가 시작되었다.

마지막 일전

　　호준과 연지는 대학 교정의 어둑어둑한 지하층을 헤집고 있었다. 가는 곳마다 스위치를 올려댔지만, 건물 전체에 전원이 나간 탓에 불은 들어오지 않았다. 하지만 어둠 속에서도 호준은 가야할 방향을 정확하게 알고 있었다. 학생들은, 조교들은, 교수들은, 교직원들은, 택배를 엄청나게 불러댔다. 그는 이 건물 곳곳을 마치 제집처럼 드나들 수 있었다. 스피드를 생명으로 삼는 총알택배의 택배기사로서 그는 1분 1초의 시간이라도 절약할 수 있는 모든 루트를 파악하고 있었다. 가령 본관 지하대강당의 앞문으로 들어가 대각선 방향으로 비스듬한 경사 위에 위치한 뒷문으로 나가면 별관 1층까지 도달하는 가장 빠른 루트가 된다는 식으로. 또 제대로 된 길은 아니지만 학생들이 눌러 앉아 자장면을 시켜먹으며 훼손해 놓은 수풀 길이 건물과 건물을 연결하는 지름길이라는 식으로. 이 말도 안 되는 싸움에서 호준이 가진 가장 큰 이점은, 그가 가장 잘 아는 무대에서 벌어진 싸움이라는 점이었다.

"호준 씨. 어디로 가는 거죠?" 연지가 숨을 헐떡이며 물었다.

"여긴 제 손바닥 안입니다. 이 건물들은 모두 지하층에서 연결되어 있어요. 좀 돌긴 하겠지만, 결국 이 건물을 벗어나는 순간, 이 지옥구덩이에서도 벗어나게 될 거예요. 날 믿어요."

"호준 씨. 저랑 한 약속 기억하시죠?"

"예?"

"제가 만약……."

"연지 씨, 일단 지금은 여기서 살아나가는 것만 생각해요."

호준은 연지의 다음 말이 두려워 황급히 입막음을 했다.

"그런데……."

연지가 다시 입을 열었다.

"연지 씨, 지금은……."

"아니, 아니요. 무슨 소리가 들리지 않나요?"

"우리 발자국 소리가 건물을 울려서 그래요."

"아니요. 우리 발자국 소리가 아니에요. 분명히 뭔가 있어요."

그제야 호준은 주의 깊게 귀를 기울였다. 묵직한 발놀림이 따라붙고 있었다.

"제기랄, 사실이군요. 뭘까요? 좀비? 군인? 우리 일행들인가?"

호준은 그제야 컨테이너 박스의 일행들을 떠올렸다. 그들이 뒤늦게 상황을 알아차리고 호준과 연지를 쫓아온 건지도 모른다. 좀비라면 연지가 있으니까 괜찮을 테고. 최악의 상황은 군인의 등장이었다. 연지가 불안을 한층 부추겼다.

"좀비는 아닌 것 같아요."

"어떻게 알죠?"

"전…… 느낄 수 있어요. 어째서 아는지는 모르겠지만, 좀비는 아니에요. 이 근처엔 좀비들이 없어요."

"제기랄, 누굴까요?"

연지가 말없이 고개를 가로저었다. 연지의 다리에 힘이 풀리고 있었다. 반면 상대는 벽이라도 뚫고 튀어나올 기세로 자박자박 소리를 내며 달려오고 있었다. 소리가 가까이 다가올수록 호준의 희망은 절망으로 변해가고 있었다. 저 힘찬 달음박질, 대리석 바닥에 닿는 소리의 명징한 운율. 따각따각거리는 징 박힌 신발의 정체는 군화임에 틀림없었다.

호준이 연지를 끌어 대강의실 안으로 밀어 넣었다.

"어서요, 저 뒷문으로 나가야 해요. 저리로 해서 1층으로 올라가면 곧 후문이 나올 거예요. 거기 나만 아는 비밀출구가 있거든요. 그리로 빠져나가야 해요."

호준은 지친 연지를 뒤에서 밀어주며 대강의실을 가로질러 올라가기 시작했다. 경사가 심한 강의실이었다. 호준은 상대가 자신들을 놓치고 지나쳐가기를 바랐다. 군화 소리가 지척에서 울리며 대강의실 옆으로 다가왔다. 무게감이 느껴지는 군화 소리가 강의실 곁을 천천히 지나가고 있었다. 상대도 호준과 연지의 걸음 소리가 사라진 것에 당혹감을 느꼈으리라. 호준은 숨을 죽이고 멈춰 서서 속으로 계속 빌었다. 가라, 가라. 제발 그냥 지나쳐라. 심장이 요란하게 뛰었다. 그 소리가 들릴까봐 호준은 잔뜩 긴장했다.

소리는 강의실 바로 앞에서 잠시 주춤하더니 곧 천천히 멀어졌다. 휴, 호준이 크게 가슴을 쓸어내렸다.

"가버렸나 봐요."

연지가 속삭였다.

"그러게요. 하늘이 우릴 돕는군요."

안도감이 호준과 연지의 주의력을 한순간 흩어놓았다. 그 탓에 그들은 아까운 시간을 낭비하고 말았다. 이제 된 건가?

갑자기 군화 소리가 급하게 되돌아오기 시작했다. 연지와 호준이 뒷문을 당기려고 손을 뻗는데, 강의실 앞문이 벌컥 열리며 장군이 등장했다. 그의 손에 들린 권총이 냅다 불을 뿜었다. 총알이 뒷문에 부딪쳐 불꽃을 일으켰다. 호준은 연지를 끌어 고정된 철제 의자들 사이로 몸을 숨겼다.

"이 쥐새끼 같은 놈들!"

장군이 격앙에 가득 찬 일성을 내뱉으며 마구잡이로 총을 쏘아댔다. 총알이 연지와 호준의 주변에서 사정없이 튀었다. 철제 의자들이 총알 파편을 퉁겨 내거나, 총알에 철제 의자의 파편들이 튀었다. 눈 주변에서 불꽃이 번쩍번쩍 일었다. 연지가 비명을 질렀지만, 방음시설은 완벽에 가까웠다.

갑자기 총성이 멎었다. 호준이 의자 위로 살짝 머리를 들어 살폈다. 장군이 총에서 탄창을 뽑아내고 새 탄창을 찾고 있었다. 이건 정말 다시 없는 기회였다. 호준이 연지에게 눈짓으로, 여기 가만히 있어요, 라고 말했다. 연지가 호준에게 눈짓으로 되물었다. 뭘 어쩌려고요?

호준은 대답 대신 민첩하게 철제 의자들을 방패삼아 장군을 향해 움직였다. 내리막길이어서 호준의 동작에 더더욱 탄력이 붙었다. 장군은 탄창을 밀어 넣느라 호준이 역으로 접근해오는 것을 눈치 채지 못했다. 그가 탄창을 끼우고 다시 공격 지점을 쳐다보았을 때, 웅크린 연지의 등이 보였기 때문에 호준이 돌아와서 역습하리라는 생각은 전혀 하지 못했다.

"네 연놈들 때문에 내 커리어가 끝나버렸어. 나 혼자 당하기엔 너무 억울하잖아. 같이 죽자고, 다같이!"

장군의 총알이 다시 스파크를 일으켰다. 총알이 연지의 등을 스쳐 벽에 틀어박혔다. 장군이 다시 폭주하려는 순간, 호준이 장군의 허리춤으로 달려들었다. 갑작스런 기습에 장군이 자세를 잡지 못하고 뒤로 나자빠졌다. 총이 장군의 손에서 벗어나 저만치 앞에 떨어졌다. 호준이 총을 낚아채기 위해 몸을 날리려고 하자, 장군이 발을 걸어 호준을 넘어뜨렸다. 기습의 성공에도 불구하고 힘에서는 장군을 따라가지 못했다. 장군이 호준의 배를 깔고 올라타 묵직한 주먹으로 헤비급의 파운딩을 내리꽂았다. 잘해봐야 웰터급인 호준의 얼굴이 순식간에 피범벅으로 변해갔다.

호준은 빠져나오려고 몸을 비틀었지만 근육으로 똘똘 뭉쳐진 전쟁광의 다리 사이에 끼여 옴짝달싹할 수 없었다. 제기랄. 그 무수한 좀비들 사이에서도 살아나왔는데, 이 나라의 군인에게 맞아죽게 생기다니. 분노에 가득 찬 장군의 입에서는 욕설이 끊이지 않았다. 내리꽂는 주먹질도 도통 멈출 기미가 없었다.

피와 눈물로 흐릿해지는 호준의 시야에 좀비보다 더 비인간적으로 보이는 장군의 일그러진 표정이 들어왔다. 그리고 그 핏빛 시야 너머, 장군의 머리 뒤로, 연지의 얼굴이 나타났다. 연지가 그 작은 입을, 그녀가 할 수 있는 한 최대한 벌렸다. 그녀의 날카로운 송곳니가 드러나더니, 폭력의 쾌감에 젖어 이성을 잃은 장군의 목덜미에 그대로 푹 들어가 꽂혔다.

"아악!"

장군이 갑작스런 이물감에 몸서리를 치며 주먹을 휘둘러 연지를 내리쳤다. 연지가 저만치 나가떨어졌다. 연지가 베어 문 장군의 목덜미에서 장군의 피가 솟구쳤다.

"이년이 미쳤나? 좀비들 속에 끼어 있더니 이젠 다들 미쳤구먼."

장군이 목덜미를 움켜쥐며 소리쳤다. 움켜쥔 손가락 사이로 피가 배어나왔다. 완전히 꼭지가 돌아버린 장군이 그녀를 걷어차려고 시도하다 다시 윽, 하고 비명을 질렀다. 연지를 걷어차기 위해 들어 올린 발이 말을 듣지 않았기 때문이었다. 다리의 피부가 한 껍질 흘러내리고 있었다.

"이, 이, 이게 뭐야? 이런 미친…… 너, 너 도대체 뭐야?"

하지만 대답을 듣기에는 이미 늦었다. 벌써 그의 허벅지와 성기와 골반과 식스팩을 보여주던 복근이 모조리 뒤틀리기 시작했기 때문이었다. 그가 그토록 자랑스럽게 여기던 별 4개짜리 계급장도 일그러진 어깨에서 버텨내지 못하고 바닥으로 떨어져 나뒹굴었다. 장군은 그걸 주우려는 마지막 시도조차 여의치 않자 울부짖었다.

"오, 젠장. 내가 좀비가 되다니, 이 내가 말이야!"

그의 마지막 발악은 그의 유언이자 절명이 되었다. 보기 좋게 단련되어 있던 장군의 육체는 세상 모든 좀비들 가운데서도 최악이라 할 만큼 흉측하게 변했다. 군 시절의 성향이 그대로 남아 있어, 장군은 좀비로 변하자마자 폭력 성향을 드러냈다. 호준이 재빨리 자리에서 일어나 총을 집어 들고 장군의 머리통을 겨냥해 방아쇠를 당겼다. 좀비로서의 새로운 포부를 맘껏 드러내기도 전에 장군의 머리가 형체를 잃었다.

장군을 완전히 박살내버렸음에도 호준은 전혀 만족스럽지 않았다. 그의 얼굴을 타고 흘러내리는 피 때문도 아니었다. 부풀어 오른 눈두덩 때문도 아니었다. 보지 않았으면 하는 장면을 보았기 때문이었다. 연지의 날카로운 송곳니, 피로 붉게 물든 입술. 연지가 이제 곧 장군처럼 형체마저 잃을까 싶어 호준은 두려웠다.

연지는 흐느끼고 있었다. 호준을 구하기 위해서였다고는 하지만, 그것은 분명 좀비의 행위였고, 그것이 바로 시작이 되리라는 걸 그녀는 알고 있었다. 무엇보다도 그 행위에 일순간 쾌감을 느낀 자신이 저주스러웠다. 호준의 절망감과 연지의 흐느낌이 어둑어둑한 지하강의실을 흔들었다. 아니다. 이건 비유가 아니었다. 강의실이 정말로 부르르 떨리고 있었다. 대학 교정에 폭격이 시작되었기 때문이었다.

여전히 연지의 상태를 확신할 수 없었음에도 불구하고 호준은 지체 없이 연지에게 달려가 그녀의 손목을 낚아챘다.

"어서, 달아나야 해요. 자, 빨리!"

하지만 머리통을 상실한 장군의 시체 옆에서 연지는 꿈적도 하지 않았다. 마치 망부석이라도 된 듯이.

"전 가지 않겠어요."

그 말을 듣는 순간, 호준은 일단 안도했다. 연지는 여전히 연지였다. 마리아가 아니었던 것이다. 하지만 곧 그녀의 굳은 표정을 보고 사태의 심각성을 알아챘다.

"안 돼요. 당신을 구하려고 여기까지 들어온 거예요. 절 고통스럽게 만들지 말아요."

"호준 씨도 봤잖아요. 전 이미 괴물이에요."

"무슨 소리 하는 거예요? 연지 씨 얼굴을 봐요. 연지 씨 목소리를 들어봐요. 연지 씨 자신이 한 말을 이해하려 해봐요. 연지 씨는 여전히 연지 씨일 뿐이에요."

"사람을 죽였어요."

"죽어 마땅한 사람이었어요."

건물이 다시 한 번 부르르 떨었다.

"전 변할 거예요."

"그래도 상관없어요. 제가 옆에 있어줄게요."

"당신 꼭…… 박사 같군요. 멍청하게……."

연지의 눈가에 눈물이 고였다.

"당신을 그렇게 멍청한 사람으로 만들지 않을래요."

"그럼 저도 가지 않겠습니다."

"왜 그래요? 호준 씨는 여기서 죽어야 할 이유가 없어요!"

"절 위해서라도 함께 가줘요."

"제가 저 밖으로 나가면 또 다른 공포가 시작되는 거예요."

"아니요. 연지 씨는 자신을 통제할 수 있어요. 마리아와는 달라요."

"미안해요, 호준 씨."

연지가 가망이 없다는 표시로 고개를 저었다. 부드러운 동작이었지만 단호한 의지가 담긴 행위였다.

"저도요. 연지 씨."

호준이 말을 받았다. 연지가 뭐가요, 라고 묻기도 전에 호준의 주먹이 연지의 복부를 쳤다. 너무 갑작스럽게 받은 충격 때문에 연지가 비틀거렸다. 별이 보였다. 피도 흘렀는데, 연지 자신의 것인지 아까 머금은 장군의 것인지 알 수 없었다. 다음 순간 연지의 몸이 번쩍 들려 호준의 몸에 포개졌다. 호준의 목이 그녀의 입 근처에 있었다. 땀내와 피비린내가 섞인 체향이 호준의 목에서 달짝지근하게 피어올라 연지의 통제력을 사납게 위협했다. 연지는 자신의 송곳니가 길어지는 것을 느꼈다. 안 돼, 이러면 안 돼. 연지가 스스로를 다그쳤다. 하지만 욕망은 창공을 가득 메운 뭉게구름처럼 피어올랐다.

호준이 말했다.

"우린 여기서 벗어날 겁니다. 아무도 쫓아올 수 없어요. 난 남들이 모르는 탈출구를 알고 있다구요."

호준은 연지를 업은 채 강의실 문을 박차고 나와 1층 로비를 가로질렀다.

최후의 승자

마리아가 좀비들을 모조리 끌고 가버린 덕에 조 경감과 장 기자는 간신히 목숨을 부지할 수 있었다. 장 기자의 카메라와 조 경감의 권총만이 그들의 마지막 동행이었다. 호준과 연지는 어디로 사라졌는지 코빼기도 보이지 않았다.

이제 그들에게 가장 위협적인 적은 좀비들이 아니라 군인들이었다. 마구잡이식 폭격을 해대는 통에 프라이팬에 던져진 콩처럼 다리를 달달 튀며 달아나야 했다.

"오, 젠장. 여긴 대학교야. 우리가 이리로 들어왔었다고. 조금만 더 달아나면 우린 나갈 수 있소."

조 경감이 처지는 장 기자에게 소리쳤다. 그는 타인에 대한 특별한 배려심을 가진 사람은 아니었지만, 마지막 일행마저 잃고 싶진 않았다. 게다가 장 기자의 증언과 사진이 있어야 목숨을 건 자신의 탁월한 수사가 빛을 발하게 되리라는 계산도 깔려 있었다. 최 경위에 대한 미안한 마음도 없지 않았다. 아무래도 자신의 부하가 아니었던가. 그러게, 멍청하게 좀비한테 물려가지고선. 그는 혼자 구시렁거렸다. 그래도 이 마지막 순간에 최 경위가 함께하고 있었더라면 한결 맘이 편안했을 것이다. 나가서 뒤처리하는 데도 여러모로 도움이 되었을 테고.

장 기자 역시 마찬가지였다. 그의 비대한 몸은 이런 긴급한 상황에서는 최악의 적이나 마찬가지였다. 비 오듯 쏟아지는 땀 때문에 그의 숨통이 끊어질 판이었다. 하지만 그 역시 어떻게든 목숨을 건 이 특종을 살려야 했다. 여기서 소리 소문 없이 죽어버리면, 자신의 불명예스런 행각들이 가족들에게 통보될 것이다. 오, 아들과 딸에게 버림받은 아빠는 되고 싶지 않았다. 살 좀 빼라며 하루에도 수십 차례나 닦달해대던 마누라 앞에서 기 좀 펴고 살고 싶었다. 잘만 되면, 해고는커녕 부국장으로 승진하게 될 수도 있었다. 한국 언론계의 살아 있는 전설로 추앙받게 될 것이다. 그는 가슴팍의 사진기를 꼭 품었다. 그에겐 보물단지였다. 죽지만 않으면 된다. 살아남기만 하면. 함께 들어왔던 최 기자에게 미안한 마음이 들었다. 이 카메라에 담긴 가장 우수한 증거 사진들은 그가 찍은 것들일 터였다. 장 기자는 종군 기자의 운명이란 원래 그런 거, 라며 스스로 자신의 죄를 사했다.

이제 그들에게는 살아남는 것이 관건이었다.

그들은 대학교정을 가로질렀다. 건물 파편이 사방에서 튀었다. 인문관이라고 쓰인 입간판이 폭격에 튀어 올랐다가 저만치 앞에 떨어졌다. 나무들이 꺾였다. 분수대가 폭격으로 부서졌다. 소화전이 터지면서 물줄기가 솟구쳤다. 어스름한 새벽의 대혼란이었다.

그들은 일단 직격탄을 피하기 위해 건물로 뛰어들었다. 하지만 괜한 걸음을 했다는 생각이 들었다. 건물이 오토바이 시동 건 것처럼 부릉부릉 떨리고 있었다. 곧 세계무역센터처럼 폭삭 내려앉을 수도 있었다. 이 경우엔 소방관들이 구하러 오지도 않을 것이다. 기껏해야 살아남아도 시뻘건 눈을 한 군인들에게 총알세례나 받게 될 테고.

강의실 몇 개의 문을 방향도 모른 채 관통하고 나서야 그들은 다시 건물을 벗어났다. 온 사방이 불길에 휩싸여 있었다. 보병들은 투입되지도 않았다. 헬기 서너 대가 마구잡이로 파괴하고 있었다. 군인들의 의도는 명약관화했다. 다 쓸어버린다!

"조 형사님, 좀 쉬어 갑시다. 난 더는 못 뛰겠소."

"이 난리 통에 쉬다니 미쳤소. 여기까지 와서 죽겠다는 거요?"

"물론 살아야죠. 하지만 한 걸음이라도 더 뛰었다가는 심장마비로 당장 죽을 것 같습니다."

"젠장. 진작 살이나 좀 빼두시지."

"뭔, 우리 마누라 같은 소릴."

그들은 조마조마한 가슴을 누르며 휴게실로 보이는 가건물 뒤에 웅크렸다. 폭격이 대학 교정을 쑥대밭으로 만들어놓고 있었다. 여기가 이 정도니 마로니에 공원 주변은 이미 흔적도 없을 터였다.

"우린 이제 어떻게 해야 하는 거요?"

장 기자가 물었다.

"뭘 말이오?"

"우린 서로가 서로에 대해 증인이질 않소. 하나라도 말이 엇갈리면 오히려 우리가 낭패를 볼 수도 있습니다. 아시다시피 상대는 진짜 거물들이니까."

"그 망할 친구랑, 반쯤 좀비가 된 그 여자만 찾으면 완벽한데 말이오."

"그러게 말입니다. 어디로 간 거지?"

"벌써 죽었을 수도 있소."

"여기를 제집 안방처럼 꿰고 있던데요. 제가 보기엔 우리보다 살 확률이 더 높아요."

"그 여자가 좀비가 되지 않았다면 말이지."

"좀비가 될까요? 그냥 보니까 멀쩡하던데."

"뭔가가 들어갔으니까, 정상은 아니겠지."

"그 친구도 그럼……."

"그럴 수도 있고, 아닐 수도 있고."

"어쨌든 우리가 나가서 특종을 터트리면 당장 상대해야 할 사람들은 결코 만만찮은 자들입니다."

"아무래도 이 정도 범죄를 저질렀는데, 국민들의 공분을 견뎌내진 못할 거요. 게다가 이미 목숨 한 번 걸었는데, 또 한 번인들 어떻겠소. 잘될 거요."

대화는 거기서 끊겼다. 헬기에서 날아온 미사일이 그들을 가려주던 가건물마저 날려버렸기 때문이었다. 그들은 다시 발바닥에 좀이 피어오르도록 달렸다. 다행히 헬기에 탑승한 군인들은 조 경감과 장 기자를 목격하지 못했다. 그 요행 덕분에 그들은 건물 잔해 사이를 미친 듯이 뚫고나가 마침내 애초에 그들이 입장했던 바로 그 출구 앞에 섰다. 거기에는 방호복을 걸친 두 명의 무장군인들이 기다리고 있었다. 계급 순으로 철수하다 보니 마지막까지 남겨진 이등병들이었다. 군인들은 먼발치에서 터지는 폭발과 파괴의 장면들을 구경하며 넋이 나간 상태였다.

조 경감이 은폐해 있던 잔해더미에서 기습적으로 튀어나갔다. 장 기자가 말릴 틈도 없었다. 그는 잽싸게 뛰어가며 총을 갈겨 병사 하나를 죽이고, 다른 병사가 어깨에 들러 매고 있던 소총을 풀기도 전에 다시 방아쇠를 당겨 그의 머리에도 정확하게 총알을 박아 넣었다. 졸지에 두 명의 군인을 죽인 조 경감은 승리의 브이 사인을 그리며 장 기자를 불렀다. 장 기자가 뒤뚱뒤뚱 다가왔다.

"이거, 대한민국 군인을 이렇게 쉽게 죽여도 되는 겁니까?"

"무슨 소리 하는 거요? 우리가 선수 치지 않았으면 이들이 우릴 벌집으로 만들어버렸을 텐데."

"하지만 우리가 피해갈 수도……."

조 경감은 장 기자의 목에 팔을 걸고는 몸을 채 끌어 바리케이드 너머를 보게 만들었다. 그가 손가락을 뻗으며 말했다.

"보시오. 우린 살아남은 거요. 도대체 이보다 뭐가 더 중요한 거요. 이제 우린 역사를 이룬 거란 말이오."

"아!"

그제야 장 기자도 자신들이 폐쇄지역101을 당당히 두 다리로 걸어 나가게 되었음을 깨달았다. 이제 데스크로 달려가 특종만 터트리면 된다. 모든 불명예가 사라지고 찬란한 영광이 그에게 다가올 것이다. 물론 제법 힘겨운 싸움이 남아 있을지도 모르지만. 어쨌든 이 카메라가 있는 한 유리한 건 바로 자신들이었다. 슬며시 웃음이 배어나왔다. 먼저 장 기자가 호방하게 웃음을 터트렸다. 하하하하. 하하하하. 조 경감이 그 웃음의 의미를 깨닫고 동참했다. 하하하하. 하하하하. 그들이야말로 진정한 승자였던 것이다.

그다지 살갑지 않았던 그들은 그 웃음 하나로 모든 것을 포용하며 오랜 전우처럼 자연스럽게 어깨동무를 했다. 그리고 보무도 당당하게 폐쇄지역의 경계선을 넘었다. 그리고 또 걸었다. 이젠 거치적거릴 것이 없었다. 그냥 전진, 또 전진뿐이었다. 한 걸음, 한 걸음 앞만 보고 말이다. 자신들이야 말로 최후의 승자임을 되새기며.

하지만 이인삼각 경기처럼 다정하게 어깨를 두르고 채 열 걸음을 걷기도 전에 그들의 발이 동시에 딱 멈췄다. 그들을 향해 겨누어진 수십 개의 총구가 동터오는 이른 아침의 빛살 속에서 걸어 나왔다. 탁월한 사격수라 자부하는 조 경감으로서도 어쩔 수 없는 일이었다. 그들은 서로의 어깨에 두르고 있던 팔을 어색하게 풀었다. 조 경감이 지니고 있던 총을 바닥에 떨어트리고 두 손을 머리 뒤로 올렸다. 장 기자도 따라 동작을 취했다.

군인들이 아니었다. 마치 〈맨 인 블랙〉의 외계인 퇴치 요원들처럼 검은 양복에 검정 선글라스를 낀, 강철 조각 같은 인상을 지닌 사내들이었다. 그리고 그들 뒤로 영화에서나 볼법한 고혹적인 빛깔의 검정 리무진이 굴러들어 왔다. 요원들 중 하나가 차의 뒷문을 열었다. 쿠바 산 고급 시거를 입에 문 노인이 모습을 드러냈다.

“당신은……”

노인의 모습을 보자마자 장 기자가 나지막한 탄성을 내질렀다. 의원이었다.

“날 아시겠지. 형사 나리와 기자 양반. 오, 너무 겁먹을 것들 없네. 그냥 얘기를 좀 하고 싶을 뿐이니까.”

“우릴 어쩌시려는 거요? 우린 당신에 대해 모든 것을 알고 있소.”

조 경감이 용기를 내서 협박을 시도했다.

“이 상황에서 협박이라니, 머리가 잘 안 돌아가는 친구로군.”

의원이 담배 연기를 뿜어냈다.

“설령 내가 자네들 둘을 살려둔대도, 당신들 둘이서 뭘 어쩔 수 있겠나? 사람들이 사이버수사대의 조폭 형사와 비리로 가득한 부패 기자의 증언을 믿을 것 같은가?”

“그럼, 우린 죽었군요.” 장 기자가 풀이 죽어 말했다.

“오, 그렇게 배짱이 없어서야, 원. 그 배짱으로 어쩌자고 이 난리법석을 떨었단 말인가?”

“무슨 배짱을 부려야 하겠소?” 조 경감이 호기롭게 물었다.

“나하고 싸울 생각들은 말게. 자네들은 내 상대가 못 돼. 자네들 둘 다 그 정도는 알 만큼 분별력이 있지 않나?”

“원하는 게 뭡니까?”

“저 안에서 일어난 모든 일들에 대해 듣고 싶네. 특히 새로운 모체에 관해서.”

“박사는 죽었소. 이미 끝난 거 아닙니까?”

"박사가 세상에 유일한 천재는 아니지. 게다가 그간의 연구 기록 일부도 회수했고. 사실 새로운 모체만 찾을 수 있다면 회복에는 그다지 오랜 시간이 걸리지 않을 거야. 난 시간의 힘을 믿네. 기다리다 보면 때가 찾아오지. 자네들도 잘 알고 있듯이 난 몽상가 타입이 아니라네."

"뭘 어쩌면 되죠?"

"뭘 어쩌나. 손 좀 그만 내리고 차에 올라타시게. 좋은 거래를 해보자고. 새로운 모체에 대한 정보가 좀 필요하거든. 난 자네들처럼 용기 있고 지혜로운 친구들을 좋아하지."

"우리가 얻는 건, 목숨입니까?"

"어디 그뿐이겠나. 내 장담하지. 그걸 특종으로 내보내서 얻을 소소한 이익 따위는 아무것도 아닐 걸세. 뭘 망설이나. 어린애들처럼 꼭 힘을 과시해야 말을 듣는 건 아니겠지?"

의원은 당근과 채찍을 자유자재로 구사하며 상대를 압박했다. 그의 주특기였다.

조 경감과 장 기자는 서로의 얼굴을 잠시 바라본 다음 표정으로 의견을 나누었다. 둘 다 같은 생각이었다. 별 수 없잖아, 안 그래?

그들은 묵묵히 의원의 세단에 올라탔다. 그렇게 멋진 차는 처음이었다. 노인이 건넨 시거는 너무 독했지만, 그래도 살아남은 자의 여유를 만끽하기에는 충분했다.

세 시간 뒤 거대한 폭발이 일었고, 폐쇄지역101은 지상에서 완전히 자취를 감추었다.

다섯 시간 뒤 정부는 대국민담화를 통해 바이러스가 완전히 소멸되었다고 발표하며, 전 국민을 위해 불가피하게 생겨난 희생에 대해 애도했다. 특히 직접 현장에 뛰어들어 병원체를 제거하다 목숨을 잃은 계엄군 사령관의 투철한 군인정신에 대한 찬사가 이어졌다. 바이러스는 이상 기후와 역학 작용으로 자연 발생한 것으로 밝혀졌으며, 테러와는 무관하다는 사실도 덧붙였다. 원인이 철저히 규명되었고, 완벽하게 해소되었다는 언론의 발표에 대중들은 안도감을 느끼며 두려운 기억들을 털어내려 애썼다. 갑자기 사회 전반에 위기는 지나갔고 이제부턴 모든 게 잘 될 거야, 라는 식의 분위기가 유포되었다.

한동안 한국뿐 아니라 세계 각국에서 폐쇄지역101에 대한 여러 가지 설들이 흘러나왔고, 일대 논란이 연일 계속되었지만, 모든 일들이 그렇듯, 시간이 흐르고 흐르자 마침내 사람들은 그 사건을 하나의 자연적 재앙으로 겸허하게 받아들이고 과거로 묻어두기에 이르렀다. 물론 여당 당수가 좌지우지하는 정부는 내막도 모른 채, 세계 각국 정보기관들의 의심을 불식시키기 위해 엄청난 뒷돈을 들여야 했다. 그 모든 과정은 의원의 주도 하에 보안이 치밀하게 유지된 상태로 진행되었다.

좀비에 대한 증언들은 곳곳에서 배어나왔지만, 애초에 그랬던 것처럼 하나의 흥미로운 가십거리 정도로 치부되었다. 개그나 영화의 소재로 한동안 때 아닌 인기를 끌기도 했지만, 그조차도 곧 시들해졌다.

정부와 결탁한 여론의 조작과 대중들의 안도감, 그리고 사태 수습을 위한 막대한 자금의 유통 속에서 폐쇄지역101에서 있었던 일들은 서서히, 그러나 깔끔하게 망각 속으로 사라져갔다.

괜찮아, 아직은

바이러스 사건이 발생한 지 1년이 지났다. 어떤 대형 참사도 1년의 시간이 흐르면 서서히 잊어지게 마련이었다. 제 가족이 죽거나, 그 일로 재산을 잃거나, 사업이 쫄딱 망해버린 케이스가 아니라면, 보다 쉽게 말이다. 송두리째 파괴되었던 대학로 일대도 신속한 재건 작업으로 예전의 번잡함을 다소 회복하고 있었다. 아직도 바이러스 발생지라는 암묵적 공포가 도사리고 있어, 예전만큼 인기 있는 동네가 되긴 힘들었지만, 거대한 생태공원과 국가적 지원을 등에 업은 대형 공연장들이 차례차례 들어서고 있었다. 마치 원래 그럴 계획으로 공간을 허물어뜨렸던 것처럼.

좀비에 대한 사회적 관심도 급격하게 가라앉았다. 원래부터가 좀비는 동양적 정서와 맞지 않는 존재였으므로, 크게 이상한 일도 아니었다. 바이러스 감염자를 좀비라 부르던 초기의 관례도 유가족들의 항의로 금지되었다. 좀비라는 표현 자체가 고인들에 대한 불경으로 받아들여졌다.

이 나라의 모든 일들이 그렇듯 바이러스 출현의 원인과 대책에 대한 논의는 잠깐 불꽃처럼 일었다가 소리 없이 흐지부지 되었다.

즉 대학로 바이러스 사건은 일단락된 셈이었다. 연이어 벌어진 월드컵에서 기대 이상의 성과를 거둔 축구대표팀의 활약으로 전 사회적 비애의 정서는 축제의 무감각에 자리를 내주고 있었다.

하지만 조 경감에게는 아직 끝나지 않은 일이었다. 그는 강원도 인제의 텅 빈 폐가에 서서 담배를 물었다. 좁은 폐가에는 방금 전까지 사람이 기거했던 흔적이 남아 있었다. 아궁이를 지펴 만들어놓은 온기, 주인이 다급하게 자리를 떠났음을 보여주는 헝클어진 이부자리, 물병 옆에 반쯤 차 있는 물잔. 그는 여유롭게 다가가 이부자리를 걷고, 신발을 신은 채로 방을 한 바퀴 걸은 다음, 담뱃재를 잔에다 털고, 그 다음엔 비벼 껐다. 그는 고개를 끄덕이며, 아직은 괜찮은 모양이군, 하고 혼잣말을 했다. 그가 핸드폰을 꺼내 단축 버튼을 눌렀다. 통화음이 지리멸렬하게 울리다, 사내의 목소리를 수신했다.

"어, 조 경감."

"경감은 무슨 경감. 옷 벗은 지가 언젠데."

"오랜만에 연락하셨군."

"국장 진급했다고 들었소. 뭐, 축하하오."

"뭐, 고맙소. 의원님 손길이 좀 닿았지. 내 기사들이 꽤 마음에 드셨나 보더라고."

"안 그래도 그래서 전화했소. 의원께 보고할 게 있어서."

"직접 하지 그러시오. 그렇게 자꾸 피하다 눈 밖에 나는 수가 있소."

"어쨌든 정이 붙는 사람은 아니라서."

"그런 사람은 아니지. 아무래도. 그래 뭐라도 찾았소?"

"거처를 찾았소. 하지만 이미 집을 비웠더군. 폐가에서 대충 살아갔던 모양이오."

"이번에도 허탕이로군. 의원께서 좋아하지 않을 텐데."

"뭐, 그래도 나 말곤 대안도 없을 테니까."

"그래도 조심하시오. 무서운 사람이니까. 그 여자 좀비도 조심하고. 정리를 생각해서 해주는 충고요."

잠시 핸드폰을 든 채 조 경감은 말이 없었다. 사실 이제 그는 더 이상 경감이 아니었다. 사건 직후 그는 오랫동안 몸담았던 경찰에서 떠나 의원의 사설탐정이 되었다. 오직 하나의 수사에만 집중하는 탐정. 보수는 두둑했다. 경찰 생활로는 언감생심 꿈도 못 꿀 대우였다. 하지만 보수 때문에 옷을 벗은 건 아니었다. 의원의 강력한 의지 때문이었다. 새로운 모체를 회수하는 데 전력을 다해달라는 부탁 아닌 요구를 거절할 도리가 없었다. 이미 모든 줄은 의원이 쥐고 있었다. 조 경감은 그 장단에 춤이나 추는 수밖에 없었다. 그것이 그의 심기를 불편하게 만들었다. 자신이 스스로의 삶을 통제할 수 없는 상황. 그는 자신이 모체의 조종을 받는 좀비와 다를 게 뭘까, 하는 생각을 자주 했다.

반면 장 기자는 의원과 죽이 잘 맞았다. 그의 사내 비리는 소리 소문 없이 묻혔다. 그를 성토하려 했던 고위 간부들이 대거 떨어져나갔다. 부국장으로 승진한 지 채 일년도 되지 않아, 그는 편집국장으로 다시 승진했다. 의원의 입김은 그의 생각보다 훨씬 강력했다. 그는 그것을 그냥 그런 것으로 받아들였다. 의원의 대 언론 창구로 기능하면서 기자로서의 자존심에 상처를 조금 입긴 했지만, 반대급부로 권력과 부를 쥐었으니 손해 본 거래는 아니라고 스스로 위안 삼고 있었다.

조 경감이 다시 입을 열었다.

"만족스럽소?"

"뭐가 말이오?"

"그저, 사는 게 말이오."

"글쎄요……. 어쨌든 우리에게 다른 선택지나 있었겠소? 대안이 없잖소, 우리에겐."

전화를 끊고, 조 경감은 텅 빈 집을 다시 한 번 돌았다. 그는 대안이 없다, 는 장 국장의 말을 곱씹었다.

그는 이미 일주일 전에 호준과 연지가 기거하던 이 폐가를 찾아냈다. 워낙 감쪽같이 자취를 감춰버린 통에 찾아내는 것이 쉬운 일은 아니었다. 하지만 오랜 수사경력과 예리한 직감을 가진 조 경감을 따돌리기란 더 어려운 일이었다. 조 경감은 변장을 한 다음, 동네에 들어서서 먼발치에서 직접 그들을 목격하기까지 했다. 여자에게서 이상 징후를 느꼈다면, 그는 곧장 일을 마무리 지으려 했다. 또 다른 재앙을 일으키게 내버려둘 수도, 두 번 다시 그런 경험을 겪고 싶지도 않았다.

하지만 여자는 좀비로 변해 있지 않았다. 창백한 인상에 병색이 완연해보였지만, 그녀는 여전히 보조개가 패는 웃음을 짓고 있었다. 호준이 무슨 말을 건넸는지, 여자는 깔깔거리며 웃었다. 그들은 행복해보였다. 호준도 오랜 도피생활 탓으로 초췌한 모습이었지만, 표정만은 짐짓 활기차 보였다. 정말 행복한 것인지 어떤지는 조 경감으로서는 도무지 알수 없는 일이었다. 조 경감이 확실히 알고 있는 것은, 그들을 추적하는 자신이 전혀 행복하지 않다는 사실뿐이었다.

아직은 괜찮아. 그가 또 혼잣말을 했다. 호준에게 조금 더 시간을 줘도 괜찮을 것 같았다. 게다가 저런 멀쩡한 여자를 데려가 봤자, 죄책감만 더할 뿐이었다. 무자비한 의원이 여자를 어떻게 만들어버릴지는 안 봐도 뻔한 일이었다. 게다가 더 이상 효용가치가 없어질 자신에 대한 의원의 후속조치도 내심 신경 쓰이는 부분이었다. 그는 동네 꼬마아이들을 시켜 추격자의 존재를 넌지시 알렸다. 그날 밤 그들이 몇 개월간 머물렀던 집에서 간단히 짐을 꾸려 나갔다. 또 어디로 가려는지, 뭘 먹고 살려는지. 조 경감이 빈 방을 나와 새 담배에 불을 붙이면서 애처로운 마음으로 그들을 걱정했다.

다시 새로운 추적이 시작될 것이다. 의원에게 새로운 모체와 점점 가까워졌다는 인상을 줄 필요가 있었다. 게다가 의원이 추격자로 자신만 고용했을 리 없었다. 어쩌면 자신조차도 의원의 추적을 받고 있을지 모를 일이었다. 장 국장의 말대로 그는 무서운 사람이니까. 그는 의원의 요원들에 앞서 호준과 연지를 찾아내고 도피시키고 보호하는 역할까지 자처하고 있었다. 그것은 그의 자존심을 뭉갠 의원에 대한 사소한 복수일 수도 있었다. 그게 어떤 결말을 가져올지 그는 확신할 수 없었다. 여자가 좀비로 변했을 때가, 그 지루하고 아슬아슬한 게임의 끝이 될 터였다. 하지만 그는 다음번 호준과 연지를 만났을 때도, 아직은 괜찮아, 라고 말할 수 있기를 진심으로 빌었다.

기차가 덜컹거렸다. 그 바람에 호준의 어깨에 머리를 묻고 잠들어 있던 연지가 움찔거렸다. 하지만 잠에서 깨어나진 않았다. 호준은 안쓰러운 눈길로 그녀를 바라보았다. 떠돌이 생활로 그녀의 안색이 초췌했다. 어쩌다 우리에게 이런 일이 생긴 걸까. 호준은 딱히 원망도 분노의 마음도 아닌 그저 덤덤한 어조로 혼잣말을 했다.

호준은 누군가 그들을 쫓고 있음을 알고 있었다. 그리고 그들에게 달아날 틈을 주고 있다는 것도. 처음엔 토끼몰이 사냥처럼 그들의 숨통을 죄어오는 거라고 생각했다. 웅크린 두려움과 공포가 그들 뒤에 찰싹 달라붙어 있었다. 그러나 이번에 또 꼬마아이들의 입을 통해 자신의 존재를 드러낸 상대에게 그는 점점 무감각해지고 있었다. 벌써 세 번째였다. 어차피 쫓아와도 잡지 않을 상대라면, 그런 게임을 즐기고자 한다면, 맘 편히 응하자는 생각이 들었다. 언젠가 이 지루한 게임의 끝이 찾아올지라도, 그때까지는 그냥 연지와 순간순간을 살리라, 그는 다짐했다. 간혹 그 언젠가의 끝이 있으리라는 생각이 그를 안도하게 만들기도 했다.

폐쇄지역을 벗어나 맨 먼저 찾은 곳은, 연지의 엄마가 있는 외진 시골이었다. 그러나 엄마를 만나진 않았다. 그녀는 그래선 안 된다고 생각했다. 연지는 스스로를 미더워하지 않았다. 언제 좀비로 변할지 모르는 존재로 자신을 규정하고 있었다. 연지가 유일하게 곁을 허용한 사람은 호준뿐이었다. 호준이 떠나지 않으리라는 걸 알기 때문이기도 했다. 병원에서 그들을 의심하는 사람들을 맞닥뜨린 후 타인과의 관계는 가급적 회피했다. 덕분에 두 사람의 관계는 더욱 깊고 내밀해졌다. 위험을 무릅쓰고 잠자리도 같이 했다. 그 단단한 결속 때문에 연지는 자살충동을 억제할 수 있었다.

　잠든 연지의 볼이 우물거렸다. 보조개가 파이는 그 볼이다. 호준에겐 그거면 충분했다. 그 아름다운 미소와 보조개만 있으면 끝까지 견딜 수 있다고, 그는 기꺼이 사랑의 열병을 받아들였다.

　갑작스런 적의 공격은 두렵지 않았다. 어느 정도는 운명으로 받아들일 수도 있을 것 같았다. 그의 두려움은 오직 하나, 그녀의 변신뿐이었다. 피에 대한 그녀의 갈망이 날로 커지고 있음을 알고 있었다. 관계를 가질 때마다 이성과 피에 대한 욕망 사이에서 번민하는 그녀의 숨결을 느낄 수 있었다. 그런 자신을 애써 통제하려는 그녀의 피나는 노력이 애처롭기까지 했다. 호준은 제 목을 물려 피를 빨게 해주고 싶은 충동마저 느낄 정도였다.

　어느 날 아침, 그녀가 정말 좀비로 변해 눈을 뜬다면 어떻게 해야 하나. 고통스러운 질문이었다. 종종 흡혈귀처럼 짐승의 피를 마시기도 하며 일 년여를 버텼지만, 피에 대한 그녀의 욕망이 점점 커져가는 지금 상황으로 볼 때, 내년 이맘때는 자신할 수 없는 일이었다. 모든 것은 그녀의 통제력에 달려 있었다.

　그는 자신의 배를 쓸었다. 복대가 채워져 있었다. 연지가 단 한시도 떼놓지 말라고 말해서 억지로 차고 있는 것이었다. 언제 어떻게 될지 모르니까, 꼭 차고 있어요. 제가 변하면 더 이상 절 생각하지 말고 자신부터 보호하세요. 그녀의 마음을 편하게 해주고 싶어서, 호준은 군말 없이 복대를 두르고 다녔다. 하지만 그는 복대의 장치를 사용할 일은 없을 거라고 생각했다. 쓰는 법도 몰랐지만, 써야 할 상황이 오더라도 쓸 생각이 없었다. 그녀가 좀비로 변하면, 그는 기꺼이 목을 내어줄 생각이었다. 자신들로 인해 대학로에서처럼 많은 사람들이 죽게 될 수도 있다는 불안에 대해서라면, 그들의 치밀한 추격자가 도움이 되어 주리라 믿었다. 그라면 그 지경이 되도록 내버려두진 않을 것이다. 그저 고통 없이 끝내주기만을.

다시 한 번 기차가 덜컹거렸다. 이번에는 연지가 몸을 뒤척이다 살포시 눈을 떴다. 악몽이라도 꿨는지 땀을 많이 흘렸다. 하지만 곁에 호준이 있는 걸 보고는 미소를 지었다. 아! 호준의 가슴이 뭉클했다. 그녀의 보조개 파인 미소가 그를 올려다보고 있었다. 그래, 이거면 충분해. 호준이 미소로 화답했다. 사랑스러운 연지 씨. 그가 연지를 꼭 껴안았다.

그녀가 다시 그의 품에 웅크리고 들어와 잠이 들었다. 호준은 사랑스러운 눈길로 품 안의 연지를 바라보다 고개를 들어 창밖으로 흘러가는 풍경을 바라보았다. 그리곤 혼자 되뇌었다. 무언가 깊은 다짐을 두듯이. 그래, 아직은 괜찮아, 라고.

기차의 안내방송이 곧 종착역에 도착할 것임을 알려주고 있었다.